무종교와 좋은 삶

무종교와 좋은 삶

배동인 지음

머리말

   이 책에 실린 글들은 나의 블로그 '새벽'(http://blog.daum.net/dibae4u)에 올려진 것들이다. 종교문제를 첫 번째로 다룬 것은 나의 체험에서 그 중요성을 인식한 데서 나왔고 그것은 기본적으로 '좋은 삶'의 추구에서 비롯되었다. 마지막 부분에서 시 형식의 글들을 올렸는데 그걸 나는 시라기보다는 산문의 시형식이라고 생각한다. 대개 시인들의 시를 보면 그 내용이 모호한 경우들이 많다. 그러나 모든 글쓰기는 명확해야 한다고 나는 평소에 생각해왔다. 말이나 글이 무엇을 뜻하는 지 불분명한 경우는 그 단초가 되는 생각이 명확하지 않기 때문이다. 비교적 명확하게 생각을 표현할 수 있는 글의 형식이 산문이라고 보는데 산문쓰기의 경우에도 가능한 한 짧게 쓰려다보면 시 형식의 글이 되는 경우들이 있다. 그래서 그런 시형식의 글들을 모아 여기에 올려보았다.

   나의 생각들이 이 작은 책으로 나오는 데에 수고해주신 양계봉 사장님과 직원님들께 깊이 감사드린다.

2018년 봄날에 가평 동기안계곡에서

새벽 배동인

제 2부: 좋은 삶

제 3부: 세상보기

제 4부: 삶에 대한 짧은 시 형식의 성찰

제1부

종교에 대한 이해

종교란 무엇인가?

종교의 근원

지금 네이버에서 '시대정신'(Zeitgeist)이라는 동영상을 볼 수 있는데 가령 '기독교와 종교에 관한 진실'이라는 제목의 짧은 동영상을 보면서 그동안 종교에 관한 나의 생각을 자극한다고 느껴졌다. 이 동영상에서 이 세상의 온갖 더러운 것과 나쁜 것의 밑바닥에는 종교가 도사리고 있다고 말하면서 미국의 현재의 금융위기도 제도화된 종교를 기반으로 하여 수단 방법을 가리지 않고 세계를 지배하려는 데에만 관심을 집중시키고 있는 집단이 있어 이들에 의해 발생한 것이라는 주장을 암시한다. 그러한 언술의 저자는 불분명하다. 마치 인터넷 공간에 말과 영상으로써 뿌려지는 전단지로 보인다. 하나의 의사형성을 위한 선전물로 보인다.

실제로 종교는 인간사회에서 중요하고 유의미한 역할을 해왔다. 아마 종교가 없는 사회는 역사적으로 없었을 만큼 종교현상은 편재되어 있다. 그런데 서구의 계몽주의 시대부터 종교의 해악이 지적되어왔다: 가령 볼테르, 니이체, 러셀 등에서 종교에 대한 비판적 시각이 두드러지게 드러났다. 나는 좋은 삶살이에 대한 관심과 사회학적인 실재인식에 대한 관심에서 종교를 관찰대상으로 삼아왔고 여기서도 그런 맥락에서 종교에 관해 함께 생각해보고자 한다.

종교는 어디서 나왔을까? 그 해답은 인간의 존재론적 욕구에서 찾아질 수 있을 것이라고 생각된다. 인간은 우선 낯선 자연환경 속에서 자신의 생존에 대한 위험을 여러 가지로 체험하면서 자기보존의 욕구를 감지했고 죽지 않고 오래 살고 싶고 건강하게 살고 싶고 나아가 영원히 살고 싶은 욕구를 충족시키고자 그 실현을 위해 온갖 노력을 기울여 왔다. 또한 삶의 의미에 관해, 고난과 고통(suffering)과 죽음에 관해 알고자 해왔다. 여기서 인간은 그럴 듯한 세계관을 생각해내게 되었고 상상된 세계 속에서 자신의 운명이 어떻게 전개되어 갈 것인가에 대한 시나리오를 역시 상상 속에 그려내게 되었는데 이것이 바로 종교라는 신념체계로서 구두로 전해져 내려오거나 글로써 기록되어 오늘의 현존 세대에까지 전수되어온 것이다. 그래서 어떤 종교에서든지 우주와 지구의 원초적 근원, 인간생명의 발생원천, 생로병사의 원인, 죽음 이후의 세계(내세)의 존재와 그 형상, 창조주 또는 초월적 존재, 절대자의 상정 등이 묘사되어 있다.

여기서 분명한 사실은 이 종교적 세계관과 인간관은 그것을 생각해낸 사람(들)의 순전히 주관적 상상에서 나온 것이었기 때문에 하등의 과학적 근거나 실증적 증거가 뒷받침되지 않은 것이라는 점이다. 그럼에도 불구하고 그런 종교적 언술이 마치 사실인 것처럼 확신하는 사람들이 생겨나게 되었고 이들이 곧 종교적 신앙인, 신자인 것이다. 그러니 이들은 자기모순의 함정에 이미 빠져있음을 확인하게 된다: 사실이 아닌 것을 사실로서 받아들이기 때문이다.

이 대목에서 종교인 또는 종교적 신자의 특징들 가운데 하나는 명확하게 생각하지 못한다는 데에 있다. 그들은 사실과 추측(또는 상상), 사실과 소원을 구별하려고 하지 않거나 못한다.

종교를 한마디로 정의하기는 어렵다. 종교는 몇 가지 특징을 지니고 있다:

1) 종교는 대개 초월적 존재(초자연적, 초인간적 존재)를 상정하고 이 존재가 온 우주를 창조해냈다고 믿으며 지구와 인간을 포함한 우주의 역사와 운명도 어떤 영화나 드라마의 감독이나 연출자처럼 주관한다고 믿는다.

이런 믿음은 위에서 말했듯이 대자연 속에 던져진 것으로 여겨지는 인간존재의 불확실성과 불안과 공포로부터 해방되기 위해서 의지할 어떤 확고한 기둥이나 피난처가 필요했기 때문에 인간의 존재론적 소원을 충족시켜주기를 바라는 사고에서 비롯된 것이다: 그것은 곧 인간의 '소망적 사고'(wishful thinking)의 산물이다.

불교나 유교에서는 신과 같은 초월적 존재를 상정하지 않지만 그대신 자연숭배의 사상이 암묵적으로 잠재되어 있다.

2) 종교는 세계를 바라보는 인간의 자기중심적인 관점에서 만들어진 가공의 세계관에 의지한다: 그래서 자연과학적 관찰과 실험이 과학적 지식의 습득을 위한 기본적 방법으로서 자리잡기까지는 지구가 우주의 중심이고 하늘과 다른 천체들이 지구의 주위를 돈다는 천동설이 로마-가톨릭 교회의 핵심교리로 통용되었던 것이다. 이처럼 종교에서는 사실과의 부합 여부와는 상관없이 인간중심주의, 삶의 주체의 자기중심주의가 근간을 이루는 신념체계가 관철된다.

3) 종교가 제시하는 바람직한 행동원칙이나 삶의 원리는 그 종교의 창시자나 초기 신자들이 설파한 가르침에 의존한다: 따라서 전통주의적 사고 속에 갇혀있게 된다. 전통은 신성한 것으로서 후세 사람들이 함부로 변경시키면 안된다는 금기로 간주된다. 그래서 종교에서는 의식/의례가 매우 중

요시된다. 형식주의가 지배하게 되고 보수성을 띨 수밖에 없다. 세상사에 대한 관심의 방향이 미래지향적이라기보다는 과거지향적이다.(2008.11.09)

종교의 두 측면: 세계관과 인생관

종교에서는 대개 인간의 세계관과 인생관에 대해 일정한 메시지를 표명하고 있다. 세계관은 우리들 인간이 삶을 살고 있는 세계와 우주의 기원과 구조에 대한 견해를 뜻한다. 그것은 참이거나 거짓된 것이다. 왜냐하면 그것은 사실에 관한 언술이기 때문이다. 그 내용이 사실과 부합되느냐 그렇지 않느냐에 대한 판단이 그 세계관의 신빙성을 좌우한다. 그런데 어떤 대상이나 현상이 사실이냐 아니냐의 문제는 과학의 영역에서 해답을 찾을 수밖에 없다. 이에 반해 인생관은 그 주안점이 어떻게 하면 삶을 바람직하게 사느냐, 곧 바람직한 가치관을 지향하느냐에 두기 때문에 삶의 주체에 따라 다양한 방향으로 선택할 수 있다. 그것은 가치판단의 문제이기 때문에 그 대답에 대한 평가는 상대적이다. 그래서 인생관의 정립문제는 넓은 의미의 정치의 영역에 속한다. '정치'는 주어진 현실보다 더 나은 현실을 추구하는 생각이나 행위를 뜻한다.

그래서 종교는 삶의 두 영역인 존재(Sein)와 당위(Sollen), 과학(학문)과 정치의 세계에 걸쳐있고(졸저 '인간해방의 사회이론' 참조) 이 두 영역에서 주도권을 행사하려고 했다. 그러나 17세기 갈릴레오의 지동설이 등장한 뒤로는 과학의 영역에서는 권위가 상실되고 오로지 정치의 영역, 특히 도덕/윤리의 영역에서만 그 전통적 권위와 발언권을 행사하고 있다. 그 연유는 앞에서 지적했듯이 종교가 제시하는 세계관에는 수긍할 만한 증거, 곧 과학적 근거가 희박하기 때문이다. 그래서 어떤 현상의 진리성 여부에 관해서는 종교는 신뢰할 만한 의견이나 입장을 내놓지 못한다.

다만 어떻게 행동하는 것이, 어떻게 사는 것이 바람직한가에 대한 해답을 그 전통적 가치관에 기대어 제시할 뿐이다. 그러나 여기에도 문제가 있다: 시대와 장소가 다름에 따라 바람직한 삶의 지침도 달라질 수 있기 때문이다. 가령 기독교의 사랑의 윤리('이웃사랑하기를 네 몸과 같이 하라.'라는 계명)나 불교의 자비의 원리는 추상적 지침에 그칠 뿐 구체적인 문제상황에서 어떤 행위방식이 최적의 선택인지에 대해서 명확한 해답을 주지는 못한다. 행위자가 그때그때마다 그 상황조건을 고려하여 스스로 판단하고 결단해야 한다. 따라서 종교는 이러한 당위의 영역에서도 실제적으로 무력하다.

종교의 주요 관심영역: 성(聖)과 속(俗), 선과 악

종교는 성(聖, the sacred, the holy)과 속(俗, the secular, the profane), 선(goodness)과 악(evil, badness)을 2분법적으로 구분하여 공간과 시간을, 전체 세계를 두 세계로 나눈다. 그래서 성스러운 세계는 초월적 절대자와 이를 믿고 섬기는 사람들(신부, 목사, 부처, 스님, 신자 등)이 거하고 차지하는 반면에 그밖의 공간은 비종교적인 일반인들이 일상생활을 영위하는 곳으로 여겨진다. 가령 시간에 있어서도 이사하기 좋은, 이른바 '손 없는' 날과 그렇지 않은 날을 가리는 관습은 무속신앙(shamanism)에서 온 것이지만 순전히 미신(superstition)에 지나지 않는다. 어찌 보면 기독교, 이슬람교 등도 체계화되고 제도화된 미신이라고

... 수 있나: 미신 을 불합리하고 납득할 만한 증거가 없는 의견 또는 믿음
이라고 정의한다면 말이다.

선을 다스리는 주체는 가령 기독교에서는 하느님이고 악을 지배하는
주체는 악마(사탄)라고 생각한다. 그리고 인간의 '구원'(salvation,
redemption)과 사후의 세계와 관련하여 하느님이 주관하는 공간은 천국
이고 악마가 관할하는 공간은 지옥이라고 상정한다.

그러나 내가 보기에 선(좋은 것)과 악(나쁜 것)은 삶의 주체의 욕구충족
과 연관된 가변적 가치판단일 뿐이다. 성과 속도 종교인들의 자의적인 구
분일 따름이다. 그런 구별은 주관적 의미부여의 방식에 불과하다. 모든
시간과 공간은 그 자체로서는 가치중립적이다. 어느 대상이 지금은 선이
지만 다음 순간에는 악으로 규정될 수 있다는 뜻이다: 그 기준은 행위주체
인 '나'의 욕구충족에 이로운지, 아니면 해로운지에 달려있다. 모든 행위
주체들에게 공통되게 이로운 대상이나 현상은 보편적 선으로 규정될 수
있다. 가령 '평화'를 한 예로 들 수 있다.

무릇 모든 가치판단은 상대적이다. '사랑'이나 '정의' 등도 그것을 판단
하는 행위주체가 어디에, 어떤 사회관계에 서있느냐에 따라, 그 문제상황
에 따라 사랑스럽거나 정의로울 수 있고 선으로 여겨질 수 있으며 이런
가치판단은 시간과 장소에 따라 달라질 수 있다. 다시 말하면 선과 악은
고정불변의 것이 아니다. 그렇다면 종교가 말하는 선과 악은 근본적으로
그릇된 개념설정이라고 볼 수밖에 없다.

가령 비오는 날이 우산장수에게는 선이지만 집을 짓고 있는 건축업자에
게는 악이다. 또 비가 항상 좋은 것은 아니다: 너무 많이 비가 오면 농부에
게도 악이 된다. 비가 오는 정도에 따라 비는 선이 되기도 하고 악이 될
수도 있다. 어느 대상이나 현상이 처음부터 선 또는 악이라는 성질을 지니

고 있는 것이 아니고 그것에 대면하고 있는 행위주체의 욕구에 따라 선이 될 수도, 악이 될 수도 있는, 가변성을 띤다.

이처럼 선과 악에 대한 판단이 종교의 세계에서는 경직되고 편협하여 신축성과 관용의 정신이 없거나 약할 수밖에 없고 교조주의나 광신주의, 근본주의, 자기절대화의 함정에 빠지기 쉽다. 역사적으로 종교가 끼친 해악은 이루 말할 수 없을 만큼 엄청나고 지금도 심각하다. 따라서 보다 나은 삶이 가능하기 위해서는 우선 종교로부터 해방될 필요가 절실히 요청된다.

종교가 제기하는 궁극적 물음

종교는 궁극적 물음들, 가령 인간은 어디서 왔는가, 인간생명의 죽음 이후의 세계는 존재하는가, 존재한다면 어떤 모습으로 존재하는가 등의 물음들에 대해서 해답을 알고 있다고 말한다. 그러나 그 해답의 근거 또는 증거를 제시하지는 않는다. 일부러 제시하지 않는 것이 아니라 제시할 수 없기 때문이라고 나는 해석한다. 종교적 해답은 동어반복의 논리, 곧 다람쥐 쳇바퀴 돌기의 논리구조 속에 갇혀있을 뿐이고 그 안에 안주한다.

그러나 내가 보기에 하등의 납득할 만한 증거가 없는 해답이다. 결론부터 말하면 나는 모른다: 그런 물음에 대해선 모른다는 관점이 불가지론자의 견해를 가리키는데 이것이 현대인으로서 취할 수 있는 가장 적절한 대답이라고 나는 생각한다. 이런 입장을 견지하게 되기까지 버트란드 러셀의 도움을 많이 받았다.

그럼에도 불구하고 내가 말할 수 있는 잠정적인 대답은, 인간은 자연에서 나왔고-다른 모든 생물들과 무생물이 그러하듯이-우리 생명이 죽은 다음에는 다시 자연으로 놀아갈 것이라는 것이다. 우리가 죽은 다음에 육체는 흙으로 돌아가지만 영혼은 하늘나라라는 내세로 옮겨가서 나의 존재가 지속되리라고 나는 생각할 수 없다. 그래서 나는 불교에서 말하는 윤회설을 받아들일 수 없다. 개인적 인간생명은 그 개인의 죽음으로써 끝난다. 그/그녀가 죽은 다음에는 그/그녀를 알았던 살아있는 사람들의 기억 속에서만 과거로서 존재할 뿐이다.

여기서 또 하나의 중요한 문제가 육체와 정신의 실체에 대한 물음이다: 육체와 정신을 종교의 세계에서는 선과 악의 경우처럼 2원론적으로 상정하지만 나는 육체를 떠난 정신이 따로 독립적으로 존재한다고 볼 하등의 증거가 없다고 생각한다. 정신은 육체 속에, 육체가 제 기능을 발휘하는 한, 존재하는, 육체의 특별한 기능들 가운데 하나라고 본다. 정신은 육체라는 집 안에 거주하고 있는 육체의존적 존재다. 따라서 육체가 제 기능을 상실하면 정신도 없어진다. '영혼'을 정신과는 다른, 더 높은 차원의 어떤 비가시적 실체로서 종교에서 생각하시만 나는 그런 것은 존재하지 않으며 정신의 특별한 역할을 담당하는, 정신의 다른 이름에 지나지 않는 것으로 이해한다.

종교의 정신적 원천

종교의 심리적, 정신적 원천은 인간의 구원한 실재에 대한 사무치는 그리움에 있다.

기독교에서 예수가 동정녀 마리아에게서 태어났다고 성경에 기록되어 있다: 초자연적 출생의 예수의 존재론적 위상을 가리킨다. 예수는 하느님의 독생자로서 하늘의 영혼이 마리아라는 여성의 난자와 결합하여 초자연적으로 태어났고 따라서 그는 지상에 내려온 하느님이다. 그 초월적 존재의 유별난 출생은 사람들이 다른 존재들과 확연히 구별짓기 위해 그렇게 신화적으로 묘사된 것이다. 얼마나 사무치도록 간절하게 사람들이 그러한 초월적 존재의 인간화를 그리워했으면 그런 신화를 마치 실제로 그렇게 역사적으로 신의 인간화의 형상으로 탄생한 것처럼 묘사했을까?! 얼마나 사무치게 갈망했으면!

예수의 여러 가지 기적행위도 그의 초월적, 초자연적 능력을 현실화된 것으로 보여주기 위해 창술된 것이고 십자가에 못 박혀 죽은 뒤 사흘 만에 다시 살아났다고 말하는 것도 마찬가지로 그의 초자연적, 신적 능력의 작용을 현실화된 것으로 가리키기 위함이었다. 죽음을 초월하고자 하는 사람들의 소망이 얼마나 사무치도록 간절했으면 그런 신화적 이야기를 마치 실제로 일어난 것처럼 기록했을까?! 희랍신화나 단군신화도 사람들의 지고의 선과 지고의 아름다움에 대한 간절한 갈망과 그리움의 표현이다. 그러나 그것은 어디까지나 환상일 뿐 현실은 아니다. '하느님'(신)이라는 개념도 마찬가지다: 그것은 인간이 생각할 수 있는 진선미 등의 가치들을 최고의 경지에서 구현한 가상적 존재다. 그것은 인간의 구원한 그리움의 표상이다.

그들의 그리움은 위대한 힘을 지녔기에 그 그리움이 현실화된 것으로 착각한 나머지 그 그리움의 현실화를 믿게 만들었다. 위대한 환상과 착각의 힘이었다. 그러기에 그것은 앎이 아니라 믿음이었다. 믿음으로써 그리움의 현실화를 바랐고 그들의 영원한 바람은 현실과 실재를 초월하여 지속되어왔고 그것은 오직 믿음의 세계에서만 가능한 것이었다. 믿음은 꿈의 세계다. 꿈에서 깨어나는 것은 참된 앎을 통해서만 가능하다. 어느 종교에서나 믿음은 미신의 성격을 벗어나기 어렵다. 꿈과 현실은 구별해서 인식돼야 한다.

앎은 과학의 차원에 속하고 꿈은 정치의 차원에 속한다. 과학은 인간이 실재를 알고자 하는 욕구에서, 정치는 실재를 더 나은 것으로 변경시키고자 하는 욕구에서 사회제도화 되었다. 종교는 주로 정치의 차원에 속한다. 종교는 최고의 가치를 실현하고자 하는 인간의 '전략적' 욕구에서 생겨난 것이다(졸저 '인간해방의 사회이론' 참조). 기독교가 그 대표적 사례다. 기독교가 생명으로 여기는, 위와 같은 신화적 이야기는 음악, 미술, 조각 등 예술의 영역에서 다양하게 묘사되어 왔다. 음악에서는 바하(Johann Sebastian Bach, 1685-1750)가 대표적이다. 그의 음악은 인간의 사무치는 종교적 그리움의 표현이다.

기독교의 핵심적 메시지는 사랑의 윤리인데 이 우주적 사랑도 정치의 차원에 속한다. 평화의 가치도 마찬가지다.

사람들이 종교를 위해, 이 경우에는 기독교의 복음을 전파하기 위해 목숨을 버리기까지 하면서 노력한 역사적 기록을 보면서 종교의 원천에 대해 다시 생각하게 됐다.

성경에서 말하고 있는 예수의 탄생과 행적이 모두 사실과는 거리가 멀다고 해도 그 핵심 메시지는 영생을 바라는 마음, 지고 지선의 인간에 대한 숭배, 완전무결한 삶의 구현, 사랑과 평화의 세계의 실현 등에 있다고 생각된다. 그렇다면 그러한 구원한 그리움, 곧 최고의 가치의 실현에 대한 갈망이 사람의 마음속에 있을진대 군이 특정 종교의 조직 속에 들어갈 필요가 있는가 의문이다. 물론 그런 종교적 조직의 구성원이 됨으로써 믿음을 공유하고 예배 등 의식을 거행함으로써 공통의 믿음을 더욱 공고히 할 수 있고 친교를 나눌 수 있는 장점이 있을 것이다.

문제는 그 믿음의 주요내용으로서 사실과 어긋나는 기록들을 마치 사실인 것처럼 믿는다는 데 있다. 그밖에 위에 언급한 가치실현에의 갈망에 관해선 기독교 밖의 사람들도 공유할 수 있기 때문에 종교를 떠나 보편적 욕구로서 인정될 수 있을 것이다. 그런 의미에서 모든 사람은 지고의 가치실현에 관한 한 구원한 그리움의 공동체를 이룬다고 볼 수 있다. 그렇다면 종교가 다르다고 해서 서로 적대시하거나 경원시할 필요가 없을 것이다.

요컨대 같은 꿈의 공동체이니 평화로운 삶을 함께 살아가는 것이 바람직할 것이다.

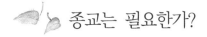 종교는 필요한가?

종교와 인간 문명사회의 운명

제도화된 종교가 언제까지 인간사회에 존속할 것인가? 이 물음에 대해 나는 다른 미래에 일어날 사건에 대해서 전혀 알 수 없듯이 역시 '모른다' 고 대답할 수밖에 없다. 그러나 종교, 더구나 제도화한 종교가 앞으로도 존속되어야 한다고 생각하는가라는 물음에 대해서는 단연코 '존속되어서 는 안된다'고 딱 잘라 말할 수 있다. 그 이유는 한마디로 말하면 종교는 불합리한 사고체계이기 때문이다. 앞에서 지적했듯이 종교는 첫째로 사실과 동떨어진 세계관에 머물고 있고, 둘째로 그 가치관이 항상 합리적이 지는 않기 때문이다.

종교적 윤리체계는 전통적 가치관에 사로잡혀있어 새로운 사회 환경에 어울리거나 적응하지 못하는 경직성을 지니고 있기 때문에 많은 사회적 갈등을 빚어내고 있다. 가령 이슬람교도들이 자주 감행하는 중동지역에서 의 자살폭탄테러 행위는 그들 사이에는 미화되고 있다. 그런 테러행위를 함으로써 죽은 자는 하늘에 가서 알라신으로부터 큰 보상과 함께 축복을 받고 영원히 행복한 삶을 누린다고 믿는다는 것이다. 그것은 내가 보기엔 무지의 소치에 지나지 않는다. 무지가 가져오는 잔인성의 극치라고 볼 수 있다. 미국의 9·11 테러사건도 마찬가지다: 거기엔 물론 정치적인 맥락에서의 이유가 있을 것이다. 그러나 아무리 미국정부가 특히 제3세계 후진국들에 대해서 많은 테러행위를 저질렀다고 할지라도(노암 촘스키가 미국을 테러국가라고 역사적 사실을 적시하면서 비판하는 것을 주목하라) 이에 대한 응징으로서 수많은 무고한 사람들의 생명을 없애버리는 폭력행위는 전혀 정당화될 수 없고 도저히 용납될 수 없다.

종교들 사이의 갈등도 심각하다. 지금은 잠잠해졌지만 오랜 동안 북아일랜드에서 벌어진 프로테스탄트와 가톨릭 신자집단 사이의 갈등은 사회계층적 불평등 문제가 개재되어 있지만 종교적 편 가르기의 양상도 부인하기 어렵다. 중동에서의 이스라엘과 팔레스타인 사이의 정치적 영토분쟁도 케케묵은 유대교와 이슬람교 사이의 종교적 갈등이 그 밑바닥에 깔려있음이 분명하다. 세계 어느 곳에서나 종교적 신앙의 다름에 의한 갈등이 잠재되어 있다고 볼 수 있다. 종교가 제도화될수록 거기서 초래되는 갈등은 심각한 파급효과를 일으킨다.

문화, 특히 사람들의 사고방식과 가치관과 생활양식에 지대한 영향을 미쳐온 종교가 결국엔 사람들의 평화적 공존과 인류공동체를 이루는 데 순기능보다는 역기능을 수행할 여지가 다분히 있기 때문에 지금껏 쌓아온 인간사회의 문명을 파괴하거나 종국에는 자멸시킬 위험성도 배제할 수 없다. 여기에 종교 자체의 문명사적 문제점이 있다. 나는 막스 베버의 종교사회학적인 저술에 대해서도 비판적인 견해를 밝혔다(졸저 '인간해방의 사회이론' 참조).

지구화 과정이 급속도로 진행되면서 사람들 사이의 상호작용과 교류가 빈번해지는 가운데 다문화사회가 형성되고 동시에 문화적 갈등이 나타나게 되고 그 뿌리에 종교가 도사리고 있음을 간과해서는 안된다.

내가 보기엔 인류가 생존을 지속하고 좋은 삶을 살아가기 위해서는 종교로부터의 해방이 요망된다. 당분간은 종교가 그대로 존재할 수밖에 없을 것이다. 그러나 자율적인 삶을 지향하는 독립적인 자유인에게는 종교는 불필요하다는 인식이 점차 확산되고 종교에 대한 비판의식이 사회적 문제의식으로 고양되고 사회적 공론의 장에서 논의되어야 할 것이다.(2008.11.10)

종교의 필요성 여부

세상살이에서 종교가 필요한가라는 물음이 엉뚱하다는 느낌을 줄 수 있다. 어느 사회에나 종교들이 있고 오래 전부터 신화나 종교들이 있어왔다고 보기 때문이다. 그러나 오랜 세월이 흐르는 동안 종교는 조직화되고 세속화되어 있음을 보는데 여러 가지 사회제도들 가운데 현대 문명사회에서 불필요한 사회제도를 들라고 한다면 나는 그게 종교제도라고 생각된다. 이렇게 생각되는 이유를 이제 차근차근 따져보기로 한다.

종교라는 것이 무엇이며 어떻게 생겨났는지를 알기 위해서는 우리 인간의 삶이 무엇인가를 먼저 알 필요가 있다. 무릇 모든 존재와 현상에는 그 나름의 구조와 과정이 있듯이 인간의 삶에도 그 특유한 구조와 과정이 있다. 우선 나는 삶을 다음과 같이 정의내리고 싶다: 삶은 그 주체가 감지하는 욕구를 충족시키고자 하는 끊임없는 추구과정이다. 우리의 일상생활을 일정한 거리를 두고 관찰해보면 이 간단한 삶의 정의가 의문의 여지없이 타당하다고 생각된다. 욕구충족에의 끊임없는 추구과정이 삶이라는 데 우리가 동의한다면 여기서 비로소 문제들이 나타난다. 먼저 도대체 욕구라는 게 무엇인가? 어느 욕구가 충족되려면 어떤 조건이 마련되어야 하는 가?

욕구에는 여러 종류들이 있다. 욕구를 체계적으로 분류해 볼 필요가 있다. 무엇이든지, 심지어는 집안 청소를 할 때에도 청소거리를 체계적으로 분류함으로써 효과적으로 청소라는 일을 해낼 수 있다. 욕구는 그 분류 관점에 따라 물질적 욕구와 정신적 또는 심리적 욕구로, 개인적 욕구와 집단적 욕구로, 일시적 또는 반복적 욕구와 항구적 욕구로, 또는 다른 욕구들로 분류될 수 있다. 그런데 이런 구체적 욕구들을 충족시키려면 보편적으로 두 가지의 '전략적 욕구'들이 충족되어야 하는 문제로 귀결된다. 그것이 바로 실재(현실 또는 세계)를 알고자 하는 욕구와 실재를 변경시키고자 하는 욕구다. 앞엣것은 인지적 또는 과학적 욕구이고 뒤엣것은 규범적 또는 정치적 욕구라고 달리 이름붙일 수 있다.

위에 삶의 정의에서 보듯이 모든 삶의 문제는 곧 욕구충족의 문제로 귀결되는데 어느 욕구든지 그 욕구에 관련되는 두 가지 전략적 욕구의 충족문제가 해결되어야 한다는 것을 알 수 있다.

그런데 종교는 이 두 가지 전략적 욕구를 충족시키고자 하는 데서 생겨나게 되었다고 볼 수 있다. 이런 이야기가 가능한 것은 어느 종교에서나 두 가지 전략적 욕구와 관련된 신념체계를 확인할 수 있기 때문이다: 어느 종교나 세계가 어떻게 만들어졌으며 어떻게 움직이고 종래에는 어떤 종말을 맞을 것인가에 대해서, 그리고 우리들 인간이 좋은 삶을 살기 위해서는, 곧 세상을 보다 나은 것으로 바꾸기 위해서는 인간 자신이 어떻게 달라져야 하느냐에 대해서 일정한 진술 또는 이론을 설파한다. 이렇게 종교는 인지적 욕구와 규범적 욕구를 충족시키고자 하는데 인지적 욕구는 근대 계몽시대 이후에는 어느 정도 과학에서 충족될 수 있게 되었기 때문에 종교가 그 권위를 상실하게 되었고 다만 규범적 욕구의 문제에 있어서는 아직도 상당한 권위를 행사하고 있다(졸저 '인간해방의 사회이론' 참조).

규범적 욕구는 어떤 가치를 실현코자 하는 데 그 핵심이 있다. 가령 사랑, 자비, 선함, 자유, 평화, 정직성, 정의, 평등, 관용, 우애, 용서 등 세상살이속에서 실현되기를 바라는 가치들을 종교에서는 지향한다. 그것은 전통적인 도덕률에서도 언급되고 사회화 과정과 제도교육에서 가르쳐진다.

가령 기독교에서 '이웃 사랑하기를 네 몸과 같이 하라'는 계명은 좋은 뜻을 지니고 있다. 그러나 이 사랑의 계명이 구체적인 현실의 문제상황에서는 별로 도움이 되지 못한다. 그것은 아주 추상적이고 보편성을 띠는 가치이기에 그것이 현실에 바로 적용되기에는 어려움이 많다. 그것이 행동지침이 되기 위해서는 행위주체가 그때마다 행동방식을 선택하고 결정해야 한다. 특정한 문제상황에서 문제해결의 방안을 선택하기까지는 관련되는 사항들에 대한 정보와 지식을 필요로 하고 이는 과학의 차원에서 도움을 받을 수밖에 없다. 따라서 종교 자체로부터는 아무런 실질적인 효과를 기대할 수 없다. 단순히 심정적인 응원이나 연대감만을 얻을 수 있다.

물론 종교는 대개 조직화되어 있어 어떤 문제의 해결을 위한 물질적 자원을 조달할 수는 있다. 그러나 이것은 다른 사회조직을 통해서도 가능하다. 그리고 종교조직으로부터의 자원공여에 있어서는 한계가 있다: 종교적 정체성을 고려해야하기 때문이다. 따라서 그것이 자승자박의 굴레가 될 수도 있다. 그렇게 되면 문제해결, 곧 사랑의 계명의 실현에는 이를 수 없게 될 수도 있다.

또한 종교를 통한 가치실현에 있어서 걸림돌이 되는 것은 그것이 조직을 통해 논의되고 실천되어야하기 때문에 조직에서 발생할 수 있는 새로운 문제들로 인해 시간과 정력의 낭비를 초래할 수 있다. 이것은 일반적으로 사회조직이 내포하는 사회적 비용에 속한다.

결론적으로 말하면 가치관의 정립이나 설정된 가치관에 따른 구체적인 문제상황에서의 문제해결을 위해서 구태여 종교에 의존할 필요가 없다는 것이다. 종교조직의 이름 아래 어떤 사회적 문제해결을 도모하는 경우에도 과학(자연과학, 사회과학, 인문과학)이 제공하는 지식과 방법론의 도움이 불가피하게 된다.

개인적 차원에서 종교가 필요한 사람이 있다: 오로지 타율적 인간에게만 종교는 필요하다. 타율적 인간은 스스로 독립적으로 생각하지 않으려고 하든지 생각하지 못하는 사람이다. 자신의 이성적 사고능력을 신뢰하지 않는 사람이다. 칸트가 일찍이 말한 '계몽'되지 못한 사람이다(칸트의 "'계몽이란 무엇인가'에 대한 대답" 참조). 타율적 인간은 다른 사람의 생각에 의존하려는 성향이 강하기 때문에 자신의 의지에 따라 생각하고 선택하고 결정하지 못하고 이른바 다른 사람의 권위에 맹종하기를 좋아한다. 따라서 타율적 인간은 실은 자기가 사는 것이 아니라 다른 사람의 뜻에 따라 살아가는 흉내를 낼 뿐이다.

종교에서처럼 생각이 우리를 속박하는 경우가 있는데 그런 경우는 칸트(Immanuel Kant, 1724-1804)가 "'계몽이란 무엇인가?'라는 물음에 대한 대답"(Beantwortung der Frage: Was ist Aufklaerung?, 1783)이라는 글에서 말한 대로 이성적 사고의 미계몽에 근거한다. 따라서 그것은 사고주체의 자승자박을 초래하는 비이성의 자기 선택에 따른 것이다.

칸트는 위 물음에 대해 대답한다: "계몽이란 인간의 자기 자신에게 책임이 있는 미성숙으로부터의 출구이다. '미성숙'이라 함은 다른 사람의 지도없이 자신의 오성(이해력)을 사용하지 못하는 무능력함을 말하며 '자기 자신에게 책임이 있음'은 그 미성숙의 원인이 이해력의 부족에 있지 않고 그것을 다른 사람의 지도 없이 사용할 용기와 결단의 부족에 있음을 뜻한다. 자기 자신의 오성을 사용하고자 하는 용기를 가져라! 이것이 따라서 계몽의 표어다."

달리 말하면 자율적 인간에게는 종교는 필요하지 않다. 그/그녀는 자신의 이성의 판단에 따라 결정한다. 명확하게 생각할 줄 안다. '정신의 독립성'(independence of mind)을 견지하는 사람이다. 그/그녀에게는 종교는 다른 사람의 생각을 총칭한 것에 불과하다. 종교에서 말하는 '신'이라는 초월적 존재에 대해서도 먼저 그런 존재가 실제로 존재하는가라는 물음을 던진다. 이 물음에 대한 대답은 현대 과학문명의 시대에서는 부정적이거나 불가지론적이다.

자율적 인간은 모든 전통적 사고로부터 해방된 사람이다. 자신의 생각에 스스로 책임질 줄 아는 사람이다. 그런 사람만이 참된 자유인이다.

종교의 미래

위에서 설명했듯이 종교는 자율적으로 생각하고 행동하는 사람에게는 불필요하지만 타율적인 삶살이를 지속하는 이들이 존재하는 한 종교는, 특히 제도화된 종교는 존속할 것이다. 그러나 대다수의 사람들이 칸트의 의미에서 계몽된다면 종교는 실제로 점차 사라질 것이다. 그러기까지는 종교는 개인의 사적인 관심사로 여겨지고 공적인 자리에서는 종교가 거론되지 않는 것이 바람직할 것이다. 이런 의미에서 한국에서 종교집단에게 방송국 설립과 운영을 허용하는 것은 불합리한 정책이라고 생각된다.

"내적 실재가 외적 형식을 창조한다"(Inner reality creates outer form.)

이 명언은 아주 오래 전에 AFKN 티브이 인터뷰에서 한 흑인여성이 한 말입니다. 이 말을 저는 얼마 전(2005.06.03.)에 '가곡사랑'의 사랑방에서 '화장하기에 대한 비판'이라는 제목의 댓글 속에 언급 했습니다: "… 저는 화장하기라는 행위 자체의 그 의도와 결과에 대해 대체로 비판적입니다: 모든 아름다움의 공통요소로서 저는 자연스러움, 깨끗함[몸의 청결성과 마음의 청정성], 그리고 조화로움을 들고 싶습니다. 그런데 화장하기는 이 세 요소들의 어느 것도 충족시키지 못하는 것 같습니다. 우선 자연 그대로를 보이기보다는 본래의 자연을 호도하는 겉치레가 곧 화장하기의 본업이고 화장재료로써 화장되는 몸의 어느 부분을 오히려 더럽게 만드는 결과를 가져옵니다. 가령 손톱표면에 칠하는 매니큐어는 무엇보다도 먼저 손톱을 숨 막히게 하여 생명체의 자연스러운 숨쉬기를 저해함으로써 건강에도 해롭지요. 거기에 칠하는 색깔도 여러 가지인데 과연 자연 그대로의 손톱색깔보다 더 아름답다고 볼 수 있을지 의문입니다. 그걸 저는 오히려 추하게 보는 편입니다. 잘 한 화장은 화장하지 않은 것처럼 한 화장이라고 흔히 말합니다. 이 말은 자연스럽게 보이는 화장이 잘 한 화장이라는 뜻이라고 생각합니다. 대체로 화장하기에 많은 시간과 신경을 쓰는 여성들의 사고방식에는 문제점이 많다고 봅니다. 한마디로 말하면 화장하지 않고 자연 그대로의 모습을 깨끗하게 보여주는 여성이 아름답다고 저는 봅니다. 아름다운 허위나 가식/가짜가 있을 수 있는지 의문입니다…"

또 한 번(2005.03.18)은 같은 곳에 '가짜 벚꽃'이라는 제목 아래 다음과 같은 댓글을 올렸습니다:

"세상은 요지경, 여기도 짜가, 저기도 짜가, 가짜가 판친다"는 노래가 떠오르네요.

대한민국, 곧 서울공화국은 가짜가 판치는 공화국이라고 규정한다면 지나친 말일까요? 가짜가 진짜보다 더 진짜처럼 보이게 하는 기술에 감탄해야 할까요, 절망해야 할까요?

저는 노무현 대통령 내외분께서조차 눈 쌍꺼풀 수술을 하신 걸 보고 한심스럽다는 생각을 금할 수 없었습니다. 그것도 일종의 가짜이니까요. 또 많은 정치인들이-전직 대통령을 포함해서-노년에 머리칼에 까맣게 염색하는 꼴에도 수치스러움을 느낍니다: 그것 역시 가짜이기 때문입니다. 머리털에 염색할 때의 그 사람의 머릿속에선 어떤 생각을 하고 있을까요?-가짜로라도 젊어보이게 해야만 된다고? 그게 바로 자연과 정직과 아름다움과는 거리가 먼 사고방식이 아닌가요?! 그런 사고방식에서 어떻게 진짜로 좋은 정치가 나올 수 있을까요? 사람들이 왜 자연스러움을 거역하는지 도무지 그 심리를 이해하기 어렵습니다. 그러니 사람들이 자연을 사랑할 줄 모르고(대개 그저 돈만 사랑하죠) 자연파괴를 일삼고 자연오염을 아무런 생각 없이 밥먹듯이 하는 꼴이라니 한심스럽기 그지없습니다. 그런 사람들을 포함해서 우리 인간 자체가 원래 자연에서 나왔는데 말입니다. 인간이 자기 고향인 자연을 소중히 여길 줄 모르고 오히려 위의 사례들에서처럼 자연을 배반하는 짓을 조금도 거리낌 없이 자행하고 있는데 도대체 언제까지 그런 작태를 지속하려는지, 하늘을 쳐다보고 슬퍼할 뿐입니다. -다시금 윤동주 시인의 '서시'가 떠오르고 그가 그리워집니다: "… 잎새에 이는 바람에도 나는 괴로워했다…" 그리고 비틀즈의 노래 'Let it be!'도, 시조 '청산도 절로절로, 녹수도 절로절로 …'와 함께 위로의 눈길을 보내오는 듯합니다.

"염색한 가짜 젊음, 성형 수술한 가짜 아름다움:

저는 오늘 슈테판 츠바이크의 단편소설 '환상의 밤'(원당희 옮김, 자연 사랑, 1999)을 아주 감명깊게 읽었는데 마지막 부분에 다음의 구절이 있습니다: "더 젊어졌다는 것은 무슨 뜻일까? 내 주인공만은 그것을 알고 있다. 나는 이제야 비로소 참된 삶을 살아가기 시작한 것이다."(153쪽)

무작정 '젊음'이라는 고정강박관념의 감옥에 갇힌, 안타까운 노예가 되신 또는 되려고 작정하신, 이 시대를 함께 살아가고 계시는 님들이여, "어떤 틀에 얽매임이 없는 자유로움"(위의 책 99쪽)이 곧 젊음의 생명이 아니리오?".

최근(2006.03.07)엔 역시 '가곡사랑'의 '애창가곡' 방에 올려진 신작가곡 '오랜 뒤에 다시 만나서'(홍혜사 시: 꽃잎 떠 흐르는 물에 다리 하나 있어요/ 그날 밤 달도 진 어두움 속을/ 옛님 옛님 그 다리로 나를 찾아 오셨지요/ 등불 밝히고 마주 앉은 그 얼굴/ 어쩌다 이렇게 늙으셨나요/ 시냇가 푸른 풀은 저리도 싱그러운데// 정진권 역/ 김광자 곡/ 소프라노 황혜숙/ 피아노 홍은경)에 대한 댓글로서 다음과 같이 썼습니다:

"오랜 세월이 흐른 뒤에 다시 만남의 극적 정경을 그리고 있는 아름다운 가곡이군요.

기나긴 기다림의 시간에 쌓인 그리움이 해방된 순간, 기쁨과 아쉬움이 교차합니다: 시간적 존재인 인간의 자연적 운명일까요? 그러나 원초적 물음이 고개를 내밉니다: 나이란 무엇인가? '나이는 숫자에 불과하다'는 대답은 겉으로 보면 틀린 말이지만 속으로 보면 맞는 말입니다. 젊음과 늙음의 차이는 세상과 삶을 어떻게 보느냐에 따라 다른 차원에 속하기 때문입니다. 과거에 집착하고 오늘을 어제와 똑같이 반복하며 편협한 생각에 머무는 젊은이는 이미 늙은이로 메마른 상태에 있는가 하면 하루를

'날마다 새로운 삶의 시간으로 맞이하고 열린 마음으로 세상을 대하는 늙은 이는 항상 싱싱한 젊음의 활력을 잃지 않을 겁니다. 표면적 늙음에 대한 서운함은 무의미하겠지요. 오랜만에 다시 만난 두 사람은 끝없는 대화 속에 얼싸안고 하나가 되어 환희와 희망의 새 봄을 노래할 겁니다. …".

나이에는 겉나이와 속나이가 있다고 생각합니다. 삶을 살아가기에 있어서 세계관과 인생관의 정립은 매우 중요한데 그 가운데 종교관은 세계관의 정립에 있어 시금석이 된다고 봅니다. 이른바 조직화된 세계종교들은 그 나이가 엄청나게 많지요. 수백 년의 세월을 버텨왔으니까요. 오랜 전통을 지닌 만큼 거기엔 진리가 숨어있다고 사람들은 믿어왔습니다. 이런 생각을 '온고이지신'(溫故而知新)의 관점에서 긍정적으로 볼 수도 있습니다. 그러나 모든 오래된 것이 다 참되고 좋은 것은 아니지요. '돌다리도 두드려 보고 건넌다'는 말처럼 늘 비판적 검토와 성찰이 필요합니다. 저는 러셀 (Bertrand Russell, 1872-1970)의 견해처럼 어느 종교도 참되거나 유익하다고 생각하지 않습니다: 거기서 주장하는 교리에는 참되다고 인정할 만한 증거(evidence)가 없기 때문이지요. 그의 말대로 "어느 명제가 참되다고 생각할 만한 근거가 전혀 없는 경우에 그것을 믿는 것은 바람직하지 않다"(… it is undesirable to believe a proposition when there is no ground whatever for supposing it true, …: 그의 에세이 '회의주의의 가치에 관하여'[On the Value of Scepticism], "회의적 에세이들"[Sceptical Essays], 9쪽)는 것입니다. 이 말은 그가 거기에 쓰고 있듯이 실로 '혁명적 명제'라고 일컬을 만합니다. 이는 비판적 사고의 길잡이로서 방법론적 회의주의의 기본원칙을 표현한 것이라고 볼 수 있습니다.

종교는 인간이 만든 인간의 정신적 감옥이라고 비유될 수 있습니다. 곧 그것은 인간의 '내생적 감옥'(endogenous prison: 저의 표현임. 저의 글 '자유와 속박: 내생적 감옥으로부터의 해방을 위한 권고' 참조)이지요. 이 감옥에 갇혀있는 많은 젊은이들은 제가 보기에는 이미 그 정신세계가 너무 늙어서 생기 없이 메마른 지경에 처해있다고 여겨집니다. 거기서는 창조적인 새로운 것이 나올 수 없습니다. 이라크 등 중동지역에서의 오랜 갈등현상에서 보듯이 종교적 광신주의(fanaticism)는 엄청나게 심각한 폐해를 낳고 있습니다.

세계종교들의 겉옷이라고 볼 수 있는 성당이나 교회나 사원이나 사찰들은 휘황찬란하고 웅장하게 보이도록 화장되어 있지만 그 속몸은 거짓과 모순과 불합리로 가득 차 있습니다. 이른바 '회칠한 무덤'의 비유가 종교에게 하나의 부머랭 효과(boomerang effect)를 던져주고 있습니다. 이는 내적 실재와 외적 형식의 역설적 왜곡 현상이라고 보여집니다.

어떤 권위나 전통에 의존하여 생각하는 것은 노예적 삶을 자초하므로 자유인의 길이 아닙니다. '자유로운 사상'(free thought)만이 우리를 항상 젊게, 활력 있고 새롭게 홀로서기를 지켜나가게 할 것입니다(러셀의 에세이 '자유사상의 가치'[The Value of Free Thought, 1944, in: Bertrand Russell on God and Religion(edited by Al Seckel), New York: Prometheus Books, 1986, p. 239-69] 참조). 러셀이 자주 '친절한 감정으로 대하기'(kindly feeling)과 함께 '명확하게 생각하기'(clear thinking)를 강조하는 까닭이 바로 여기에 있습니다.

이 글의 서두에 인용한 말 가운데 '내적 실재'를 결정하는 것은 생각하기 또는 사고방식입니다. 나의 인간으로서의 독립성, 정신적 독립성, 주체성, 젊음, 그리고 아름다움의 뿌리는 바로 나의 생각하기에 자리잡고 있습니다. 비판적이며 자유로운 생각하기로부터 비로소 과학(학문), 참된 지식, 합리적 정치, 정의, 평화, 사랑, 행복이 창조되어 나옵니다. (2006.03.09.)

종교문제와 자아정체성의 확립

1. 흰구름님의 종교관을 엿볼 수 있는 게시물:

'지혜를 청하는 기도'라는 제목의 글에서 흰구름님은 지혜 9장 15-18절을 인용하고 있습니다: "어떠한 인간이 하나님의 뜻을 알 수 있겠습니까? 누가 주님께서 바라시는 것을 헤아릴 수 있겠습니까? 죽어야 할 인간의 생각은 보잘것없고 저희의 속마음은 변덕스럽습니다. 썩어 없어질 육신이 영혼을 무겁게 하고 흙으로 된 이 천막이 시름겨운 정신을 짓누릅니다. 저희는 세상 것도 거의 짐작하지 못하고 거의 손에 닿는 것조차 찾아내지 못하는데 하늘의 것을 밝혀낸 자 어디 있겠습니까? 당신께서 지혜를 주지 않으시고 그 높은 곳에서 당신의 거룩한 영을 보내지 않으시면 누가 당신의 뜻을 깨달을 수 있겠습니까? 그러나 그렇게 해주셨기에 세상 사람들의 길이 올바르게 되고 사람들이 당신 마음에 드는 것이 무엇인지 배웠으며 지혜로 구원을 받았습니다."

"인간이 획득할 수 있는 최상의 것은 경이로움이다.

어떤 중요한 현상이 인간에게 경이로움을 던져줄 수 있다면 인간은 그것으로 만족해야 할 것이다. 그 어떤 것도 인간에게 경이로움 이상 가는 것을 줄 수 없으며 인간 또한 그 이상을 추구해서는 안 된다.

왜냐하면 경이로움이야말로 최상의 한계이기 때문이다."-괴테

2. 이에 대한 저의 댓글입니다:

새벽 http://blog.daum.net/dibae4u Y 2007.01.18 19:56

저는 솔직히 말씀드리면 '하느님' 또는 '주님'이 누구인지 잘 모르겠습니다. 성경에 그려진 것을 전적으로 받아들이기 어렵습니다: 모호한 점들이 많고 인간의 이성(지성)으로써 납득하기 어려운 점들이 너무 많습니다.

그런 불확실하고 모호한 전제에 근거하여 이 세상과 인간의 운명을 이해하려고 하는 발상은 제가 보기엔 생각의 오류에 지나지 않아요. 결론적으로 저는 그런 것에 대해선 '모른다'는 대답을 드릴 수밖에 없어요. 이러한 불가지론의 관점이 현대 인간이 취할 수 있는 가장 적절한 태도라고 생각합니다. 그래서 저는 버트란드 러셀을 존경합니다: 그의 대담글인 '불가지론자란 무엇인가'(저의 블로그의 '종교' 방에 올려져있음)를 읽어보시기 바랍니다. 러셀이 강조하듯이 '명확하게 생각하기'(clear thinking)가 무엇보다도 긴요합니다!

3. 미-----루님에 대한 댓글:
새벽: 2007.01.28 19:40
'나이듦의 기쁨'!

미-----루 님의 위 제목의 글을 대강 읽었어요: 그 가운데 '정체성의 재정립'이라는 대목이 특히 저의 눈길을 잡았어요. 노년에 이르면 무엇보다도 중요한 것이 혼자 시간을 보내기에 지루함을 느끼지 않는 삶의 방식을 찾는 거라고 생각합니다. 정체성 문제에 관해선 종래의 자기의 세계관(인간관을 포함)과 인생관을 되새겨보는 게 핵심이라고 봅니다: 그 중에 종교관이 특히 중요할 겁니다. 저는 70년대 중반에 버트란드 러셀을 만남(읽기 시작)으로써 불가지론자가 되었고 이로써 그 문제는 해결됐다고 여깁니다. 그런데 저의 주위에 친구들을 보면 여전히 교회에 습관적으로 다니는 걸 보면 저의 체험에 비추어 안타까움을 금치 못합니다. 또 엊그제엔 포퍼(Karl Popper)의 책 'All Life Is Problem Solving'(모든 삶은 문제해결이다)에서 주로 시행착오(trial and error)로서의 과학이론과 삶의 문제는 비슷한 데가 있음을 재확인했습니다. 그리고 저는 나이라는 것은 진짜

숫자에 불과한 거라고 생각하고 죽는 순간까지 시시비비적 생활을 세월이
하지 않고 의미있고 보람있는 일을 해나가는 삶에의 태도가 중요하다고
느끼고 있습니다. 물론 건강을 잘 유지하면서 말입니다. 그리고 끝으로
이 세상살이에서 비참과 고통과 불만족과 불행을 목도할 때 크나큰 위로와
힘을 주는 것은 바로 베에토펜 음악이라는 저의 체험이 다행스럽고 소중하
다는 생각이며 느낌입니다.

흔히 종교문제를 대화의 주제로서 피하는 게 보통입니다. 그러나 저는
종교문제야말로 삶의 문제들 가운데 핵심의 자리를 차지한다고 봅니다.
그리고 종교에 대한 태도에서 러셀이 늘 강조하는 '명확하게 생각하
기'(clear thinking; 이와 함께 그는 또한 '서로 친절한 감정으로 대하
기'[kindly feeling]를 강조합니다), 곧 비판적 사고능력을 가늠할 수 있다
고 생각합니다. 이건 교사나 교수인지의 여부, 박사학위 소지여부, 지식의
풍부여부와는 직접 관계가 없는 사항입니다. … 저는 종교를 인간이 스스
로 만들어낸 지승지박의 감옥이라고 생각합니다. 그걸 저는 '내생적 감옥'
이라고 표현했지요. 저의 글 '자유와 속박: 내생적 감옥으로부터의 해방을
위한 권고'를 참고하시기 바랍니다.

4. '자기정체성'에 관한 저의 글을 졸저 '그리움의 횃불'(448-9쪽)에서 옮겨
   옵니다.
'자기정체성의 발견'
늦더위가 기승을 부리는 요즘 기후의 변화에도 적응하기 어려운 인간의
삶은 자연과의 관계에서뿐만 아니라 다른 인간들과의 관계, 즉 사회적 관
계에서도 많은 어려움을 겪게 됨을 새삼 절감하게 된다. 일상적인 삶의
소용돌이 속에 허우적거리다 보면 도대체 산다는 것이 무엇을 뜻하는지를

생각할 겨를이 없게 된다. 삶이란 일반적으로 욕구충족에의 부단한 추구 과정이라고 정의될 수 있지만, 개인적 차원에서는 자기정체성(正體性)의 발견을 끊임없이 시도하는 과정이라고 볼 수도 있다. 그러면 자기정체성 이란 무엇인가? 그것은 두 가지 부분으로 이뤄진다고 생각된다. 하나는 자기의 현 위치에 대한 인식인데 크게 보아 '나'의 자연에 대한 관계와 사회에 대한 관계를 내가 어떻게 이해하고 있느냐의 문제이고, 다른 하나 는 보다 나은 '나', 즉 내가 어떻게 달라져야 된다고 생각하느냐의 문제인 데 이것은 내가 바라는 보다 나은 자연과 사회는 어떤 모습의 것이어야 된다고 생각하느냐의 문제로 이어진다. 다시 말하면 '나'의 자기정체성의 발견은 '나'와 자연과 사회의 전체적 관계가 오늘 어떤 상태로 존재하고 있느냐의 문제와 내일 어떤 상태로 변경되어야 하느냐의 문제를 해결하는 데 있다. 즉 자연과 사회 속에 있는 '나'의 존재에 대한 이해와 당위에 대한 실천의 문제가 해결된다면 그것은 곧 나는 나의 자기정체성을 발견했 다고 볼 수 있다는 말이다. 자기정체성은 개인에게만 해당되는 것이 아니 고 집단, 조직의 경우에도 똑같이 적용된다. 따라서 그것은 사회조직의 가장 포괄적 형태인 국가에도 해당된다. 그런데 국가는 정부에 의해서 대 내외적으로 대표된다.

오늘의 한국을 대표하는 현정권의 자기정체성은 곧 국민 개개인의 삶과 직결되어 있기 때문에 온 국민의 공통관심사일 수밖에 없다. 일제 식민지 배로부터 해방된지 46년이 되지만 오늘의 한국은 과연 모든 면에서 떳떳 한 자주독립국인가? 일제로부터의 각종 피해배상문제가 아직도 완결되지 못하고 있고 국내적으로 일제잔재가 청산되지 못했을 뿐만 아니라 경제적 예속은 날로 심화되고 있는 형편이다. 미국에 대한 군사적 정치적 종속상 황은 한국이 미국의 신식민지나 다름없지 않느냐는 의혹을 불러일으킬

민금 식현시 없는 양성능늘 느끼내고 있다. 한국에서 과인 인간다운 쎄씨 실현될 수 있는가를 가늠해 볼 수 있는 측면들로서 우선 정부의 환경정책과 인권정책만을 점검해본다면 부정적 종합평가를 하지 않을 수 없다. 골프장 건설허가를 남발해온 것은 정부의 정책우선순위가 결코 항구적 자연환경보호에 있지 않음을 행동으로 천명하고 있고 국가보안법 등 반민주악법들을 적용하여 선량한 인간생명을 죽이는 일을 공공연히 자행하고 있음은 주지의 사실이다. 이러한 정부가 과연 국가를 대표할 수 있으며 존재할 가치가 있는지 의문시될 지경이다. 대한민국의 국가로서의 정체성이 암담함을 시인하지 않을 수 없는 이 현실 앞에 우리는 참된 자기정체성을 찾기에 생각과 행동의 초점을 맞춰야 할 것이다.(강대신문, '청화냉담', 1997. 8. 26)

이 글은 10년 전에 써졌지만 오늘의 '대한민국의 국가로서의 정체성'은 그때의 상황에 비해 별로 달라진 것이 없다고 판단되니 한심스럽기 그지없습니다.-2007.03.29 새벽 배동인

5. 종교관은 세계관과 인생관의 정립은 물론이고 인간의 자기정체성의 발견 또는 확립에 있어서 시금석이 된다고 생각합니다. 이와 관련하여 여기 블로그에 올려져 있는 다음의 글을 옮겨옵니다:

버트란드 러셀 지음, 이재황 옮김, 종교는 필요한가(Why I Am Not a Christian), 범우사, 1999:

이 책은 러셀이 1927년 영국 세속협회에서 행한, '나는 왜 기독교인이 아닌가'라는 제목의 강연과 종교, 윤리 등에 관한 에세이를 모은 것이다. 번역본에는 그의 다른 에세이 '자유인의 신앙'과 '나의 신조'가 추가 수록돼 있다.

종교관은 세계관 정립의 중심일 뿐 아니라, 명확한 생각하기의 시금석이다. 최고의 지식인이라고 일컬어지는 교수들도 종교관에 있어서 다양하며 갈팡질팡하고 있는 듯하다.

나는 학창시절에 이 책 읽기를 스스로 거부했다. 그 당시 나는 광신적 기독교인으로 기독교적 세계관과 인생관에 몰입돼 있었고, 반기독교적 또는 종교 비판적 사상은 불필요하다고 생각했기 때문이다. 그러나 70년대 중반에 이 책을 비롯한 러셀의 저작들을 읽으면서 만시지탄을 금치 못했다. 나는 종래의 나의 편협하고 닫힌 사고방식을 통회하고 기독교로부터의 탈퇴를 선언했다. 종교인에서 불가지론자로의 코페르니쿠스적 대전환은 내게 형언하기 어려울 만큼 흐뭇한 해방감과 희열을 안겨주었고, 지금도 그 감격은 생생하다. 불가지론자로서의 러셀의 관점이 명시적으로 표명된 것은 1953년 '룩'지와의 인터뷰 '불가지론자란 무엇인가'(졸저 '그리움의 횃불', 전예원 간행)에서다.

위의 책을 비롯한 러셀의 다른 책들은 나에게 명확히 생각하기에 큰 도움이 됐다. 위의 책을 읽고 성찰함으로써 대학인들이 개인의 종교에 대해 좀더 성찰하길 바란다.(배동인. 전 강원대 교수. 사회학)

위의 글은 '교수신문'(2003. 11. 10, 제291호, 6쪽: '함께 읽고 싶은 책' 난)에 실린 것입니다.

종교로부터의 해방

무종교의 세계관

스티븐 호킹은 그의 책 '위대한 설계'[스티븐 호킹, 레오나르드 믈로디노프(Stephen Hawking, Leonard Mlodinow)(전대호 옮김). 위대한 설계(The Grand Design). 서울: 까치글방. 2010. 252쪽]에서 다음과 같이 신의 존재에 관해 부정적인 견해를 밝히고 있다:

첫 장에서부터 저자의 의견은 분명하다: "… M이론에 따르면, 우리의 우주는 유일한 우주가 아니다. 오히려 M이론은 엄청나게 많은 우주들이 무(無, nothing)에서 창조되었다고 예측한다. 그 우주들이 창조되기 위해서 어떤 초자연적인 존재 혹은 신의 개입은 필요하지 않다. 오히려 그 다수의 우주들은 물리법칙에서 자연적으로 발생한다. 그것들의 존재는 과학의 예측에 의한 존재이다. 우주 각각은 많은 가능한 역사들을 지녔고 많은 가능한 미래 상태들을 지녔다. …"(14쪽).

마지막 장에서도 분명하다: "우주는 … 무로부터 자기 자신을 창조할 수 있고 창조할 것이다. 자발적 창조야말로 무가 아니라 무엇인가가 있는 이유, 우주가 존재하는 이유, 우리가 존재하는 이유는 자발적 창조이다. 도화선에 불을 붙이고 우주의 운행을 시작하기 위해서 신에게 호소할 필요는 없다.”(227-8쪽). “… M이론은 스스로 자신을 창조하는 우주의 모형이될 것이다. 다른 일관된 모형은 없으므로, 우리는 스스로 자신을 창조하는우주의 일부일 수밖에 없다.”(228쪽). “인간은 자연의 기본입자들의 집합체에 불과하다.”(228쪽).

나는 이 우주에 존재하는 모든 생명체들과 무기물들은 이들 존재들 사이의 오랜 시간에 걸쳐 이뤄진 상호작용에 의해 오늘의 모습을 지니게되었다고 본다. 대자연은 스스로 창조된 것이다. 신과 같은 어떤 초자연적존재에 의해 창조되었다고 볼 하등의 근거가 없다. 이러한 무종교의 세계관이야말로 인간으로서 견지할 수 있는 정직한 관점이라고 생각된다. 있는 그대로의 자연과 우주에 대한 이해와 인식이 오늘의 21세기의 고도로발전한 과학의 지식과 부합하는 인간이 취할 수 있는 적절한 태도일 것이다.

어떤 초자연적 존재에 의지하지 않고 인간이 지니고 태어난 이성과 감성으로써 인간은 바람직한 가치를 실현할 수 있을 것이다.

종교로부터의 해방 선언

종교는 인식론적 관점에서 볼 때 사람들의 소망적 사고에서 나온 가공적 세계관을 주축으로하는 자가당착의 신념체계이며 윤리적 관점에서는자율적 인간관과는 어긋나는 가치체계이다.

‘신’과 같은 초자연적 존재를 전제로 하는 세계관은 논리적 자기모순이다. 신의 존재나 부존재를 뒷받침하는 어떤 증거도 오늘의 과학적 지식수준에서는 제시되지 않고 있기 때문이다. 앞으로도 그러한 존재의 증거를 과학의 차원에서 기대하기는 어려운 신빙이다. 그럼에도 불구하고 신을 믿는다는 것은 자기모순이다.

"어느 명제가 참되다고 생각할 만한 근거가 전혀 없는 경우에 그것을 믿는 것은 바람직하지 않다"(버트란드 러셀[Bertrand Russell], '회의주의의 가치에 관하여'[On the Value of Scepticism], "회의적 에세이들"[Sceptical Essays], 9쪽).

신이나 다른 어떤 초월적 존재를 전제로 해서만 인간이 선하게 될 수 있고 좋은 삶을 살 수 있다는 생각은 근본적으로 잘못된 것이다: 그것은 인간의 자율성을 내팽개치고 타율적 노예도덕을 수용하는 처사로서 인간의 존엄성과 자존감을 손상시키는 노릇이기도 하다. 선과 악은 자연적 생명체로서의 인간의 욕구충족의 필요성과 사회적 상호작용의 필연성의 복합과정에서 빚어지는 가치판단으로서 다분히 서로 친절한 감정으로써 대하고자 하는 의지의 존재여부에 따라 갈라지게 된다.

인지적 치원에서거니 도덕적 치원에서 자율적 인간은 항상 자신의 이성과 지성으로써 실재를 인식하고 주어진 실재보다 더 나은 실재를 창조해 나아가는 자기계몽적 결단을 내리며 실천해야 한다(임마누엘 칸트의 "'계몽이란 무엇인가?'라는 물음에 대한 대답" 참조).

동시에 우리는 어떤 의견이나 사상에 대해서도 절대적 확실성을 유보하는 비판적 회의의 태도를 견지할 필요가 있다: 언제든지 더 참되고 더 나은 이론이 나타날 수 있기 때문이다.

무엇이 참이며 거짓인가, 무엇이 선이며 악인가를 우리는 그때그때마다 주어진 상황에서 비판적 이성으로써 판가름하여 상응하는 행동방향을 결단해야 한다. 과거의 종교적 가르침이나 철학적 교훈은 저마다의 지금 여기서의 결단을 위한 참고자료일 뿐이다.

자율적으로 명확하게 생각하려고 애쓰고 자기의 언행에 대한 책임감이 강한, '정신의 독립성'을 견지하는 사람에게는 종교는 불필요하다. 반면에 종교에 의지하는 사람은 스스로 명확하게 생각하기를 게을리하면서 전통이나 외적인 권위에 의존하려는 성향이 짙다고 볼 수 있다. 요컨대 타율성이냐, 아니면 자율성이냐가 관건이다.

지금껏 조직화되고 제도화된 종교가 초래한 폐해는 이루 헤아릴 수 없을 정도로 심대하다. 우리는 더 이상 자율적 인간관을 저해하고 인간을 타율적 노예로 전락시키는 종교가 인간의 정신을 지배하도록 방치할 수는 없다.

우리는 이제 종교로부터의 해방을 결행하고 자유롭고 자율적인 인간으로서 자유와 진리와 정의와 평화와 행복의 새로운 인간세계를 건설해 나아가야 한다.

나의 종교 체험: '하나의 획기적 사건'

지금까지 나의 삶에 있어 하나의 획기적인 사건은 나의 종교에 대한 태도의 변화였다. 그것은 버트란드 러셀의 에세이 '왜 나는 기독교인이 아닌가'를 읽음에서 비롯되었다. 그것은 하나의 코페르니쿠스적 대전환이었다.

나는 버트란드 러셀(Bertrand Russell, 1872-1970)을 대학입학 시절에 알았으나 당시에 광신적 기독교신자였기에 그의 번역된 에세이집 '왜 나는 기독교신자가 아닌가'를 거들떠보지도 않았다. 나는 기독교적인 세계관과 인생관으로 만족하니 이에 대한 비판적인 철학이나 이론은 불필요이니고 단정했었기 때문이다. 그러나 독일어 판 중 1975년 밑에 그의 위 에세이집을 읽고 내가 지난 20여 년 동안 얼마나 편협하게 잘못 생각했고 어리석었는가를 절감하게 되었다. 그는 영국의 '세속협회'의 1927년 3월 6일 모임에서 행한 제목의 강의에서 하느님의 존재와 성경에 그려진 인류 역사상 가장 현명한 인간으로서의 예수의 인간상에 대해 비판적으로 검토 하고 마지막에 종교의 근원이 인간의 원시적 공포에 있다고 주장한다. 나는 그의 의견에 대해 반론을 제기할 수 없었다. 그래서 당시에 서울 장충동에 있는 경동교회의 집사였던 나는 교회탈퇴를 선언했고 그 이후 러셀처럼 불가 지론자 또는 무신론자가 되었고 점차 종교로부터 해방되었다고 생각한다. 이 로써 얻은 해방감과 지적 희열은 지금도 생생하다.

(나의 블로그 '새벽 [http://blog.daum.net/dibae4u]에 있는 '종교' 방 참조). 러셀에 관해선 계간지 '세계시민' 2016 겨울호에 실린 나의 글 '내가 접한 버트란드 러셀'을 참조하 기 바란다.

당시에 종교에 관해 생각하면서 삶과 생각의 방법론에 대해서도 생각하 게 되었는데 체계적으로 생각하는 것이 중요함을 깨달았다. 어떤 물음이 나 주제에 관해 체계적으로 생각하지 않고 습관적으로 해당 주제에 관해 생각하게 되면 마치 다람쥐 쳇바퀴 돌듯이 제자리걸음에서 벗어나기 어렵 다. 그렇게 평생을 살아가기 쉬울 것이다. 그러면 삶살이에 아무런 진전이 없을 것이다. 체계적인 사고의 첫걸음은 모든 것(대상이나 현상)은 저마다 일정한 체계를 지니고 있음을 아는 데 있다. 달리 말하면 모든 것은 저마다 고유한 구조와 과정을 지니고 있음을 볼 수 있다는 것이다. 가령 인간 사회 도 그 나름의 구조와 과정을 지니고 있는데 그 구조는 구성원들 사이의 상호작용, 곧 상호성으로써 이뤄지고 그 과정은 구성원들의 행위가 목표 와 수단을 선택하는 것으로써 이뤄지는데 이는 곧 합리성의 추구라고 개념 화할 수 있다.

인간사의 모든 일은 생각에서 비롯된다. 무릇 생각은 두 가지 서로 질적으로 다른 차원에서 생긴다. 하나는 사실과 사실의 인식에 관한 것이고 다른 하나는 가치와 그 실현에 관한 것이다. 앞엣것은 인지적 차원이고 뒤엣것은 규범적 차원이다. 기독교를 비롯해 종교는 이 두 차원에 관해 어떤 발언을 한다. 가령 기독교의 성경에서 인간을 포함하여 세상 만물이 어떻게 창조되었는가를 그 창세기에서 서술한다든지 신약 복음서에서 예수가 동정녀 마리아에게서 태어났다든지, 여러 가지 기적을 행했다든지, 죽은지 사흘만에 부활했다든지를 얘기하는 것 등은 사실의 차원에 속하는데 그게 모두 사실과 부합한다고는 보기 어렵다. 무엇보다도 먼저 '하느님'의 존재 여부가 인식론적 문제로 제기된다.

대체로 종교에서 말하는 세계관은 신화로써 그려져 있다. 신화는 인간의 소원을 환상적으로 꾸민 이야기여서 사실과는 거리가 멀다. 창세기의 천지창조의 신화도 마찬가지다. 기독교의 창조설과 다윈의 진화설이 맞서고 있어 지금도 논란이 계속되고 있음은 주지의 사실이다. 아무튼 종교의 첫 맹점은 사실과 부합되지 않는 세계관에 있다. 종교의 두 번째 맹점은 인간의 바람직한 인생관, 곧 어떻게 사는 것이 좋은가라는 물음에 대한 대답이 가령 사랑의 계명처럼 너무 추상적이어서 실제 삶의 현장에서는 적용하기 어렵다는 데 있다. 구체적 삶의 문제에 직면하여 어떻게 하는 것이 사랑의 윤리를 실천하는 길인가는 그때그때 문제상황에 따라 목적과 수단의 연관관계를 합리적으로 분석하여 행위자가 결정할 수밖에 없다. 그러니 실제 상황에서는 기독교의 사랑의 계명은 별로 도움이 되지 않는다.

무릇 사실과 그 인식에 관해서는 과학(학문)의 차원에서 다루게 되었다. 반면에 가치와 그 실현에 관한 문제는 정치의 차원에서 해결할 수밖에 없나. 이에 관해서 나는 여기에 더 토론을 펼치고 싶지는 않다. 그런 토론은 어떤 구체적인 문제를 두고 의견을 주고받음으로써 효과적으로 이뤄질 수 있을 것이기 때문이다.

우리의 생각을 생각 자체로 돌려보면 생각은 우리의 뇌신경조직이 관장하고 이른바 감정이라는 것도 그렇다. 그래서 흔히 서구의 철학의 영향으로 지성과 감성이라는 2원론적 범주의 사고틀에 매여 있지만 이 역시 러셀처럼 1원론적으로 생각하는 것이 옳다고 본다.

그리고 우리의 삶살이에서 모든 문제의 해결에 있어 합리성을 추구하는데 이 합리성에 있어서도 크게 인지적 합리성과 규범적 합리성으로 구별하여 대처할 필요가 있다. 자세한 것은 졸저 '인간해방의 사회이론'과 다른 글들을 참조하기 바란다.

종교문제와 관련하여 나는 칸트((Immanuel Kant, 1724-1804)의 글 "'계몽이란 무엇인가'에 대한 대답'을 강조하고자 한다: "계몽이란 인간의 자기 자신에게 책임이 있는 미성숙으로부터의 출구이다. '미성숙'이라 함은 다른 사람의 지도 없이 자신의 오성(이해력)을 사용하지 못하는 무능력함을 말하며 '자기 자신에게 책임이 있음'은 그 미성숙의 원인이 이해력의 부족에 있지 않고 그것을 다른 사람의 지도 없이 사용할 용기와 결단의 부족에 있음을 뜻한다. 자기 자신의 오성을 사용하고자 하는 용기를 가져라! 이것이 따라서 계몽의 표어다."

칸트의 말처럼 우리가 저마다 지니고 태어난 이성을 자율적으로 사용하는 이에게는 종교는 불필요할 테지만 타율적인 사고에 젖은 이에겐 종교가 필요할 것이다. 이 문제에 관해서도 나의 블로그에 '종교란 무엇인가?', '종교는 필요한가?'라는 글 등에서 나의 견해를 설명했다.

종교로부터 해방됨으로써 나의 삶은 그만큼 단순해졌다. 무릇 진리와 지혜는 단순한 것임을 절감하곤 한다. 단순함과 자연스러움에서 아름다움을 보기도 한다.

이 글은 法門詩文(법문시문): 서울대학교 법과대학 제15회 동창회 문집(서울: 도서출판 기파랑, 2017. 436쪽), 176-80쪽에 실려 있다.

제2부

좋은 삶

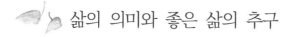# 삶의 의미와 좋은 삶의 추구

나의 삶의 의미는 무엇인가?

나의 삶의 의미에 대해서 새삼스럽게 생각해본다.

1. 나는 인간이라는 종에 속하는 생명체로서 이 지구에 태어났다. 무릇 인간은 자연에서 나왔고 그 삶을 마감한 뒤에 다시 자연으로 돌아갈 것이다. 어느 누구도 자연을 거슬러서 항구적으로 살 수는 없다. 자연의 이치에 따라 살아갈 수밖에 없다. 이를 나는 '합리성'이라고 일컫고 싶다. 합리적인 삶은 곧 자연의 이치에 순응하여 사는 삶, 곧 자연스러운 삶이며 그것은 따라서 순리적인 삶이다. 자연스러운 삶은 자연 안에서, 자연과 더불어 사는 삶을 뜻한다. 자연은 모든 생명의 어머니이다.

따라서 나의 삶의 첫째 의미는 자연스럽게 사는 데 있다. 자연스러운 삶이 나의 삶의 첫 번째 의미라고 생각된다.

2. 나는 매 순간마다 과거와 현재의 나 자신으로부터, 지금까지의 나의 삶의 잘못된 습관으로부터 해방되어 보다 나은, 바람직한 삶을 살아가고자 한다. 이러한 해방된 삶은 내가 보다 더 자유로워지고자 함이다. 그래서 나의 삶의 두 번째 의미는 해방된 삶, 자유로운 삶에 있다.

3. 자연스럽고 자유로운 삶이 지향하는 것은 무엇인가? 그것은 자율적

인 삶이다. 나의 순간바나 감시하는 욕구를 충족시키기 위애 노력아기에 앞서서 그 욕구가 바람직한 것인지 아닌지를 먼저 판단해야 하는데 이러한 판단을 나의 이성과 지성으로써 나의 책임 아래 스스로 내릴 수 있는가가 나의 자율성의 문제인 것이다. 나의 일상생활에서 부딪치는 문제들에 대한 해결책을 찾는 과정에서 나는 자율적인 판단능력을 지니고 있는가? 이 물음에 대해서 '그렇다'고 스스로 대답할 수 있다면 나는 자율적인 삶을 살 수 있는 능력을 지니고 있다고 볼 수 있다.

이러한 맥락에서 나의 삶의 세 번째 의미는 자율적인 삶에 있다.

자연스럽고, 그릇된 습관으로부터 해방되어 자유롭고, 자율적인 삶을 살아가는 데에 나의 삶의 의미가 있다. 자연스럽고 자유롭고 자율적인 삶에서 비로소 참되고 아름답고 창조적인 삶, 곧 행복한 삶이 실현될 수 있을 것이다.

좋은 삶의 길

1. 인간: 몸을 가진 존재

삶의 주체인 인간은 몸을 가진 존재다. 몸은 생명의 집이며 마음이 깃든 곳, 마음(정신 또는 영혼)의 담지자이기도 하다. 따라서 몸이 제 기능을 발휘하지 못하면 생명이 유지될 수 없다. 그러니 몸의 건강이 좋은 삶의 첫째가는 요건이다.

그런데 몸은 하나의 흐름체계다. 몸이 건강하다는 것은 이 흐름체계가 원활히 흐름을 뜻한다. 몸의 각 기관과 조직들이 서로 연결돼 있으면서 서로 혈액 등의 흐름을 잘 유지한다면 그 몸은 건강한 몸이라고 볼 수 있다.

몸의 건강을 위해서는 적절한 운동과 휴식이 필요하다. 규칙적인 운동, 가령 체조, 조깅 등이 좋다. 이건 결코 쉬운 일이 아니다. 굳은 의지와 실천력이 요구된다. 물론 운동은 과학적 지식에 근거해야 한다.

몸과 마음의 관계에 대한 이해가 인간관의 주요 내용인데 서구의 전통적인 이원론적 인간관보다는 나는 러셀적인 중립적 일원론을 지지한다. 몸이 제 기능을 수행하지 못하면 마음도 제 구실을 못하게 되기 때문이다. 해부학적으로도 마음은 머리의 뇌신경 조직에 자리한다.

2. 삶의 정의와 장

삶은 삶의 주체가 감지하는 욕구의 충족을 추구하는 과정이다. 어떤 욕구를 충족시키고자 할 때 두 가지 전략적 욕구가 상정된다: 이들 전략적 욕구는 포괄적이며 보편적인 욕구로서 욕구체계의 분석 결과로서 추론된 이론적 메타 욕구다: 하나는 실재를 알고자 하는 욕구이고 다른 하나는 실재를 변경시키고자 하는 욕구다. 앞엣것은 과학(science)으로서, 뒤엣것은 정치(politics)로서 제도화되어 있다(졸저 '인간해방의 사회이론' 참조).

과학은 세계관의 문제인 사실규명을 과제로 삼고, 정치는 가치관의 문제인 가치(가령 자유, 정의, 평등, 평화, 생명존중, 상생, 인류애 등)실현을 과제로 삼는다. 사실규명, 곧 진리의 발견에서의 진리도 하나의 가치임에는 틀림없지만 그것이 다른 가치들과 다른 점은 있는 그대로의 실재를 인식한다는 데 있다.

따라서 삶살이에서 중요성을 띠는 요인들은 욕구와 자원이다. 욕구의 종류와 그 충족수준, 그리고 어떤 욕구의 충족을 위해서는 그에 상응하는 자원이 필요하기 때문이다.

삶의 장에는 자연, 사회, 국가가 있다.

첫째, 자연은 모든 생명체의 고향이다. 자연은 삶의 환경으로서 지구, 태양계, 우주를 포괄한다. 자연의 구성요소는 유기체와 무기체이며 이들 사이의 상호작용이 그때그때의 자연을 구조 짓는다. 생명체의 시각에서는 자연은 욕구충족의 수단대상이며 동시에 자신의 존재의 기초를 이루며 자원획득을 위한 보고이며 약육강식의 연쇄구조를 내포한다.

둘째, 사회는 개인과 집단과 조직으로써 구성돼 있다. 사회의 형성에는 두 가지 요인이 작용한다: 구조적 요인으로서 상호성(reciprocity), 과정적 요인으로서 합리성(rationality)이다. 합리성은 목적과 수단의 두 영역에 해당한다(여기서 '이성'과 '감성'의 개념의 이해가 중립적 일원론의 관점에서 논의될 수 있다): 목적의 합리성은 그 목적의 바람직함, 타당성 또는 정당성을 뜻하고 수단의 합리성은 특정 목적의 실현과 관련하여 그 효율성과 효과성을 뜻한다. (상호성 개념과 관련해서 마르크스의 사회이론 비판, 합리성 개념과 관련해선 막스 베버의 합리성 개념체계에 대한 비판과 재구성 참조: '인간해방의 사회이론'). 사회유형으로선 공동사회(Gemeinschaft)와 이익사회(Gesellschaft)를 들 수 있다(F. Toennies).

셋째, 국가는 조직의 한 종류로서 공동사회와 이익사회의 양면적 성격을 띤다. 그 구조는 분업화, 체계화되어 있다. 바람직한 국가유형으로서는 체계이론에 근거한 연방제 국가이다(독일의 예 참조). 이와 함께 그 이념적 요인인 민주주의를 기초로 하는 국가구성 제도로서 의회중심주의(내각책임제) 국가체제를 합리적인 것으로 지향할 수 있다.

사회제도는 사회구조가 규범화된 것이다. 가령 정치제도, 경제제도, 가족제도, 교육제도, 문화제도 등등이 있다. 사회제도들 가운데 그 존재이유가 의문시되는 것이 종교제도다: 종교는 자율적으로 삶을 살 수 있는 사람에게는 불필요하지만 타율적으로 삶을 사는 이들에게는 필요하다. 이에 관해서는 따로 논의될 필요가 있다.(블로그 '새벽'->'종교' 방 참조)

3. 삶의 두 가지 방향: 능동주의와 소극주의

능동주의(activism)/소극주의(passivism)

공자/노자

보태기/채우기/ (+) 덜어내기/비우기/ (-)

빠름의 철학/느림의 철학

실적축적(Popper의 Verification)/오류제거(Popper의 Falsification)

성장, 확장, 최대화/자족, 내적 충실화, 최소화

외향성(outward-looking)/내향성(inward-looking)

좋은 삶은 소극주의적인 삶의 방향을 근간으로 삼되 그 추진과정에서 능동주의적 삶의 방식을 제한적으로 도입할 수 있는 삶이다.

토론거리: 일본의 '사토리(득도, 깨달음) 세대', 곧 소비혐오세대의 문제 상황(이에 관한 KBS 1-TV의 2016.01.01 심야방송 '명견만리', 장진[영화감독]의 강연 참조). 소비 감소 -> 경제위축, 침체 -> 삶의 질 저하의 추세가 우려되는데 이런 경향이 전 지구적으로 확산된다면 축소지향적 생활양식으로의 보편적 변화를 가져올 것이고 노자주의가 일반화될 수 있을 것이다.

4. '좋은 삶'의 정의들

• 버트란드 러셀(Bertrand Russell, 1872-1970)의 경우: '좋은 삶은 사랑으로 일깨워지고 지식으로 이끌어지는 삶이다'(The good life

is one inspired by love and guided by knowledge.-그의 에세이
'What I Believe'에서.).

- 스코트 니어링(Scott Nearing, 1883-1983)의 경우:'좋은 삶은 단순하고 검소한 삶(Good life is a simple and frugal life.-그의 자서전)이다.'

5. 좋은 삶의 측면들

- 자율적인 삶: 칸트(Immanuel Kant, 1724-1804)의 "'계몽이란 무엇인가?'라는 물음에 대한 대답(Beantwortung der Frage: Was ist Aufklaerung?, 1783)"의 중요성; 독립적 사고의 중요성.

  칸트는 위 물음에 대해 대답한다: "계몽이란 인간의 자기 자신에게 책임이 있는 미성숙으로부터의 출구이다. '미성숙'이라 함은 다른 사람의 지도 없이 자신의 오성(이해력)을 사용하지 못하는 무능력함을 말하며 '자기 자신에게 책임이 있음'은 그 미성숙의 원인이 이해력의 부족에 있지 않고 그것을 다른 사람의 지도 없이 사용할 용기와 결단의 부족에 있음을 뜻한다. 자기 자신의 오성을 사용하고자 하는 용기를 가져라! 이것이 따라서 계몽의 표어다."

- 자연주의: 자연적 합리주의, 순리 지향; 자연적 존재로서의 자아정체성 정립.

- 단순함:'작은 것이 아름답다'(E. F. Schumacher); '슬로 라이프(slow life)' (쓰지 신이치); '자발적 간소함'(LOVOS[Lifestyles of Voluntary Simplicity]:그레타 타우베르트[이기숙 옮김], 소비사회 탈출기, 서울: 아비요, 2014, 248-9쪽)

- 의미의 추구: 욕구에 대한 성찰, 의미에 대한 비판적 합리성 성찰. 탈물질주의적 삶의 방식.

- 아름다움의 추구: 1) 자연스러움; 2) 깨끗함, 투명성, 자기동일성; 3) 조화로움: 어울림, 대조성, 상호협력; 4) 자연의 관조: 예술행위, 예술적 삶, 음악, 미술 등의 창조, 음악 등 예술품의 감상
- 과학하는 삶: 지적 호기심과 지식의 발견, 신기술의 발명, 적정기술의 중요성, 기술의 합리성 검토
- 정치하는 삶: 정의(공정성), 사랑(공생, 상생)과 희망(실패의 수용)의 원리 실천, 특히 조직생활의 합리성(특히 정직성, 성실성), 창조성(문제해결능력 고양).

좋은 삶은 건강과 행복을 안겨주는 삶인데 건강과 행복은 참된 세계관과 바람직한 인생관을 기초로 해서 얻어질 수 있다.

공자의 액티비즘과 노자의 패시비즘

삶살이에는 크게 두 가지 방향의 길이 있다. 그 대표적인 예를 공자와 노자에게서 볼 수 있다.

공자는 인(仁)이라는 가치를 지향하여 끊임없이 실천하고 노력하는 삶의 태도를 주창하고 있어 이를 능동주의 또는 적극주의(activism)라고 일컫는다면 노자는 모든 사물과 현상의 움직임이 늘 그 반대되는 쪽을 향해 변화해가는 자연의 이치에 따라 인간의 삶도 무위자연의 흐름에 순응하는 것이 지혜로운 삶의 길이라고 말하고 있으니 나는 이를 수동주의 또는 소극주의(passivism)라고 특징화하고자 한다.

그러면 어느 쪽이 진리에 더 가까운가? 나는 양자택일 식으로 딱 잘라 어느 한쪽을 정답이라고 단정하기 어렵다. 시간과 공간의 크기에 따라,

다시 말하면 단기적인 또는 장기적인 관점에 따라 그 적합성이 달리 평가될 수 있을 듯하다. 공자의 액티비즘은 단기적 관점에서 볼 때 우월하다고 보고 노자의 패시비즘은 장기적인 안목에서 볼 때 더 수긍이 가는 듯하다.

인간사회의 역사는 그때그때의 인간의 사고와 행위에 의해 세계를 변화시켜온 기록이다. 그게 바로 과학과 정치의 두 차원에서 이뤄낸 행위주체로서의 인간의 실적이다. 이 실적이 문명과 문화의 형식으로 다양하게 형상화되어 왔다. 이 실적을 보다 바람직한 방향으로 이루기 위한 원칙과 방법을 얘기하고자 하는 것이 공자의 관심사라고 볼 수 있다. 그러면 지금까지의 역사적 실적을 총체적으로 어떻게 평가할 수 있을까?

긍정적인 평가를 내릴 수 있는 분야도 있고 부정적인 평가를 피할 수 없는 분야도 있다. 물론 거기엔 의도하지 않은 결과도 있다. 가령 현대의 고도로 공업화된 자본주의 경제체제가 빚어낸 환경오염과 지구온난화를 들 수 있다. 물질문명이 가져온 삶의 편리함은 건강을 해치고 새로운 질병을 가져왔다. 그 원동력이 공업화에 있다면 과학기술의 발전과 생산성 향상은 결국 자연의 벽에 부딪히고 있는 것이다.

이 대목에서 노자는 말한다: 자연을 넘어설 생각을 하지 말고 자연 안에서 자연과 함께 물 흐르듯이 살아가라. 그는 그의 도덕경에서 '상선약수 …'(제8장), 그리고 '곡신불사 …'(제6장) 등으로 웅변한다.

사람이 저마다 추구하는 행복은 욕구와 자원의 상반된 변수관계에서 도출된다: 욕구충족을 위한 자원을 확보하는 데만 노력할 것인가, 아니면 욕구의 수와 수준을 줄이고 제한된 자원을 소비함으로써 욕구충족이라는 행복의 지수를 적절히 조절할 것인가에 대한 결단을 순간순간마다 내려야 한다. 경제성장이냐, 아니면 무소유냐의 전략적 대안선택이 긍극적 문제로 제기된다.

이에 맞서 공자는 그래도 그의 '인'(仁)의 철학을 강조하며 실천하기를 종용한다.

우리는 여기서 역설적인 변증법적 삶의 구조와 과정을 생각해볼 수 있다: 공자적 내재성의 논리와 노자적 초월성의 논리가 상호작용을 통해 서로 연결되는 맥락을 보고 삶의 방향을 조종하는 길이다. 이 길은 끊임없는 성찰을 필요로 한다. (2011.07.07.)

인간존재의 자연성과 사회성, 그리고 상호성과 합리성의 보편적 원리

인간존재를 어떻게 이해할 것인가? 우선 인간은 두 가지 측면을 동시에 지니고 있는 것으로 보인다. 하나는 그의 자연성, 곧 인간은 자연적 존재로서 자연에 그 존재의 뿌리를 두고 있다는 것이고, 다른 하나는 그의 사회성, 곧 인간은 사회적 존재로서 다른 인간들과의 관계 속에 존재한다는 것이다. 그러나 크게 보면 자연과 사회가 대립적인 관계에 있다기보다는 사회도 자연의 일부라고 볼 수 있다. 마치 사회가 자연으로부터 분리된 것으로 보는 데서 새로운 문제를 야기하게 되었다: 가령 공업화 등 기술문명의 발전을 통해 자연정복이나 자연변경을 과도하게 시도함으로써 자연으로부터의 반작용을 불러일으키고 있는 것이다. 지구온난화와 기후변화가 그 반증현상이다. 인간의 자연성과 사회성 사이에는 늘 긴장관계가 있다: 둘 사이의 조화와 균형을 유지하는 것이 바람직할 것이다.

인간의 자연성에서 인간행위의 수동성이, 인간의 사회성에서 인간행위의 능동성이 도출된다. 인간은 자연의 법칙에 순응함으로써 그의 자연 안에서의 존재를 지속할 수 있는 반면에 인간은 사회를 형성하여 사회관계를 통해 삶의 구조적 변화를 모색하게 되기 때문이다. 인간의 능동성이 지나쳐서 자연의 법칙에 어긋날 정도로 사회와 자연의 변화를 추구하게 될 때 위와 같은 문제상황을 빚어내게 된다.

인간의 자연성을 강조하다보면 노자의 자연주의적이고 소극주의적인 삶의 철학으로 나아가는 반면에 인간의 사회성을 중요시하다보면 공자의 인과 효와 충의 가치를 실현하는 데 역점을 두는 적극주의적인 삶의 철학을 숭상하게 된다.

그런데 인간사회나 자연세계에서 보편적으로 관철되고 있는 원리가 상호성과 합리성이다. 나는 다른 데서 이미 상호성은 사회형성의 구조적 원리이며 합리성은 그 과정적 원리임을 설명했다(졸저 '인간해방의 사회이론' 참조). 이 두 가지 원리는 인간사회에서뿐만 아니라 자연세계에서도 관철되고 있음을 관찰할 수 있다. 모든 존재들은 서로 연결되어 있고 서로 지간접적인 상호작용의 관계망 안에서 그 존재를 유지, 발진해나가고 있다는 점이 상호성의 원리를 뜻하며 각 존재의 행위과정은 생존과 욕구충족을 위한 합리적 수단과 방법의 선택의 연속이라는 점이 합리성의 원리를 가리킨다.

이로써 인간존재의 큰 맥락은 밝혀졌다고 본다. 문제는 이들을 인간의 사회적 삶의 구조와 과정에서 원칙과 원리에 맞게 재조직화하는 데 있다. 거기에 과학과 정치의 역할이 중요성을 띤다. 어느 경우에나 기본적으로 중요한 것은 사실의 규명이다: 자연적 사실(자연현상)과 사회적 사실(사건, 현상)을 명확히 서술하고 그 인과관계를 설명하는 일이다. 이것이 항상 쉽지 않다는 데 문제가 있다.

참살이: 나는 자율적인 삶을 살고 있는가?

'웰빙'을 우리말로는 '참살이'로 쓰기로 했다고 들었다. 먼저 그 외래어 표기 자체가 못마땅하게 보였다: '웰빙'의 원어는 'well-being'이니 이를 그 발음대로 적는다면 '웰비잉'으로 했어야 옳다.

그런데 '참살이'는 또 웬 말인가? 오히려 '잘살이'로 옮겨야 더 적절하지 않을까? '참살이'를 그대로 영어로 옮긴다면 'true-being' 또는 'true-living'이 될 것이다: 그런 용어가 있는지 모르겠다. '잘 사는 것'이 경제적으로 풍요로운 삶을 뜻한다면 '참되게 산다는 것'은 도덕적 가치판단이 전제된 인간다운, 바람직한 삶을 가리킨다.

아무튼 지금 여기서 나는 외래어 표기에 관해 얘기하고자 하는 것이 아니라 참된, 인간다운 삶이란 무엇인가에 더 깊은 관심이 있다.

내가 '참된 삶'을 생각할 때 가장 먼저 중요하게 떠오르는 것은 '자유로운 삶'이다. 어떤 것에도 얽매이지 않고 어떤 걸림돌에도 구애받지 않는 삶, 나의 욕구를 거침없이 충족시킬 수 있는 힘이 나에게 주어진 삶이다. 그것은 경제적으로 잘 사는 것을 넘어서는, 정신적 차원의 가치관이 더욱 중요시되는 삶이다.

이러한 자유로운 삶을 달리 표현하면 자율적인 삶이라고 말할 수 있다. 나의 생각의 주체가 나이고 나 스스로 생각하는 대로 삶을 살아간다면 그것이 곧 자율적인 삶일 것이다. 엄밀히 따져보면 '나의 생각이 진정한 의미에서 나 자신의 생각인가'라는 물음에 선뜻 '그렇다'고 자신 있게 대답하기 어려울 때가 있다. 나라는 인간 존재는 이미 태어나면서부터 한 가족 안에서, 그리고 나의 가족은 이미 존재해오고 있는 사회 안에서 삶을 살아오고 있어 관습, 전통, 제도 등 문화적 요소들에 의해서 사회화, 곧 내면화되고 학습, 훈련되어 있기 때문이다. 나는 곧 사회적 존재이므로 기존의 사회구조와 제도에 의존되어 있다. 그래서 나는 한국사회의 한 구성원으로서 다른 사람들과의 상호의존관계 속에서 서로 도움을 주고받으며 살아가고 있다. 나의 자율성은 제한되어 있고 상대적이다.

무릇 사회의 한 구성원인 개인은 상호의존성과 함께 상대적 자율성을 지니고 있다: 이것은 사회학 개론서에 나오는 보편적 상식이다. 그러나 앞엣것이 인간의 존재론적 조건이자 운명이라면 뒤엣것은 삶의 주체인 개개인이 끊임없이 재확인하고 결단해야 하는 문제다. 자율성은 삶을 살아가는 사람이라면 누구나 순간마다 해결해야 하는, 부과된 과제인 것이다. 인간이 얼마나 어떻게 자율적인가에 따라 그 인간의 인격적 존엄성의 질이 결정된다고 볼 수 있다. 무엇보다도 자율성에의 의지가 있느냐, 없느냐의 문제가 중요하다. 달리 말하면 나는 평소에 나의 자율성, 나의 자유에 관해 얼마나 의식하면서 살고 있느냐라는 문제의식이 나의 인간존재로서의 수준과 질을 판가름한다고 볼 수도 있다.

역설적이게도 우리는 자유롭게 살아가고 있다고 말하면서도 실은 온갖 굴레에 얽매여있고 다양한 종류와 형태의 감옥 속에 갇혀서 살고 있음을 확인할 수 있다.

우리의 자율성을 위태롭게 하는 것들 가운데 하나가 종교라는 것이다. 종교는 무엇보다도 먼저 개인이 스스로 자유롭게 생각하지 못하게 만든다. 종교가 지닌 전통적 신념체계에 동화되도록 유도하고 어떤 의문을 제기하지 못하게 만든다. 종교, 특히 사회제도화된 종교는 하나의 억압체계로서 거기에 순응하여 생각하고 행동하도록 보이지 않는 강제력을 행사한다. 그것은 여러 가지 의례와 규범과 교리에서 드러난다. 대체로 종교에서의 교리와 규범의 정당성은 납득할 만한 증거나 합리성으로써 뒷받침되고 있지 않다. 그 정당성의 근거는 오로지 그 역사적 전통에 있을 따름이다. 종교의 힘은 그것이 지닌 오랜 역사적 전통이 행사하는 권위에 있다고 본다. 그러나 어떤 권위든지 그것이 의문의 여지가 없을 만큼 진리성과 정당성을 지니고 있는가를 따져보기 전에는 맹목적인 인정과 존경이 허용되어서는 안된다. 먼저 권위의 근거가 밝혀지고 사회적 승낙 여부가 분명해져야 한다. 대개 권위도 상대적이어서 어떤 권위든지 그에 대립되는 다른 권위가 나타날 수 있다. 따라서 이른바 세상 사람들이 인정한다는 권위를 맹신한다는 것처럼 어리석고 위험한 일은 없을 것이다.

종교가 존재하지 않는 사회는 없을 것이다. 그러나 나의 삶의 주인이 '나'가 되지 못하게 만드는, 곧 타율적인 삶을 살도록 강제하는 종교를 초월하여 생각하고 행동할 수 있지 않고서는 자율적인 삶이 불가능하리라. 그런 체험을 나는 실제로 겪었다: 1970년대 중반에 나는 광신주의적 기독교인에서 탈피하여 불가지론자가 되었다. 이 코페르니쿠스적 대전환에는 버트란드 러셀의 영향이 컸다. 이 '사건'을 계기로 나는 참된 내면적 자유를 얻게 되었다고 회상한다: 그때 나는 비로소 자유인이 되었다는 의식으로 다시 깨어났을 때의 희열과 해방감이 지금도 생생하게 느껴진다.

그밖에 일상생활 속에서 우리는 사회제도, 관습, 전통적 생활양식, 유행 등 사회-문화적 굴레를 벗어나서 스스로 생각하고 판단하고 행동하기가 어렵다. 다른 사람들의 눈초리가 두려운 것이다. 적응과 저항의 긴장이 지속될 수밖에 없다: 사회조직의 차원에서는 보수와 개혁의 줄타기라고 볼 수 있다. 그러나 남의 눈치를 보면서 생각하고 행동한다는 것은 이미 타율성의 감옥에서 해방되지 못하고 있는 증거다. 그런 타율적인 삶에서는 내가 나의 삶을 사는 것이 아니라 다른 사람들의 삶을 내가 꼭두각시처럼 살아주고 있는 셈이다. 그것은 아무리 오래 살더라도 허무한 삶이다.

빈 껍데기의 삶이다. 무늬만 삶처럼 보일 뿐 그것은 이미 죽어있는 것이나 다름없다.

다시금 칸트의 유명한 말이 떠오른다: '계몽이란 무엇인가'라는 물음에 대한 그의 대답이다.

"계몽이란 인간의 자기 자신에게 책임이 있는 미성숙으로부터의 출구이다. '미성숙'이라 함은 다른 사람의 지도 없이 자신의 오성(이해력)을 사용하지 못하는 무능력함을 말하며 '자기 자신에게 책임이 있음'은 그 미성숙의 원인이 이해력의 부족에 있지 않고 그것을 다른 사람의 지도 없이 사용할 용기와 결단의 부족에 있음을 뜻한다. 자기 자신의 오성을 사용하고자 하는 용기를 가져라! 이것이 따라서 계몽의 표어다."(나의 글 '자유와 속박: 내생적 감옥으로부터의 해방을 위한 권고' 참조).

경제적으로 잘 사는 것만으로는 인간다운 삶, 자율적인 삶에 이르지 못한다.

나의 생각조차도 나의 비판적 사고의 대상으로 삼는 스스로 독립적으로 생각하기에서부터 자율적 삶은 출발한다. 이러한 자율적 삶에서만이 참된 삶의 의미를 발견하거나 창조해낼 수 있다. 자율적인 삶은 따라서 삶의 모든 순간에 생각하기와 행동하기에 있어서 끊임없는 자기와의 싸움이라고도 말할 수 있을 것이다.(2006.10.17)

해방지향적 삶

바람직한 지식인상

이 세상에서 삶을 살아가는 데에는 두 가지 조건이 필요하다. 지식과 지혜가 바로 그것이다. 이들은 내가 개념화한 두 가지 '전략적 욕구'와 관련된다. '삶'이란 욕구충족에의 끊임없는 추구과정이라고 정의될 수 있고 모든 욕구의 충족을 위해서는 궁극적으로 실재를 알고자하는 욕구, 곧 인지적-과학적 욕구와 주어진 실재를 바람직하다고 생각되는 방향으로 변경시키고자하는 욕구, 곧 규범적-정치적 욕구라는 두 가지의 전략적 욕구의 충족문제의 해결로 귀결되기 때문이다. 앞에 것은 지식 또는 과학(학문)의 차원에, 뒤에 것은 지혜 또는 정치의 차원에 속한다. '지식인'은 지식과 지혜를 체계적으로 습득한 사람을 일컫는다. 그런데 이 '습득'은 결코 완료형일 수 없고 항상 진행형일 수밖에 없다.

그래서 지식인은 두 가지 합리성을 추구한다. 하나는 인지적 합리성으로서 실재를 알고자하는 욕구에서 나왔고 순수지식과 응용지식의 과학적 지식체계를 구축, 제도화해왔다. 다른 하나는 규범적 합리성인데 실재를 변경시키고자 하는 욕구에서 유발되었으며 정치적 비판과 실천의 사회운동적 전통을 확립해왔다. 이 두 가지 지식인 유형 또는 기능은 서로 연관되기도 하지만 지식인의 자기정체성에 대한 인식에 따라 어느 한쪽으로 기울

어실 수 있다. 그러나 뒤엣것은 앞엣것을 전제로 할 때 제 기능을 발휘일 수 있다. 그래서 세상을 관조하고 분석하기만 하는 조용한 지식인이 있는가 하면 또한 세상의 정치적 소용돌이 속에 뛰어드는 행동하는 지식인도 있다. 이 둘의 종합적 통일이 가장 이상적 지식인일 것이다.

한때 김대중 정부가 강조한 '신지식인'의 고무정책은 수단적 합리성만을 추구하는 응용지식 일변도의 절름발이 지식인을 지나치게 높이 평가할 우려가 있다. 그것은 시장에서의 교환가치를 극대화하는 합리적 경제인, 화폐가치의 단기적 증식을 실현할 수 있는 전문 기업경영인, 창의적 발명가로 지식인을 축소, 왜곡시킴으로써 정신문화를 오염시킬 위험성도 있다. 거기서 지식의 상품화, 학문적 연구 활동의 상업화, 대학의 시장화라는 부정적 부수결과를 낳을 수 있다. 그것은 마침내 균형 잡힌 가치체계의 붕괴, 정신풍토의 황폐화, 황금만능주의, 약육강식의 야만세계를 가져올지도 모른다. 과학기술과 공업문명의 병폐에 대한 비판적 성찰 없이 자본주의적 국제경쟁력만을 외치는 것은 마치 나침반 없이 항해하는 것과 같이 무의미하다.

세간에 흔히 지식인이라고 하면 지식이 많은 사람, 교육수준이 높은 사람에 한정하여 가리키는 경향이 있다. 대체로 대학교육을 받은 사람들을 지식인 계층에 속한 것으로 본다. 그러나 내가 보기엔 이 지식인 개념은 미흡한 점이 있다. 지식인은 지식을 필요요건으로서 가지고 있어야겠지만 지혜라는 충분요건을 지녀야한다고 나는 생각한다. 지식과 지혜는 질적으로 서로 다른 차원에 각각 속한다. 지식만을 가진 지식인은 이른바 테크노크래트(technocrat), 곧 지식기술자에 지나지 않는다. 지식기술자는 주어진 목적을 달성할 수 있는 수단과 방법을 강구하는 능력을 지녔을 뿐 그 목적 자체에 대한 비판적 판단능력이 결여되거나 미흡하다. 아니, 주어진 목적의 정당성 여부에 관해 생각하기를 꺼려한다고 볼 수 있다. 그는 삶에 대한 반쪽짜리 인식밖에 갖고 있지 않다. 그래서 그는 목적을 설정하는 정치가들의 하수인 노릇밖에 하지 못한다. 지금까지 얼마나 많은 교수들과 박사학위 소지자들이 단순한 지식기술자로서 위정자의 그릇된 정치를 추진하는 종노릇을 일삼아왔는가를, 그래서 그릇된 역사를 빚어왔는가를 우리는 이 나라의 현대사를 통해 알 수 있다.

지혜는 지식이 많다고 해서 저절로 얻어지는 것은 아니다. 지혜는 가치관의 선택과 직결되어있다. 진실과 거짓, 선과 악, 정의와 불의, 아름다움과 추함을 판별하고 그 선택적 실천에 참여하는 결단과 용기가 지혜의 핵심이다. 지혜로운 사람은 삶의 전체과정을 우주적 차원에서 꿰뚫어보는 통찰력을 지니고 있다. 이것은 지식의 양적 습득만으로는 가능하지 않고 깊은 사고와 성실한 자기성찰을 필요로 한다.

참된 지식인은 달리 표현하면 세계관과 인생관이 체계적으로 정립되어 있고 자기성찰의 비판적 사고능력이 학습된 사람이라고 볼 수 있다. 그는 가령 종교에 대해 비판적 관점을 견지하며 삶의 의미에 대해 내면적 자기담론을 게을리 하지 않는다. 대학을 졸업하여 남 보기에 좋은 직장에 들어가서 돈 많이 벌고 이른바 출세하기에만 혈안이 되어있는 젊은이는 지식인의 자격을 결여하고 있다고 보여진다. 물론 코앞에 직면한 생존의 문제를 풀어가야 한다. 그러나 거기에만 집착한다면 그것은 그 당사자 개인에게 뿐만 아니라 이 사회와 국가에게도 크나큰 인적 자원의 낭비와 손실일 수밖에 없다. 진정한 지식인은 자기가 습득한 앎에 대해서 항상 과학적 진리탐구의 정신으로 의문을 제기할 뿐만 아니라 자기의 삶의 방향에 대해서도 비판적 가치판단의 횃불을 밝혀들고 삶의 길을 성실하게 걸어 나아간다.

내가 존경하는 대표적 지식인은 버트란드 러셀(Bertrand Russell, 1872-1970)이다. 그는 '좋은 삶은 사랑으로 일깨워지고 앎에 의해 이끌어지는 삶이다'(The good life is one inspired by love and guided by knowledge.-in: his essay, What I Believe, 1925, in: Why I Am Not a Christian)라고 정의했는데 사랑은 지혜, 곧 정치적 차원에, 앎은 과학적 또는 학문적 차원에 속한다고 볼 수 있다. 그리고 그는 이 세상의 골칫거리는, 어리석은 자들은 어떤 문제해결 방안에 대해 절대적 확실성을 믿고 추진해나가는 반면에 슬기로운 자들은 의문에 가득 차 있다는 데에 있다고 말했다(The fundamental cause of the trouble is that in the modern world the stupid are cocksure while the intelligent are full of doubt.-in: his essay, The Triumph of Stupidity, 1933, in: Mortals and Others, Vol. 2, p. 28). 오늘의 한국현실에서도 핵심을 찌르는 말이다.(2004.11.20)

위 글의 일부는 "지식습득은 언제나 현재진행형"이라는 제목 아래 경희대학교 신문 '대학주보' 2004.11.22일자(제1320호), 7쪽에 실려 있음.

자유와 속박: 내생적 감옥으로부터의 해방을 위한 권고

루소(J. J. Rousseau, 1712-78)는 그의 '사회계약론' 제1장 서두에 "인간은 자유롭게 태어난다; 그런데 도처에 그/그녀는 쇠사슬에 얽매어있다."고 썼습니다.

마욜(Aristide Maillol, 1861. 12. 8 프랑스 바니일스쉬르메르-1944. 9. 27 바니일스쉬르메르 근처. 프랑스의 화가·판화가)의 조각 "사슬에 묶인 동작"(Action in Chains, 1906, 파리 국립현대미술관)은 '속박받은 자유'라고도 일컬어지는 작품으로서 루소의 역설적인 말을 구체적으로 묘사하는 듯합니다.

사람은 태어나자마자 속박과 억압의 굴레 속에서 살아갑니다. 살기 위해서 본의 아니게 남에게 의존하게 되고 속박의 체계 안에 놓이게 됩니다. 우선 가정이라는 울타리 안에 삶의 터전을 다지며 학교라는 배움의 조직을 거쳐 직장이라는 돈벌이의 일터에서 조직생활을 이어가게 됩니다. 이런 조직들은 매사가 그렇듯이 물론 속박과 자유의 양면성을 갖고 있습니다. 모든 난관은 위기임과 동시에 기회일 수도 있는 것과 마찬가지입니다.

그런데 위에 열거한 조직들은 주로 외부적인, 곧 외생적인 속박의 체계들인 데 반하여 삶의 주체인 우리 각자가 스스로 선을 그어 만들어낸 내면적 또는 내생적 속박의 울타리가 있습니다. 가령 가장 심각한 것으로서 종교적 신앙이라는 것이 바로 그 두드러진 예입니다. 이것은 잘못된 세계관, 곧 그릇된 생각하기에서 비롯된 사고(생각)의 속박체계입니다. 그것은 칸트(Immanuel Kant, 1724-1804)가 "'계몽이란 무엇인가?'라는 물음에 대한 대답"(Beantwortung der Frage: Was ist Aufklaerung?, 1783)이라는 글에서 말한 대로 이성적 사고의 미계몽에 근거합니다. 따라서 그것은 사고 주체의 자승자박을 초래하는 비이성의 자기 선택에 따른 것입니다.

칸트는 위 물음에 대해 대답합니다: "계몽이란 인간의 자기 자신에게 책임이 있는 미성숙으로부터의 출구이다. '미성숙'이라 함은 다른 사람의 지도 없이 자신의 오성(이해력)을 사용하지 못하는 무능력함을 말하며 '자기 자신에게 책임이 있음'은 그 미성숙의 원인이 이해력의 부족에 있지 않고 그것을 다른 사람의 지도 없이 사용할 용기와 결단의 부족에 있음을

맛합니. 시기 시신의 소성을 사방아고시 띠는 용시를 시세기 이것이 따라
서 계몽의 표어다."

전통, 곧 오랜 세월 동안 많은 사람들이 믿어왔다는 사실에만 의존하여 종교적 신념체계를 아무런 비판적 성찰 없이 맹목적으로 추종해오고 있습니다. 군중심리의 한 형태인 '무리의 본능'(herd instinct)에 자신을 내맡기는 무책임하기 짝이 없는 행동입니다. 그래서 결국엔 스스로 선택한 감옥 속에 자신을 가두어놓고 거기에 안주하기를 주저하지 않는 것입니다.

이 감옥은 눈에 보이지 않기 때문에 평소의 습관적인 자기 우매화에 길들여진 상태에서는 그것이 감옥임을 인식하지 못합니다. 그렇게 하루하루를 지내다 보면 평생을 자기가 만든 감옥 속에서 보내게 되고 그대로 삶을 마감하게 됩니다.

색깔로써 자연을 재창조한 색깔의 자유인 빈센트 반 고흐(1853-90)는 그의 책 '영혼의 편지'(신성림 옮김, 예담, 1999)에서 예술과 인생에 관해서 깊은 통찰을 보여줍니다: "산책을 자주하고 자연을 사랑했으면 좋겠다. 그것이 예술을 진정으로 이해할 수 있는 길이다."(11쪽). "화가의 의무는 자연에 몰두하고 온 힘을 다해서 자신의 감정을 작품 속에 쏟아붓는 것이다. …"(62쪽). "자연 그 자체에서 나온 언어…"(76쪽). "사람이 왜 평범하게 된다고 생각하니? 그건 세상이 명령하는 대로 오늘은 이것에 따르고 내일은 다른 것에 맞추면서, 세상에 결코 반대하지 않고 다수의 의견에 따르기 때문이다."(98-9쪽). 베에토펜적인 예술관도 보입니다: "예술은 우리의 기술, 지식, 교육보다 더 위대하고 고차원적인 것이라는 인식 말일세. 예술이 사람의 손으로 만들어졌다는 말은 사실이지만, 단지 손에 의해서만 이루어졌다고 할 수는 없네. 더 깊은 원천으로부터, 바로 사람의 영혼으로부터 솟아나온 것 아닌가. …"(104쪽).

우리는 누구나 자유인이기를 바랍니다. 온갖 속박과 억압으로부터 해방되기를 갈구합니다. 참된 자유를 누리기 위해서는 러셀이 강조하는 '정신의 독립성'(independence of mind)이 필수적입니다. 칸트가 역설한 대로 자신의 이성에 근거한 오성과 지성의 판단능력을 활용하려는 결단과 용기가 긴요합니다. 이러한 정신의 투쟁을 통해서 이제야 비로소 계몽된 새 삶이 해방의 희열 속에 자유의 들판 위에 펼쳐지기 시작합니다.(2006.02.20)

자연스러운 삶

사람은 누구나 행복을 추구한다. 그러나 행복이라는 것을 저마다 달리 그릴 수 있다. 구체적인 삶의 상황에서 내가 이 순간 행복하다고 느끼는지도 저마다 달리 평가할 수 있을 것이다.

그러나 어느 경우에도 행복의 공통된 기본조건은 자연스러움이라고 나는 생각한다. '자연스러움'은 우리가 인간으로서 타고난 자연적 조건 아래서 자연의 이치에 따라 누릴 수 있는 삶의 방식을 뜻한다. 자연은 이 지구와 태양계와 은하계와 우주를 아우르는 아주 넓은 개념이다. 자연의 특징은 하나의 자기완결적이고 거대한 흐름체계라는 데 있다: 자연 안에 있는 모든 존재주체들 사이에 끊임없는 상호작용이 일어나고 있는데 이를 나는 상호성(reciprocity)이라고 일컫는다. 이 상호성을 통해 자연의 구조가 형성되고 변화한다. 거기에 존재하는 생명체들, 곧 유기체들은 저마다 욕구충족을 위해 노력하는 과정에서 합리성(rationality)을 추구한다(졸저 '인간해방의 사회이론'[1997] 참조). 그래야 욕구충족을 효과있고 효율적으고 에너지 수 있기 때문이다. 자연의 흐름체계에 거스르는 생명체의 반드시 자연으로부터 부정적인 반작용을 받게 되고 많은 불필요한 에너지와 비용을 치러야 한다. 그래서 자연적 흐름체계의 순환과정으로 되돌아오기까지는 시간과 정력과 자원의 소모와 낭비를 초래하기 때문에 그런 생명체는 불행을 맞게 된다. 이것이 크게 본 자연의 이치다. 자연의 이치에 따름, 곧 순리 안에서만 생명체의 항구적 행복은 보장된다. 이러한 이치를 노자의 도덕경에서는 '상선약수'의 장에서 흐르는 물에 비유하여 설명하고 있다.

가령 마약 섭취에 의한 어떤 쾌락은 자연스러움과 어긋나는 것이어서 그런 행복감은 금방 고통을 불러오게 마련이다. 또 스트레스나 슬픔이나 고통을 술마시기로써 해소시키려는 행동도 술이라는 부자연스러운 음료에 의지하여 행복하기를 기대하는 것이기 때문에 그런 것은 항구적인 행복을 가져오지 못하고 오히려 건강을 해치게 되고 불행을 가져온다.

우리의 몸은 태어날 때 자연으로부터 주어진 요소들을 지니고 있어 몸이 욕구가 자연스럽게 충족되는 순간에 우리 몸은 행복감을 느낀다. 그 순간에 우리 몸의 세포들과 조직들은 흥거움 속에 움직인다. 그것이 참된 행복이며 그런 시간이 지속되는 것이 자연스러운 삶의 행복이다.

욕구에는 자연적인 욕구가 있는가 하면 비자연적인 욕구들이 있다: 대개 사회적으로 유발된 욕구들이다. 그런 인위적인 욕구들은 우리 몸이 타고난 자연적 욕구들과는 직접 관련이 없다. 가령 담배나 커피도 자연적 욕구와는 거리가 먼 사회적으로 유발된, 부자연스러운 욕구를 불러일으킨다. 그것들이 가져다주는 즐거움은 이미 우리 몸이 그것들에 예속당한 뒤에, 곧 우리 몸이 그것들에 길들여진 다음에 느끼게 되는 부자연스러운 즐거움이다. 그래서 그것들은 원래의 자연스러운 상태에서는 불필요했던 것을 찾게 하기 때문에 우리의 삶을 그만큼 복잡하게 만들어주어 새로운 스트레스와 고통을 불러오게 된다. 따라서 거기서 느끼는 즐거움은 참된 행복이 될 수 없다. 그 대표적인 예를 담배나 술이나 마약 등에 중독된 사람들에게서 볼 수 있다. 많은 사람들은 그러한 부자연스럽고 인위적인 욕구들에 끌려 다님으로써 스스로 불행한 삶에서 헤어나지 못한다. 어리석기 짝이 없고 안타까운 노릇이다. 모든 일이 그렇듯이 자승자박이요 자업자득이다. 이 대목에서 칸트(Immanuel Kant)의 "'계몽이란 무엇인가?'라는 물음에 대한 대답"이 생각난다(여기에 올라 있음).

욕구와 나의 관계를 크게 두 가지로 구별해볼 수 있다: 하나는 내가 나의 욕구의 주인으로서 내가 욕구의 종류와 충족수준을 선택하는 경우이고 다른 하나는 내가 욕구들의 종노릇을 함으로써 욕구들에 예속당하고 부림을 당하는 처지다. 앞엣것이 자율적인 삶, 계몽된 자유인의 삶이라면 뒤엣것은 타율적이고 노예적인 삶이다. 우리는 자기도 모르게 욕구들, 특히 사회적으로 유발된 인위적 욕구들에 속박당해서 그릇된 욕구들의 충족을 위해 끌려 다니는, 그래서 돈벌이의 노예로 전락하여 고귀한 몸을 혹사시키는 일을 반복하고 있는 경우가 많다.

오늘의 고도로 공업화되고 도시화되고 있는 자본주의 경제체제는 지구화 과정에서 날로 급속도로 성장 위주의 경제운영을 지향하고 있다. 모든 경제주체는 화폐소득의 증대를 위해 과도하게 일한다. 결국엔 참된 행복이라는 것이 무엇인지도 모르면서 한평생을 허덕이면서 살다가 자연으로 돌아가는 경우들이 수없이 많다. 수면과 휴식을 충분히 취할 시간이 부족할 정도로 부지런함을 강요당하면서 매일 살아가고 있다. 마치 다람쥐 쳇바퀴 돌듯이 그런 숨막히는 일정을 되풀이하고 있다. 여기에 러셀의 '게으름에 대한 찬양'(In Praise of Idleness)이라는 에세이집이 생각난다: 이 책은 1935년에 영국에서 출간되었는데 그때 러셀은 이미 여가의 중요성을 세날은 삿이].

행복은 좋은 삶에서 저절로 나온다. 좋은 삶은 스코트 니어링(Scott Nearing)이 말했듯이 '단순하고 검소한 삶'(Good life is a simple and frugal life.-그의 자서전)이다. 단순한 삶은 자연스러운 삶의 다른 표현이다. 흐르는 물처럼 자연의 흐름에 따라 삶을 살아가는 것이 행복에 이르는 길이다.

나는 다른 데서 '아름다움의 세 가지 요소는 자연스러움, 깨끗함(몸의 청결성과 마음의 청정성), 조화로움이다'라고 썼다(나의 글 '화장하기에 대한 비판' 참조). 자연스러운 삶은 단순하고 아름답고 행복하다.

진리는 늘 가까운 곳에 있다. 진리를 찾아, 행복을 찾아 멀리 갈 필요가 없다. 우리가 지금 이 순간 저마다 처하고 있는 그 자리에서 진리를 발견할 수 있고 행복을 쟁취할 수 있다. 이 대목에서 내가 존경하는 러셀의 책 '행복의 정복'(The Conquest of Happiness)이 떠오른다.(2010.12.02.)

단순한 삶의 해방성

현대사회의 한 두드러진 특성이 억압사회라는 점을 도처에서 확인할 수 있다. 과학기술의 발달에 힘입어 물질적, 경제적으로 풍요사회라고 일컬어지고 있으나 그 이면의 어두운 그림자가 곧 억압사회의 모습으로 감춰져 있다. 욕구충족을 위한 물질적 자원과 상품이 시장에 넘쳐나는 현상에는 한병철 교수가 부각시키는 '성과사회'와 '피로사회'가 맞물려있다. 마침내 무엇을 위한 성과이며 성장이며 풍요인가라는 물음을 제기하게 된다. 그것이 인간에게 해방을 가져오는 듯하지만 오히려 그게 억압과 속박의 구렁텅이로 인간을 내모는 측면이 다분히 있다. 물질적 풍요가 더 긴 노동 시간과 더 많은 욕구들과 더 높은 욕구충족 수준을 부추기는 경향이 있다. 한마디로 욕구의 과잉이 가져오는 속박과 억압이라는 자승자박의 쇠사슬이 되어 인간존재를 옥죄고 있는 것이다.

이런 억압사회의 불행한 상황에서 벗어나려면 가진 것을 최대한으로 덜어내고 무거워진 몸을 가볍게 만들어야 한다. 노자의 비움(虛)의 지혜가 절실하다. 법정 스님이 '무소유'를 주창한 것도 같은 맥락에서 해방된 삶을 가리킨 것으로 이해할 수 있다. 욕구충족을 위한 자원이 많을수록 좋다는 것이 항상 바람직하지는 않음을 알 수 있다. 물질적 자원은 대부분 자연에서 얻을 수 있고 공업화된 노동조직을 통해 상품화되기 때문이다.

따라서 최소한으로 작은 욕구와 적은 자원에 만족할 줄 안다는 것이 해방에의 첫걸음이다. 단순한 삶이 좋은 삶이며 해방된 삶이다.

해방에의 길

해방은 얽매임이 없는 상태다. 그래서 삶의 주체가 자율적으로 생각하고 행동할 수 있다. 자유를 누린다. 해방된 사람은 자유인이요, 자율적인 삶의 주체다.

그는 무지로부터 벗어났거나 벗어나려고 한다. 무지는 곧 어둠을 뜻하니 해방된 사람은 마치 새벽을 맞기 위해 달려가는 사람과 같다. 그러나 무지로부터의 해방, 곧 지식의 획득은 끝이 없다: 인간이 알고자 하는 대상은 그때마다의 문제상황에 따라 다양하고 끝이 없이 많으며 이미 습득한 지식도 그게 과연 참된 지식인지도 확인되어야 하기 때문이다. 지식, 진리의 빌긴은 과학과 교육이니는 새노회닌 사외직 싊의 분아에서 추구뇐나. 지식의 탐구는 실재를 알고자 하는 욕구, 곧 지적 호기심에서 비롯된다. 흔히 종교를 통해서 해방에의 길을 찾고자 하는 이들이 있는데 이는 종교 가 일정한 세계관과 인생관을 제시하기 때문이다. 그러나 종교적 세계관 은 대개 신화적이고 추상적인 상상의 산물이어서 그 과학적 진리성을 인정 받을 수 없다. 가령 기독교의 성경에 기록된 창세기에서의 세계와 인간의 창조, 예수의 동정녀 마리아를 통한 탄생, 예수의 부활과 많은 기적 행위 등은 사실적 증거가 거의 없을 뿐만 아니라 허위사실의 유포라고도 볼 수 있을 정도로 황당무계하다. 반면에 바람직한 인생관, 곧 가치관의 정립 에 있어 종교는 아직도 막강한 권위를 행사하고 있다. 그러나 이 또한 그 가르침이 매우 추상적인 명제로 이뤄져 있기 때문에 일상생활에서의 지침 으로서 활용되기에는 유용성과 효과성이 낮다. 따라서 바람직한 인생관의 정립을 위해서는 비판적이며 독립적인 사고능력을 저마다 끊임없이 길러 가아 한다. 사실에 근거한 과학적 지식의 탐구가 긴요하다. 인간에게 전지 (omniscience)의 경지에 이르기는 아마도 거의 불가능할지도 모르지만 인간은 거기에 무한히 가까이 도달하기 위해 꾸준히 노력할 수는 있다. 따라서 해방에의 길에 있는 인간은 늘 겸손할 수밖에 없다. '명확하게 생각 하기'(clear thinking, Bertrand Russell)가 무지로부터의 해방에의 첫걸 음이다.

그는 또한 거짓으로부터 자유롭다. 거짓은 사람을 속박하는 쇠사슬과 같다. 진실을 말하는 사람은 해방된 사람이며 자유인이다. 이는 국가의 경우에도 마찬가지다. 가령 독일과 정면으로 대조되는 일본은 거짓말을 의도적으로 남발하는 정부가 대표하는 나라다. 따라서 그런 나라는 결코 자유국가라고 볼 수 없다. 그들의 거짓말로써 스스로를 얽어매는 자기 속박의 국가다. 그러니 그 국가의 국민은 마음의 평화를 누릴 수 없다. 자기분열증에 시달리는 세월을 보낼 수밖에 없다. 천하에 떳떳할 수가 없다. 일본은 진실을 되찾을 때 비로소 해방된 나라가 될 것이다.

다음으로 인간은 욕구에 얽매이며 살아가는 게 흔히 일상화되어 있다. 왜냐하면 인간의 삶은 욕구충족에의 끊임없는 추구과정이며 어떤 욕구를 감지하면 그 욕구를 충족하기까지는 그 욕구에 속박당하기 때문이다. 대개 욕구의 충족을 위해서는 자원이 필요하다. 욕구의 종류에 따라 적절한 자원의 획득이 해방에의 길에 필수적이다. 물질적 자원의 획득은 자연세계와 사회경제 제도를 통해 가능하지만 과학적 지식과 노동과 시간이 필요하다. 아무튼 그 욕구를 충족시키는 순간 그는 해방된, 자유인이 된다. 불교에서 지향하듯이 욕구를 감지하지 않게 되는 상태, 곧 무욕무념의 경지에 이른다면 그 또한 열반의 상태, 곧 해방된 경지에 이르렀다고 볼 수 있겠으나 그게 현실화되기는 어렵다. 그것은 이미 인간의 삶이 아닌 인간초월의 세계일 것이기 때문이다. 그래서 불교는 자가당착의 굴레 안에서 헤맬 수밖에 없다.

위에 살펴본 무지와 거짓과 욕구의 속박인자들은 인간의 내면에서 겪는 해방에의 길에 놓여 있는 걸림돌들이다. 개인으로서의 인간의 외면적 걸림돌은 타자의 폭력이다. '폭력'은 언어배제성, 일방성, 강제성, 수직적 사회관계, 파괴성 등의 속성을 지닌 힘의 일종이다(나의 논문 '폭력에 대한 사회학적 고찰' 참조). 우리는 삶의 여정에서 다른 개인이나 사회조직이나 국가(국가도 하나의 조직이다: 나의 논문 '국가와 조직' 참조)로부터 행사되는 폭력을 마주칠 수 있다. 과거의 군부독재정권은 하나의 폭력지배체제였다. 독일의 나치정권이나 옛 소련 등 동구 공산주의국가들도 마찬가지였다. 이들 폭력지배 국가들은 80년대 말의 민주화과정에서 국민의 동의에 기초한 민주국가의 형성을 통해 사의적 폭력지배체제에서 민주식 국가로 서릅나게 되었다. 한국에서는 1987년 6월 민주화항쟁을 통해 국가폭력의 국가권력으로의 변환을 체험하게 되었다.

그러나 오늘의 세계에는 여전히 국가 대 국가의 대립관계가 지속되고 있다. 그 이유는 역시 힘의 정당성에 대한 평가가 다른 데 있다. 개인들 사이의 갈등에서처럼 국가 간의 적대관계는 한 국가가 다른 국가(들)를 지배하려고 하는 데서 비롯된다. 국가 간의 전쟁은 한 국가의 다른 국가에 대한 지배야욕이 없어진다면 일어날 필요가 없을 것이다. 다른 국가를 지배할 의욕이 없다면 그 국가들 사이엔 우호관계가 조성될 것이고 이 세계는 지구적 평화체제를 이루게 될 것이다. 그러나 이 지구는 주로 강대국들의 지배야욕 때문에 잠재적 전쟁상태라는 자기 속박의 굴레를 벗어나지 못하고 있다. 자유와 정의와 평화의 해방된 지구사회가 오기까지는 아직 갈 길이 멀다.

경제적 해방과 그 문제점

경제적 해방은 먹고 사는 문제의 해결, 민생고의 해결, 가난의 탈피, 식의주 문제의 해결을 뜻한다. 이것은 삶의 일차원적 문제, 곧 몸의 생물학적 존속에 관한 해방이다.

한국 현대사에서 5·16 쿠데타라는 폭력으로써 등장한 박정희 군부독재 체제가 '조국 근대화'라는 미명 아래 오로지 경제적 해방을 위해 전력투구했다. 그래서 어느 정도 경제적 해방을 성취했다. 그러나 그 이면에 엄존하는 문제의 심각성을 지나칠 수는 없다. 박정희는 아마도 일차원적 인간이라고 특징화될 수 있을 것이다. 그는 인간이 다차원적 존재임을 몰랐거나 망각했다. 인간을 밤낮으로 먹는 것밖에 생각하지 않는 동물수준으로밖에 인식하지 못했다. 그래서 인간은 '생각하는 갈대'이며 말하는 존재이며 문화적 창조력을 지닌, 가치실현에의 욕구를 지닌 존재임을 망각했다.

그리고 그는 인간의 먹고 사는 문제는 다른 문제들, 곧 정치적 및 문화적 문제들과 연결되어 있음도 알지 못했다. 생각하고 말할 자유가 인간존엄성의 첫째 요건임을 알지 못했다. 그래서 언론자유를 탄압했고 많은 대중가요들을 금지곡으로 규정했다. 얼마나 천박하고 야만적인가? 인권이며 민주주의를 짓밟고 죄없는 시민들을 사법살인하고 몇 년 동안 감옥에 처넣고 고문하고 짐승취급을 했다.

군부독재자들은 단세포적 인간이었고 늘 피해망상증에 시달렸다. 그들은 어찌 보면 일차원적 편집증 정신질환자였기에 측은함을 자아내기도 한다. 결국 시민들의 자유를 위한 투쟁으로써 폭력지배체제는 막을 내리게 됐다. 그러나 그 잔재는 아직도 남아있다.

경제적 해방의 맹점은 아이러니하게도 풍요로움의 해악에 있다. 지나치게 풍요로움은 결핍과 부족함과는 달리 다른 해악들을 유발한다. 과유불급(過猶不及, 정도가 지나침은 미치지 못한 것과 같음)이라는 말처럼 극과 극은 통한다. 개인적으로 너무 많이 먹어서 체중과다, 비대증에 따른 고혈압, 당뇨 등 성인병을 자초하고 다이어트 강박관념에 스트레스를 받게 되고, 국가사회적으로는 과잉생산과 에너지 낭비, 육식위주의 식습관을 조장한 나머지 수자원 고갈, 삼림파괴 등 자연훼손을 가져오며 유전자조작식품과 패스트푸드 양산으로 인간의 건강을 해치게 된다. 효율적 식품생산을 위해 살충제 등 유해 화학약품을 사용하는 행위도 단세포적 발상에서 저지르는 어리석음이다. 지금 전 지구적으로 꿀벌의 멸종이 과수 등 화분

매개를 이렇게 만듦으로써 과일과 채소류의 생산저야가 우려되는 시점에 이르고 있는 실정에 주목해야 한다. 공업화와 기술발전이 항상 좋은 것만은 아니다. 행복이 넘치면 불행으로 변질된다. 그건 진정한 행복이 아니었음을 뒤늦게 깨닫게 된다.

해방이 속박으로 변환될 수 있음을 알아야 한다. 여기서도 무지가 주요 원인이니 참된 앎이 참된 해방에 필수적이다.

꾸밈으로부터의 해방

꾸밈은 일종의 거짓이다. 그것은 있는 그대로의 모습이 아니고 거기에 덧칠을 한 것으로 원래의 참 모습이 아니기 때문이다. 덧칠은 하나의 이물질이다. 대개 이물질은 더럽다.

우리는 아침마다 일어나 세수를 한다. 그것은 나의 얼굴을, 나의 몸을 깨끗이 하기 위함이다. 깨끗이 함은 나의 몸에 붙은 이물질을 떼어내는 일이다. 이물질은 대개 불순물로서 나의 몸을 해친다. 가령 악성 바이러스는 나의 몸의 건강을 해친다. 그런 바이러스는 대개 인간과 자연이 만들어낸다. 인간의 몸에서 나온 이물질이 자연과의 접촉을 통해 바이러스라는 악성 생명체를 만들어내고 질병을 유발한다.

콧물은 나의 몸에서 나오자마자 그것은 이미 이물질이고 그대로 두면 내 몸을 더럽히고 질병을 발생시킬 수 있다. 나의 몸인 피부에서 나온 분비물인 땀도 이물질이어서 그게 오래 내 피부에 붙어있으면 공기 등 자연과의 접촉을 통해 병원균을 만들어낼 수 있으므로 가능한 한 빨리 몸에서 제거해야 한다. 깨끗함은 아름다움의 주요 요소다.

사람들은, 대개 여성들은 아름답게 보이기 위해 손톱에 매니큐어를 바른다. 그러나 그것은 이물질이다. 그래서 그게 나의 손톱의 건강을 해칠수 있다. 그게 나의 눈에는 아름답게 보이기보다는 추잡하게 보인다. 자연이외에 아름다운 것은 없다. 자연스러운 몸이 아름답다. 자연 그대로의몸은 깨끗하다. 그래서 아름답다. 이물질이 붙어있는 몸은 깨끗하지도,아름답지도 않다.

사람들이 아름답게 보이고 더 젊어 보이기 위해 머리카락에 온갖 색깔로 염색을 한다. 그런데 그런 염료도 이물질이다. 그들은 염료라는 이물질을 몸에 붙여서 몸을 불결하게 만들고 오히려 추하게 보이는 결과를 빚어낸다. 원래 있는 자연 그대로의 머리칼이 아름답다.

화장 등 꾸밈은 더럽고 추하게 보인다. 내 눈에는 전혀 아름답게 보이지않는다.

지금껏 얘기한 것은 가시적인 꾸밈인데 비가시적인 꾸밈으로서 마음의꾸밈도 인간을 속박하며 불안하게 하고 추하게 만든다. 겉으로는 미소를지으면서 가슴 속엔 비수를 숨겨두고 있는 식의 표리부동의 꾸밈, 표면적인 언어의 표현과 내면적 의도와 진의가 서로 다른 교언영색의 꾸밈도마찬가지로 인간을 옥죄며 자기분열의 스트레스로 내몰게 된다. 내면에평화가 없는 인간이 어찌 아름답게 보일 것인가? 거짓말을 습관적으로하는 사람은 결코 행복할 수 없다. 정직은 통일된 인격체에서만 가능하다.꾸밈에 능숙한 듯 보이는 사람도 결국에는 본색이 드러나게 된다. 나는예전에 한 흑인여성이 AFKN 티브이 인터뷰에서 한 말을 기억한다: "내적실재가 외적 형식을 창조합니다(Inner reality creates outer form.)."

꾸밈으로부터 해방된 자연 그대로의 몸과 마음이 아름답다. 자연에로의해방은 아름답다.

사연에노의 해빙

자연과 사회는 서로 대립되는 측면이 있다. 18세기 영국에서 일어나기 시작한 공업혁명(Industrial Revolution)이 확산되면서 종래의 농업사회가 상공업사회로 변화되는 과정에서 자연은 인간의 사회적 삶, 곧 욕구충족 기제의 공업화에 따라 변형되고 개발되어 왔다. 이른바 과학기술의 발달에 힘입어 자연은 인간의 목적에 따라 욕구충족의 수단이 되었다. 이러한 공업사회가 보편화됨으로써 자연이 인간 삶의 터전임을 망각하고 개발 일변도로 자연파괴를 거듭하게 되었다.

드디어 그 반작용이 자연으로부터 인간사회에 가해진 결과 환경오염과 지구온난화로 인한 기후변화를 초래하게 되었다. 공업화가 인간해방의 추진력인 듯 보였으나 이제는 인간사회를 속박하는 구조적 힘으로 변했다.

발생학적으로 추적해 보면 실은 인간은 자연에서 나왔고 언젠가는 다시 자연으로 돌아가야 하는 운명을 타고 났다. 자연은 인간의 존재론직 고향이다. 인간사회가 등장하면서 온갖 사회악이 나오게 된 것을 간파하여 루소는 일찍이 '자연으로 돌아가라'라는 명제를 주창했고 많은 선각자들이 같은 생각을 하고 그런 자연주의 철학을 실천에 옮기기를 시도했다. 베에토펜은 숲 속에서 영감을 얻고 장엄한 자연의 아름다움을 '전원' 교향곡으로 표현했으며 그의 자연사랑은 그의 숭고한 음악창조의 원동력이었다.

그러나 인간의 문명사는 인간이 만들어낸 종교들과 관습적 도덕률을 제도화함으로써 자연적 욕구를 억압하고 인위적 '쇠우리' 속에 가둬놓아 노예적 삶을 살아가도록 강요해왔다. 특히 성적 욕구의 억압은 주로 여성들로 하여금 정신질환에 시달리게 했으며 프로이드와 같은 정신분석학자를 등장하게 했다. 영국의 철학자 버트란드 러셀은 자유연애(free love)를 당연한 것으로 여겼고 자연스럽게 남녀 간의 진솔한 사랑을 누렸음을 그의 자서전에서 고백하고 있다.

한국에서는 조선시대 최고의 지성인 가운데 하나인 허균(1569.11.3, 선조 2년-1618.8.24, 광해군 10년)에게서 유교적 전통윤리에 저항하여 자유분방한 성의 자유를 실천한 사례를 보여주었다:

"남녀의 정욕은 하늘이 주신 것이요, 인륜과 기강을 분별하는 것은 성인의 가르침이다. 하늘이 성인보다 높으니 나는 차라리 성인의 가르침을 어길지언정 하늘이 내려주신 본성을 어길 수 없다."

허균은 정직한 자연주의자였고 투철한 의인이며 자유인이었다.

성리학이라는 유교적 세계관과 인생관이 지배하던 시대에 허균은 아마도 당시의 과잉사회화된 사회의식의 거센 물결에 희생당한 것으로 해석된다. 그는 정치적 역모에 가담했다는 혐의를 받고 정당한 법적 절차를 거치지 않고 졸속 단죄되어 능지처참형으로 삶을 마감했다. 처형당하기 직전에 '할 말이 있다'는 허균의 마지막 소원도 받아들여지지 않았다.

자유로운 사랑은 자연의 이치에 순응하는 만물의 자연적 삶의 자연스러운 표현이며 해방된 삶의 한 본보기다.

자연의 벽에 부딪힌 자유

오늘 21세기에 이 지구 위에 살고 있는 거의 대부분의 사람들은 자유를 누리고 있다. 먼저 정치적인 자유를 북한이나 일부 사회주의 국가들을 제외하고는 거의 모든 나라들에서 사는 사람들은 충분히 누리고 있다: 대부분 자유민주주의 정치제도를 운영하고 있기 때문이다. 사람들의 정치적 사유가 실세로 보상되고 있는가에 논란의 여지가 있겠지만 대체로 자유민주주의를 지향하는 국가들에서는 기본적 인권에 속하는 자유를 누리고 있다고 볼 수 있다.

경제적 자유는 위에 언급한 몇몇 사회주의국가를 제외하고는 전 지구적으로 시장자본주의가 보편화되어 있는 오늘에 있어서는 우선 법적으로 보장되어 있지만 그 경제행위의 실적에 따라, 곧 소득수준에 따라 그 실질적 향유 정도는 천차만별이다. 그래도 자신의 노력 여하에 따라 생산과 소비의 자유는 보편적으로 허용되어 있다고 볼 수 있다.

문화적 자유에 있어서도 마찬가지다. 문화적 가치의 창조와 향유의 자유가 보편적으로 보장되어 있다고 본다.

이처럼 자유는 이제 보편적 현실로 주어져있어 자유를 위한 투쟁은 극히 예외적인 경우에 한정되어 있다: 가령 중국에 강제로 편입된 티벳이나 위구르족은 아직도 독립국가를 원하고 있기 때문에 자신의 자유를 위해 중국에 대한 저항을 지속하고 있다.

지구적 관점에서 보면 자유로써 인간은 자본주의 경제체제를 제도화했고 공업화와 도시화를 거듭하면서 사회제도와 환경을 구축해왔다. 자유로써 과학과 기술공학을 발전시켰고 생활양식을 합리화해왔으며 다양한 예술문화 활동을 전개해왔다. 그래서 물질문명과 정신문화의 업적을 이룩해왔는데 그 원동력이 된 것은 바로 인간의 자유였다.

그런데 이러한 자유의 거침없는 돌진이 벽에 부딪히게 되었다: 과도한 공업화의 여파로 지구적 기후변화를 가져오게 되었고 화석연료 등의 자연자원의 고갈을 눈앞에 두게 되었으며 지나친 소비로 인하여 각종 쓰레기를 양산함과 동시에 자연환경을 오염시키게 되었다. 육식문화와 환경파괴와 오염은 인간의 건강과 생존을 위협하게 되기까지 이르렀다. 이러한 인간사회의 문명사의 큰 흐름에서 두드러지게 드러나고 있는 사실은 인간의 자유가 자연이라는 벽에 부딪히고 있다는 것이다.

지금까지 인간은 자신의 자유로써 상상할 수 있는 모든 것을 맘대로 성취할 수 있을 것으로 생각해 왔으나 뒤늦게나마 자신의 자유에는 한계가 있음을 깨달아가고 있다. 그 한계는 자연이라는 거대한 존재체계임을 인식하게 되었다.

인간과 인간사회의 모태가 자연임을 재인식하게 됐고 자연의 힘 앞에 인간은 겸허해질 수밖에 없음을 통감하고 있는 것이다. 그러나 이 사실에서 아직도 배우지 못하고 있는 인간의 무지몽매를 행동으로 보여주고 있는 곳이 한국이라는 나라: 최근에 티브이에서 다시 보여준 웃지못할 인간의 어리석음이 바로 한반도의 곳곳에서 해안사구나 모래사장이 사라지고 있는 현상에서 드러난다. 인간의 무지하고 근시안적인 행위에 대해 자연의 힘은 말없이 응징하고 있는 것이다.

개인적으로는 몰지각한 젊은이들의 성형수술에서 그들의 자유가 자연이라는 벽에 부딪히고 있음을 보여준다. 그들은 아름다워지고 싶은 욕구를 실현시키고자 자신의 자유를 악용한 나머지 자신의 몸도 자연임을 망각하고 마침내 건강과 생명을 잃게 되는 비극을 자초하고 있다. 인간의 자유와 과학기술의 한계를 무시한 데서 오는 희비극이다. "신(身)은 그냥 우리 몸이자, 우리 몸에 직접 붙어 있는 이치들이다. 그것은 바로 자연이며 도의 각인이다. 가공되고 조작된 가치 이전의 생명력이다."(최진석, '노자의 목소리로 듣는 도덕경', 소나무, 2006[2001], 350-1쪽[도덕경 제44장에 대한 해설 중]).

자연의 힘은 오묘하고 깊고 거창하고 신비롭다. 자연은 친절이나 자비를 베풀지 않는다: 노자의 도덕경은 이를 일깨워주고 있다. 거침없이 제 갈

실상 가는 게 바로 시련이니. 만신은 시련에서 나왔고 마침내 자연으로 다시 돌아가야 하는 운명을 벗어날 수는 없다는 사실을 늘 명심해야 할 것이다. 인간은 자연 안에서, 그리고 자연과 더불어서만 자신의 행복을 추구할 수 있다는 진리를 자주 되새겨야 할 것이다. (2010.04.25.)

덧붙임: 위 글을 쓰게 된 동기는 최진석 교수님의 책 '노자의 목소리로 듣는 도덕경'의 '글을 시작하며'의 맨 끝 문장("독자들은 이 책에서 도덕적 교훈이나 삶에 도움을 주는 단편적 잠언을 기대하기보다는, 자신의 시대에 담겨있는 문제의식을 관통하는 철학적 읽기를 시도해 주기 바란다." [17쪽])에 대한 하나의 응답으로서 생각해본 것이다.

인간 건강의 세 차원

오늘 아침 7:10-55에 케이비에스 1-티브이의 '한국/한국인' 프로그램에서 조수철 교수님(서울대 정신의학과 명예교수, 현 국군수도병원 정신건강증진센터장)과의 대담을 시청했다.

거기서 나온 얘기 중 하나다: 세계보건기구(WHO)에서 인간의 건강은 신체, 정신, 사회적 관계에 걸쳐 온전해야 한다는 견해를 표명했는데 얼마 전까지는 '영혼'이라는 항목이 들어 있었는데 그 뒤에 그 항목이 삭제되고 앞에 쓴 세 분야의 건강만을 거론하는 것으로 정해져 있다고 한다.

세계보건기구의 그런 결정이 나는 잘 된 것으로 생각한다: 왜냐하면 '영혼'이라는 것이 주로 종교의 세계에서 들먹여지지만 그 실체가 모호한 연유로 그렇게 '영혼'을 배제하고 '정신'만을 건강의 주요영역으로 정한 것으로 여겨지기 때문이다.

'영혼'을 흔히 '마음/정신'보다 한 차원 더 높은 어떤 영역으로 생각하는 경향이 종교적 담론에서 나타나곤 하지만 실제로 그'영혼' 또는 '영성'이라는 것이 무엇인가를 곰곰이 따져보면 인간의 생각하고 느끼는 정신의 기능 이외에 다른 아무 것도 아니라는 결론에 이르게 된다. 이 대목에서 나는 러셀의 에세이 '영혼이란 무엇인가?'(그의 에세이집 '게으름에 대한 칭송'의 맨 끝 에세이)가 떠오른다.

이처럼 인간의 언어적 개념에는 그 실체가 존재하지 않거나 모호한 경우들이 있음을 주의 깊게 인식하고 그런 용어의 사용에 신중을 기해야 함을 새삼스레 깨닫게 된다: 가령 '신', '귀신', '용', '봉황', '천당', '지옥', '극락' 등을 들 수 있다. '영혼'도 그 중에 하나다.(그런데 이들 용어가 단순히 상징의 의미로써, 따라서 어떤 형용사의 기능을 하는 것으로써 사용되는 경우는 다를 것이다. 다만 그 용어와 그에 상응하는 실체의 존재 여부와 관련되는 경우만을 여기서 문제 삼은 것이다.)

미지의 세계

엊저녁(2014.03.22) 늦게 케이비에스 1-티브이에서 명화를 감상했다: '병 속에 담긴 편지'(Message in a Bottle); 케빈 코스트너, 로빈 라이트 펜(Robin Wright Penn), 폴 뉴먼 주연의 매우 감동적인 영화였다.

이 영화를 보면서 나는 문득 미지의 세계에 대한 생각을 했다: 내가 사랑하는 사람들, 나의 아내, 나의 연인, 나의 친구들, 내가 일상적으로 만나는 사람들이 모두 저마다 나에게 매일, 매 순간 미지의 세계로 다가오는 느낌이라는 생각이다. 미지의 세계 앞에서는 조심스러울 수밖에 없다. 늘 놀라움과 신비로움을 나에게 선사하는 그 미지의 세계에 대해 늘 감사할 뿐이다. 그 미지의 세계에 대해 나는 늘 새로운 마음가짐으로 대응하게 될 것이니.

그 세계를 내가 평소에 잘 아는 것처럼 생각하고 행동해 온 것은 경박하고 어설픈 착각에 지나지 않는다는 생각이다. 따라서 앞으로는 그 세계를 나는 낯선 시각으로 마주 대하고 겸허한 자세로 받아들여야 마땅하다. 미지의 세계는 내가 더 자세히 그 참된 모습을 알아가야 할 거룩한 대상이다. 그 대상을 지금껏 사랑해왔지만 나의 지금까지의 사랑은 온전치 못하거나 실수로 가득찬 것이었을 수도 있음을 통감한다.

미지의 세계 앞에서는 조심스러울 수밖에 없다. 늘 놀라움과 신비로움을 나에게 선사하는 그 미지의 세계에 대해 늘 감사할 뿐이다. 그 미지의 세계에 대해 나는 늘 새로운 마음가짐으로 대응하게 될 것이다. 그래서 나의 사랑의 감정이 한결 더 기쁨과 고마움으로 진하게 느껴질 것이다. 매 순간에 나는 '거룩한 감사의 노래'를 올릴 수밖에 없다.

퇴계 선생의 경(敬) 철학과 토마스 칼라일의 영웅관

퇴계 이황 선생의 성리학 사상에서 경(敬)에 대한 관심이 특별히 컸다고 전해지는데 "경(敬)이란 몸과 마음을 통일하여 집중하는 경지"를 가리킨다고 해석된다.

이와 비슷한 생각을 영국의 토마스 칼라일(Thomas Carlyle, 1795-1881)에게서도 엿볼 수 있다: 그는 그의 '영웅숭배론'(On Heroes, Hero-worship, and the Heroic in History, 1841; 박상익 옮김, 한길사, 2003)에서 영웅의 특성을 '성실성'(sincerity)으로 보았다. 성실성은 한 가지 일에 최선을 다하는 삶에의 태도이니 퇴계가 생각한 경(敬)과도 통한다.

다만 내가 성리학과 유교사상에 대해 지적하고 싶은 비판적 관점은 거기에서는 앎(지식)과 행함(실천, 행위)을 엄격히 구별하지 않고 혼용하고 있다는 것이다. 당시에는 학문이 사물의 이치를 아는 것과 그 이치를 실천에 옮기는 것을 아울러 다루는 것으로 인식되어 학문(과학)과 정치의 질적 차이를 중요시하지 않았다. 그래서 이 두 영역에 대해 앎보다는 깨달음을 지향했고 깨달음은 곧 이를 실천함에 그 궁극의 목표를 두었다고 본다.

그러나 앞엣것이 과학(학문)의 영역이라면 뒤엣것은 넓은 의미의 정치의 영역에 속한다. 그 주요차이점은 과학, 곧 어떤 현상이나 사물에 대한 사실의 규명 또는 진리의 탐구에서는 탐구자의 주관적 가치관의 배제, 곧 가치의 중립이 요구되는 반면에 정치에 있어서는 가치관의 개입이 불가피하며 필수적인 데 있다(졸저 '인간해방의 사회이론' 참조).

지(知)와 지(智)의 차이

지(知)는 앎, 지식을 뜻하고 지(智)는 슬기로움, 지혜를 뜻한다.

지식은 생각의 차원에 속하고 지혜는 행위의 차원에 속한다.

지식은 사실의 인식을 뜻하고 지혜는 인식된 사실에 대한 가치판단을 뜻한다.

지식은 존재의 세계를 알고자 하는 욕구에서 나온 성취물인 반면에 지혜는 주어진 세계를 더 나은 세계로 바꾸고자 하는 의지의 산물이다.

지식은 과학/학문의 영역에서 발견하고자 하는 목표이며 지혜는 정치의 영역에서 추구하는 바람직한 행위의 성격을 가리킨다.

지식은 그 자체가 목적인 반면에 지혜는 지식을 전제로 하는 목표달성을 위해 필요하다.

지식과 지혜는 삶살이를 위해 긴요한 힘의 원천이다.

정치와 음악의 공통 지향점은 조화로움이라는 공자의 말씀에 대한 단상

페이스북에서 정광영 님의 공자의 논어공부 가운데 정치와 음악의 공통 지향점은 조화로움이라는 공자의 말씀이 소개되었다. 이에 관해 나의 생각을 정리해보고자 한다.

조화로움은 내가 생각하는 아름다움의 세 가지 요소들 가운데 하나다: 다른 두 요소는 자연스러움과 깨끗함(몸의 청결성과 마음의 청정성)이다. 깨끗함은 투명함, 밝음, 맑음과도 통한다. 그런데 아름다움을 추구하는 것은 가치실현을 주축으로 하는 삶의 당위의 차원에 속하는데 다른 하나의 삶의 차원은 존재(사실)의 차원이다. 존재의 차원은 실재를 알고자 하는 인간의 욕구와 관련되는데 존재의 차원이 과학으로서 제도화됐다면 당위의 차원은 정치로서 제도화됐고 넓은 의미의 정치에는 아름다움을 추구하는 예술도 포함된다. 당위의 차원은 주어진 실재를 더 나은 것으로 바꾸고자 하는 욕구와 연관돼 있어 아름다움이라는 가치를 실현코자 하는 예술도 정치의 영역에 속한다고 볼 수 있다. 음악이 예술의 한 주요영역임은 두말할 필요가 없다.

공자의 시대에는 아마 삶의 전체적 구조에 대해 사람들의 생각이 미치지 못했을 것이다. 지금도 삶의 구조와 과정에 대한 분석적 작업이 충분히 이뤄졌다고 보기는 어렵지만 말이다.

공자의 논어를 중심으로 하는 유교철학에서는 주로 당위의 차원, 곧 가치실현의 차원에 대한 논의가 대부분을 차지한 반면에 존재의 차원, 곧 실재를 알고자 하는 과학적 진리의 탐구에는 소홀히 했다고 볼 수 있다: 하기야 '격물치지(格物致知)'의 생각이 표현되긴 했지만 그게 제도화되지는 못했다. 그래서 서구의 천문학, 물리학, 화학 등 자연과학의 발전을 따라잡지는 못했고 19세기 이후에 그 영향과 도움을 받게 됐다.

오늘에 이르러서는 인간의 삶이 과학과 정치의 두 차원에 걸쳐 이뤄지고 있음을 보편적으로 확인하게 되고 있다. 그러나 일부 이슬람 세계에서는 여전히 미분화 상태의 중세적 암흑시대에 갇혀있는 형국이지만 말이다. 과학과 정치의 두 차원에 대한 관심에서 출발한 종교의 문제는 아직도 해결되지 못하고 있다. 이에 관해선 나의 블로그 '새벽'의 '종교' 방과 졸저 '인간해방의 사회이론'을 참조하기 바란다.

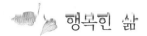 행복한 삶

행복의 사회학

0. 행복은 만족감에서 온다. 만족감은 도달하고자 하는 목표치, 실현하고자 하는 가치를 전제로 한다. 다시 말하면 기대수준에 따라 만족감, 행복의 높낮이가 다르다.

1. 행복추구의 근거지는 삶이며 삶의 장은 자연과 사회와 국가다.

삶은 행위주체가 감지하는 욕구를 충족시키고자 하는 끊임없는 추구과정이다. 이 욕구충족에의 추구과정에서 사람은 저마다 만족스러운 상태에 이르려고 노력하는데 그런 상태를 행복이라고 일컬을 수 있다.

삶이 이뤄지는 장소는 자연이고, 자연에서 형성된 것이 인간사회이며 인간사회가 조직화된 것이 국가다.

인간은 자연 안에서, 사회를 통해 존재한다.

2. 욕구의 충족을 위해서는 자원이 필요하다. 행복을 공식으로 표현하자면, 행복 = 자원/욕구라고 볼 수 있다. 곧 행복은 자원과 욕구의 관계에 의해 결정된다. 자원은 제한되어 있는 반면에 욕구는 무한하다. 이들 사이의 관계를 조절하는 주체는 곧 그 삶의 주체다.

3. 자원의 분석

자원에는 두 가지가 있다: 불가시적 자원과 가시적, 물질적 자원이다.

앞엣것에는 시간, 생각하는 능력(지식과 지혜), 사회구조 등이 있다. 뒤엣것에는 자연계에서 볼 수 있는 공기, 물, 나무, 숲 등 식물, 동물, 광물 등 지하자원이 있다. 사회적 자원은 인간의 사회적 관계들, 곧 사회구조에서 나온다. 그 중에 경제적 자원인 돈과 '사회적 자본'이라는 사회관계를 들 수 있다. 이들 자원은 인간의 욕구충족을 위한 수단이 된다.

4. 욕구의 분석

욕구는 관점에 따라 여러 가지로 분류될 수 있다(졸저 '인간해방의 사회이론' 참조). 생물학적, 심리적, 정신적, 사회적, 국가적, 지구적 욕구 등 다양한 욕구들이 있고 중첩적으로 작용하기도 한다. 나는 특히 두 가지의 '전략적 욕구'를 중요시한다(위 졸저 참조): 실재를 알고자 하는 욕구와 실재를 변경시키고자 하는 욕구가 그것이다. 앞엣것은 과학(또는 학문)으로, 뒤엣것은 정치로 제도화됐다.

5. 행복의 공식: 행복 = 자원 / 욕구

자원을 많게 하고 욕구를 줄이면 행복하다는 것이 행복공식의 뜻이다. 그런데 자원은 한정돼 있으니 전 지구적 관점에서는 늘일 수 없고 보존과 절약이 중요하다. 욕구에서는 그 우선순위와 충족수준이 중요하다.

가령 경제성장을 지속적으로 추진하다보면 단기적으로는 생활수준이 향상되고 풍요롭고 안락한 삶을 누리게 될 것으로 기대되지만 장기적으로 보면 자원의 고갈을 가져와 삶의 질은 낮아질 것이다. 종국에는 경제성장의 결과는 자연생태계와 인류의 파멸을 초래하게 될 것이다. 지금 그런 징후가 나타나고 있다. 가령 지구온난화 문제에서 문명사적 전환의 필요성을 감지할 수 있다. 따라서 자본주의 경제제도의 개선에 대해 생각해야 한다. 이는 사회와 국가의 행복에도 관련된다. 행복의 조건으로서 건강, 생계유지, 경제적 기초, 참된 세계관과 바람직한 인생관의 정립 등을 들 수 있다.

욕구는 생각과 행위와 습관을 낳는다. 욕구충족의 과정에서 상호성과 합리성이 작용한다.

욕구와 생각의 관계는 1원론적 인간관과 연관되는 매우 흥미로운 연구 대상이다: 욕구는 감성에서 나온 것이라고 여겨지지만 생각의 일종이라고도 볼 수 있다. 가령 우리는 새벽에 하루를 시작하면서 명상하는 가운데 나 자신을 들여다본다. 그것은 나의 욕구에 대해 생각하는 것이다. 욕구를 절제하고 스스로 만족한다면 나는 행복할 것이다. "족함을 알면 욕되지 않고, 멈출 줄 알면 위태롭지 않아 장구할 수 있다."(知足不辱, 知止不殆, 可以長久.-최진석, '노자의 목소리로 듣는 도덕경', 제 44장, 서울: 소나무, 2006, 348-9쪽). "만족을 앎으로써 얻어지는 만족 때문에 항상 만족스럽다."(知足之足 常足矣. 위 책, 제 46장, 358-9쪽). 욕구충족 기제의 역설이라고 볼 수 있다.

6. 사회와 국가의 행복

'행복'은 개인의 삶과 관련하여 추구되는 가치이며 주관적 평가일 수밖에 없다. 그런데 많은 개인들이 모여 있는 사회와 국가의 행복을 말할 수 있을까? 최근에 KBS 1-TV의 '명견만리'에서 노명우 교수('세상물정의 사회학'의 저자)가 지적한 저출산, 고령화 사회인 대한민국은 행복하다고 보기 어려울 것이다. 반면에 스웨덴은 남녀평등과 경제정의를 실현하는 제도와 정책의 합리화로써 출산율 상승과 일자리 확충을 기하고 있으니 행복한 사회와 국가라고 볼 수 있다.

2017.04.30 23:40 KBS 1-TV '남자여, 늙은 남자여'에서 노년생계 보장의 중요성을 보여주었다.

행복한 나라들은 그 구성원들이 삶의 여러 영역에서 합리성 수준을 고양시키는 방향으로 사회를 조직화한다는 공통점을 지니고 있다.

행복의 공식

얼마 전에 문득 다음과 같은 행복의 공식이 떠올랐다:

행복 = 자원/(나누기) 욕구.

풀어서 말하자면 행복은 자원을 욕구로 나눈 값이라는 것이다. '행복'은 만족감 또는 해방감과 동의어로 볼 수 있다. 이 공식은 삶의 정의에서부터 출발한다: 삶이라는 것은 행위주체가 감지하는 욕구의 충족에의 끊임없는 추구과정이라고 정의될 수 있다(졸저 '인간해방의 사회이론' 참조).

욕구를 충족시키자면 그 충족수단인 자원이 필요하다. 가령 배고픔의 상태에서 감지하는 먹고싶다는 욕구를 충족시키자면 어떤 음식물이라는 자원이 필요하다. 해당 음식물을 많이 갖고 있고 배고픔 해소라는 욕구의 크기가 작을수록 행복감은 크게 될 것이다. 기본적으로 가장 중요한 자원은 에너지다. 욕구의 종류와 해당 욕구의 충족의 수준을 어떻게 선택하느냐의 문제는 순전히 넓은 의미의 정치적 결정의 문제다.

물론 자원이 확보되었다고 해도 어떻게 그 자원을 활용하여 욕구를 충족할 것인가라는 욕구충족의 방법문제가 대두된다. 이 문제를 해결하기 위해서는 합리성, 곧 효과성과 효율성이라는 잣대를 통해서 과학적으로 검토해야 할 것이다.

위에서는 우선 개인적 차원에서 행복의 해법을 보았지만 지구적, 전 인류적 차원으로 확대해서도 같은 행복 공식을 적용할 수 있다. 지구가 지니고 있는 자원은 제한되어 있다. 전 인류의 의식주 등 기본욕구를 항구

찍으로 충족시키는 문제와 다양한 욕구들의 충족수준을 고도화시킨 상태에서 그들 욕구를 충족시키자면 필요한 자원을 항구적으로 확보하기가 어렵게 되고 폭력, 범죄, 전쟁 등 갈등을 빚어내게 된다. 현재의 보편적 사회경제제도인 자본주의 시장경제체제로써도 전 인류의 평준화된 행복을 성취하기는 어렵다: 필요한 자원은 제한되어 있는 반면에 욕구의 종류와 충족수준은 날로 많아지고 높아지고 있기 때문이다. 해법의 실마리는 자원소비를 줄이고 욕구체계의 수치를 조정, 감소시켜나가는 데 있을 수밖에 없다.

2013년에는 위의 행복공식에 따른 행복지수가 개인적으로나 전 지구적으로나 나아질 수 있을까?(2012.12.31.)

우울증으로부터의 해방

어느 카페에 들렀더니 여성인 듯 보이는 어느 회원님께서 요즘 많이 우울하다는 짧은 댓글을 올리셨다. 우울증을 어떻게 이겨내고 그 '회색분위기'에서 어떻게 빨리 해방될 수 있을까?

우울증은 시도 때도 없이 누구에게나 불청객으로 찾아올 수 있다. 나도 예전에 주로 어린 시절에 이따금 우울증에 걸린 적이 있었다. 그래서 한번은 자살할 생각도 해보았다. 그 원인을 스스로 따져보니 나의 어느 소녀에 대한 짝사랑이 그 근원임을 알게 되었는데 일단은 당장 이뤄질 수 없는 나의 은밀한 사랑의 감정을 체념하는 수밖에 없다고 생각하고 더 이상 그녀를 그리워하지 말자고 맘을 고쳐먹기 시작하니 서서히 우울한 생각도 사라지게 되었다.

물론 우울증의 원인은 여러 가지일 것이다. 그래도 그 보편적 원인을 지적한다면 자기가 감지하는 욕구들 가운데 특히 중요시여기는 욕구가 쉽게 충족될 기미가 보이지 않을 때, 곧 주요 욕구충족의 실현가능성이 희박하다고 느끼는 데에 우울증의 뿌리가 있는 듯하다. 그러니 우울한 느낌을 지우기 위해서는 시급히 그런 욕구를 충족시킬 수 있는 길을 찾는 것이 중요하다. 그 길, 곧 해방에의 길이 현실적으로 가능한가를 침착하게 분석해봐야 한다. 당장 또는 가까운 시일 안에 나의 욕구가 충족되기 어렵다고 판단되면 일단은 그 욕구의 충족의지를 포기하는 것이 좋다: 체념의 지혜가 필요하다. 그러나 주어진 여건을 고려하여 그 욕구가 충족될 수 있다는 결론에 이른다면 가장 쉬운 수단방법부터 해결해나가기를 시도하고 끈기 있게 노력하면 한 단계씩 원하는 욕구충족의 목표에 도달할 수 있을 것이다: 시작이 절반이라는 말은 실증될 것이고 거기서 기쁨을 맛볼 수 있을 것이다. 그러면 우울증은 어느새 사라지고 없어졌을 것이다. 문제는 욕구에 있다: 자기가 감지하는 욕구의 성격과 중요도에 대해서 늘 성찰을 게을리 해서는 안된다.

우리가 몸을 가지고 있는 인간이기 때문에 우울증의 원인이 우리 몸의 어느 구석에 도사리고 있을 수도 있다. 의학적으로 뇌의 어느 부분에 어떤 호르몬이 부족하면 그 결핍이 어떤 정신작용의 원인이 된다는 이론이 있듯이 가령 누구나 체험하듯이 대변을 누기 전과 뒤의 기분이 판이하게 다름을 알 수 있는 것과도 통하는 이야기다. 그래서 가령 산이나 들로 산책을 나서보는 것도 한 가지 방법이 될 수 있고 평소에 좋아하는 맛있는 음식을 찾아 식사를 해보는 것도 기분전환을 위한 계기가 될 수 있을 것이다.

봄이 오고 있는데 보고 싶은 사람이 있다면 이 그리움의 충족이 이뤄지지 않으면 우울증으로 발전될 수 있다. 해결의 길은 그 그리움의 대상을 만나는 데 있나. 염치없고 쑥스럽더라도 자기의 감성을 솔직히 말하고 그리운 그 사람을 만날 수 있기를 바라는 마음을 상대방에게 전해야 하고 실제로 서로 만날 수 있도록 노력해야 할 것이다. 이 경우엔 상대방의 자유로운 동의가 전제조건이다. 억지로 그/그녀를 만나고자 한다면 일은 더 복잡하게 꼬이게 되고 만남은 이뤄지기 어렵게 된다. 거기서 다른 병적 증상인 스토킹이나 성폭행 등이 나타날 수 있다. 자연스럽게 서로 만날 수 있는 것이 가장 좋을 것이다. 거기엔 인내와 기다림의 지혜가 필요하다.

이따금 연예인이 자살하는 사건이 벌어진다(이에 관해선 이미 내가 쓴 글이 여기에 올려져 있다). 주로 대인관계에서 생기는 갈등을 풀지 못하고 단 한 번밖에 주어지지 않은 고귀한 생명을 스스로 없애버리는 어리석음을 범하는 짓은 안타깝기 그지없다. 죽을 용기가 있다면 왜 싸울 용기를 내지 못할까? 인간도 자연의 일부로서 인간생명이 지닌 자연의 힘을 너무 과소평가한 결과가 자살행위로 나타난 것이다. 삶에의 의지를 스스로 포기하는 사람은 삶의 의미를 발견하거나 인식하지 못했다고 볼 수밖에 없다. 그런 사람은 아예 태어나지 않은 것이 더 나았을 것이다. 부모들의 가정교육과 학교교육의 맹점이 드러나는 대목이다. 무엇보다 중요한 지식은 삶이란, 생명이란 무엇이며 인간과 자연과 사회의 관계는 어떤 것인가에 대한 참다운 앎이다. 이런 생각의 맥락에서 졸저 '인간해방의 사회이론'이 써졌다고도 말할 수 있다. 참된 세계관과 바람직한 인생관의 정립이 무엇보다도 중요하다.─독서의 이유도 거기에 있다고 말해도 과언이 아니다.

끝으로 어느 순간에도 망각해서는 안되는 한 가지가 있다. 모든 것은 변한다는 사실이다. 나의 지금의 우울한 기분도 조만간 변할 것이다. 흐린 날이 일년 365일 지속되지는 않는다. 슈베르트는 '봄의 신앙'(Fruehlingsglaube, D. 686)에서 바로 이 사실을 노래한다:

Die linden Lüfte sind erwacht. 부드러운 공기들은 깨어나 있다.

Sie säuseln und wehen Tag und Nacht. 그들은 살랑거리며 밤낮으로 분다.

Sie schaffen an allen Enden. 그들은 모든 곳에서 창조한다.

O frischer Duft, o neuer Klang! 오 신선한 향기여, 오 새로운 울림이여!

Nun, armes Herze, sei nicht bang! 이제, 가여운 가슴아, 두려워하지 말라!

Nun muß sich alles, alles wenden. 이제는 모든 것은, 모든 것은 바뀌고야 만다.

Die Welt wird schöner mit jedem Tag. 세상은 날마다 더 아름다워진다.

Man weiß nicht, was noch werden mag. 사람들은 무엇이 또 될 것인지 알지 못한다.

Das Blühen will nicht enden; 꽃피우기는 끝나지 않을 테니;

Es blüht das fernste, tiefste Tal: 가장 멀고 가장 깊은 계곡에도 꽃이 핀다:

Nun, armes Herz, vergiß der Qual! 이제, 가여운 가슴아, 고통을 잊어버려라!

Nun muß sich alles, alles wenden. 이제는 모든 것은, 모든 것은 바뀌고야 만다.

Johann Ludwig Uhland (1787-1862) (옮김: 새벽 배동인) (2009.03.14)

우울증에 대한 접근방법

나는 우연히 2010.03.15일 밤늦게 EBS의 'TV 평생대학'이라는 프로그램의 하나로서 우울증에 대한 강의를 들었다: 강사는 서울대 정신신경과에서 박사학위를 받은 건국대 정신신경과 하지현 교수였다. 그는 주로 우울증에 대한 치료방법을 중심으로 강의했다: 많은 이야기를 들었는데 나의 기억에 남는 것은 약물치료와 정신치료를 병행해야 한다는 것이다. 그는 정신치료의 내용에 관해서는 설명하지 않았다. 그리고 우울증과 같은 증세에 장기화될 성우에 혼신이니 가족들의 책임으로 민서 정신신경과 의사를 찾아가는 것이 가장 현명한 태도라고 자주 강조했다. 나는 그의 강의내용이 전체적으로 틀렸다고는 생각되지 않았다. 그의 강의는 주로 우울증의 다양한 증상과 치료방법을 중심으로 채워졌고 대체로 옳은 얘기로 들렸다.

그럼에도 불구하고 그의 강의의 기조는 나에겐 별로 설득력이 없다고 느껴졌다. 그의 우울증에 대한 대처방법은 인간을 마치 기계로 간주하는 듯한 인상을 나에게 주었다. 그는 서두에 청중이 궁금히 여길 법한 '우울증이 왜 발생하는가'라는 물음에 대해서는 아예 거의 언급이 없었던 것으로 나는 기억한다.

내가 의학, 특히 정신신경의학을 전공하지 않았지만 우울증에 대한 나의 관점을 얘기한다면 우선 나는 우울증은 인간의 생각하기에 연관된 마음의 병이라고 본다. '생각하기'는 내용적으로 당사자의 세계관과 인생관에 대한 생각하기를 뜻한다. 곧 자기의 욕구와 현실세계와의 부조화, 자기의 삶과 현실과의 괴리에서 초래되는 자기자신과 삶에 대한 불만족의 상황을 앞에 두고 모든 것을 어둡고 비관적으로 평가함으로써 삶에 어떤 유의미성이나 보람이나 즐거움을 인정할 수 없는 상태에 이른 것이다. 그야말로 세상이 회색빛으로 보이고 서글프게만 느껴진다. 우울증은 당사자와 세계 사이의 불협화에서 오는 내적 갈등현상이다.

이런 우울증에 걸린 사람은 당장 현재의 부정적인 상황이 변하여 만족감을 주는 상태로 바뀌기를 갈망한다. 그/그녀는 매우 조급하다. 그/그녀는 모든 것은 변한다는 평범한 진리를 수긍하지 못한다. 현재의 불만족스런 상태가 그대로 영원히 지속될 것으로 단정한다. 그리고 그런 현실에 대한 부정적인 평가가 어느 한두 가지에 국한되어 그것이 결정적으로 중요한 사안이라고 고집하며 그런 판단을 절대화한다: 광신주의적 자기중심주의와 자기절대화라고 볼 수 있다. 거기서 헤어날 길은 오직 자살이라고 단정 짓는다. 그래서 순간의 잘못되고 성급한 판단이 자살을 결행할 수 있게 된다. 그/그녀에겐 이 세상은 너무나 간단한 모습으로 보인다.

그러나 실제의 세상은 공간적으로 복잡한 구조를 지니고 있고 현 상태가 달라지려면 시간적으로 상당한 시간이 흘러가야 한다. 그리고 우리가 살고 있는 세계와 사회는 하위구조들이 복잡하게 얽혀있고 서로 연결되어 있어 단시간에 변화하기 어렵게 되어있다.

앞에서 말했듯이 우울증은 당사자의 욕구충족이 원활히 이뤄지지 않는 불만족상태에서 일어나기 때문에 자신의 욕구수준과 현실여건에 대한 충분한 이해가 없이는, 곧 욕구수준의 합리적 조정 또는 조절이 없이는 우울상태에서 벗어나기 어렵다. '합리적'이라 함은 자신이 활용할 수 있는 자원이 자신의 욕구의 충족을 위해 당장은 불충분하다고 판단되면 그 욕구의 충족을 일단 보류하거나 포기 또는 체념할 수 있어야 한다는 것을 뜻한다. 그럼으로써 마음의 평온을 되찾을 수 있게 된다. 현실여건은 변할 기미가 보이지 않는데 자신의 욕구충족에의 갈망이나 의지만 강하다면 그런 상태가 내적, 외적 갈등을 초래하고 자신은 불행하다는 느낌을 갖게 된다.

그런데 마음과 몸은 서로 영향을 주고받는다. 가령 대변을 누기 전과 후의 마음은 현저히 다름을 우리는 일상적으로 체험한다. 대변을 누기 전엔 괜히 짜증나고 불안했지만 누고난 다음엔 몸이 한결 가벼운 느낌과 함께 평안함과 안정감을 느낄 수 있고 세상을 밝게 보게 된다. 그래서 우울증에 대한 하나의 치료방법으로서 약물을 사용할 수 있을 것이다: 그것을 제한적으로 사용한다면 몸과 신경조직에 변화를 가져오게 함으로써 우울한 감정을 완화시킬 수 있을 것이다. 그러나 세상을 보는 시각, 곧 마음과 생각을 전환함으로써 몸에 변화를 가져올 수 있다는 관점을 더 중요시하는 게 우울증 치료에 더 효과적이라고 나는 생각한다. '일체유심조'라는 말이 진리의 전부는 아닐지라도 상당한 타당성을 지니고 있다고 본다. 마음이 거하는 집이 몸이라면 마음은 이 집, 곧 몸의 주인이다.

요컨대 우울증에 걸리지 않으려면 이 세계와 사회와 국가 속에서의 자신의 위치를 참되게 인식할 필요가 있다: 모든 것은 그 나름의 논리와 법칙에 따라 변화해 간다는 것, 모든 변화에는 시간의 흐름이 작용할 수밖에 없다는 것, 어느 정도는 이러한 자연의 흐름이라는 자연적 변화과정에 순응하며 삶을 살아가는 것이 자신의 자유와 행복을 위한 첫걸음이라는 것을 인식할 필요가 있다. 생각을 달리함으로써 우울증이라는 마음의 병을 우리는 저마다 예방하고 스스로 치유할 수 있다. 그것이 곧 자율적인 인간의 건강하고 시원스러운 모습이다.

그리고 또 하나 잊지 말아야 할 것은 어떠한 최악의 절망적인 상태에서도 사람은 삶의 의미를 찾아낼 수 있다는 사실이다: 로고테라피(Logotherapy)를 주창한 빅토르 프랑클(Vikor Frankl) 박사의 지론을 이 대목에서 되새길 필요가 있다.(2010.03.16.)

마음과 몸에 관한 성찰

'마음'은 생각하기와 느끼기를 주관하는 우리들 인간의 주요부분이라고 생각됩니다. 서구의 이원론적 인간관에서는 생각하기는 이성(reason)이 담당하고 그 장소가 머리에 있다고, 그리고 느끼기는 감성(emotion 또는 passion)이 담당하고 그 장소가 가슴에 있다고 흔히 생각해왔지요.

그러나 둘 다 궁극적으로는 우리의 뇌신경이 주관하는 것임을 현대 생물학(또는 의학)은 밝혀주고 있습니다. 생각하기와 느끼기를 분리시키기 어려움을 다음과 같은 물음에서 가늠해볼 수 있을 겁니다:

날씨가 추울 때 당신은 춥다고 생각하시나요, 아니면 춥다고 느끼시나요? '머리'나 '가슴'은 상징에 불과합니다.

Rembrandt van Rijn, Philosopher in Meditation, 1632, Oil on wood, 11 x 13 1/2" (28 x 34 cm), Musée du Louvre, Paris(렘브란트, 명상에 잠긴 철학자, 1632)

그래서 저는 버트란드 러셀이 그의 책 '물질의 분석'(The Analysis of Matter)에서 추론하듯이 '중립적 일원론'(neutral monism)을 지지하고자 합니다: 그것은 몸(물질)과 마음(정신)을 하나로 보는 관점을 가리키는데 몸인 듯 보이는 것이 마음이고 마음인 듯 보이는 것이 몸이라는 말로

요약될 수 있습니다. 같은 논서에서 ㅡ가 ㅡ의 에세이 '영혼이란 무엇인가?'(What is the Soul?, 그의 에세이집 'In Praise of Idleness'[게으름의 칭송]의 마지막 에세이)에서 논의하고 있듯이 '영혼'이니 '정신'이니 '마음'이니 '물질'이니 '몸'이니 하는 것이 "사건들을 조직하는[구성하는]데에 단순히 편의적인 방식들"에 지나지 않는다고 보는 것입니다. 순간마다 우리가 생각하는 것, 느끼는 것이 모두 저마다 하나의 '사건'(event)이라고 본다는 얘기입니다.

몸은 마음의 집이고 마음은 몸의 주인이라고 비유할 수 있지 않을까요? 몸 속에, 뇌 속에 우리의 마음이 깃들어있기 때문에 몸이 죽으면, 곧 뇌사 상태에 이르면 마음도 사라질 수밖에 없을 것입니다. 그러니 결국엔 우리는 우리의 마음 더러 "네 몸이 살아있을 때, 몸이 건강할 때 잘해라!"라고 충고하게 되겠지요.

정영숙님의 '마음'이라는 제목의 두 시를 읽고 마음과 몸의 정체에 관해 잠시 성찰해보았습니다.

마음(1)

정영숙

참으로 알 수 없는 것이
마음이라오.
자로도 잴 수 없고
그릇으로도 담을 수 없는 것
품어도 가슴에 안기지 않고

모양도, 맛도, 소리도 없는 것
그런데 사람들은
그 마음으로 인하여
희노애락을 짊어지고 산다
나물 캐듯이 산다.

마음(2)

별은 높아도 보이는데
내 맘속에 붙어있는 마음은 볼 수 없어
비밀의 막대기만 휘휘 저으면서
찾고 있다

날아가는 새는 빨라도 잡히는데
내 안에 느리게 움직이는
마음은 잡히지 않는다.

강물은 흘러도 만져지는데
내 안에 마음은 파도를 치면서도
만져지지 않는다.

마음! 너는 누구냐? 말해다오!

 사랑하는 삶

자유로운 사랑(Free Love)

누구나 사랑을 갈망할 것이다. 사랑받고 싶고 사랑을 주고 싶어한다. 우리 인간이 추구하는 가치들 가운데 자유, 진리, 정의, 평화 등과 더불어 사랑은 아마도 으뜸가는 강력한 욕구이며 가치일 것이다.

사랑은 당사자 사이의 자유로운 끌림이며 당김이라는 데서 문제상황이 벌어진다. 인간은 사회적 동물이기 때문이다. 인간은 자연에서 나온 자연적 생명체이면서 사회구조 안에서 삶을 영위하는 사회적 존재다. 이를 인간존재의 이중성이라고 일컬을 수 있다. 이러한 인간존재의 자연성과 사회성 사이에서 갈등이 빚어진다. 사랑에서 그 두드러진 갈등을 볼 수 있다.

자연현상에서는 자연의 이치가 관철되는 반면에 사회현상에서는 인간이 만든 규범, 곧 법체계가 지배한다. 인간사회의 법은 원래 '물 흐르듯이'(법의 한자표기[法]가 말해준다), 곧 자연의 이치에 따라 만들어질 것으로 상정되었다. 그러나 인간사회의 구조 속에서 형성된 힘(권력)의 관계가 법의 내용을 결정하게 되었다. 그래서 법질서를 규정하는 제도적 장치로서 민주주의 이념이 국가의 형성과 운영의 대들보 역할을 하게 된 것이다. 따라서 민주국가는 곧 법치국가임을 뜻하게 되었다.

자연법과 인간 사회법 사이의 갈등이 사랑의 현상에서 드러나는데 대부분의 경우에 사회법이 자연법에 대해 행사하는 폭력의 성격을 띤다. 사회법은 인간사회의 오랜 역사를 통해서 형성된 전통적 문화의 한 측면을 보여준다. 인간사회의 윤리, 도덕이 작용한 나머지 이른바 관습법과 이에 근거한 실정법의 형식을 갖추고 있다. 따라서 사회법이 항상 옳다고 보기 어렵다. 그것의 자연법과의 괴리 때문이다.

가령 결혼한 남성은 다른 결혼한 여성을 사랑해서는 안된다. 결혼한 사람은 부부관계를 넘어서서는 사랑해서는 안된다. 특히 일부일처제라는 사회법 때문이다. 그러나 그런 사랑의 제한은 부자연스럽다. 인간의 자연적 성향과는 어긋나기 때문이다. 따라서 그런 사회제도적 범위 안에서의 사랑은 일종의 얽매인 사랑으로서 자유롭지 못하다. 부자연스런 것은 부자유하다. 따라서 그런 얽매인 사랑은 불합리하다. 이로 인한 사회적 갈등을 피하려면 겉과 속이 다를 수밖에 없게 된다. 자연과 사회의 타협이라고 볼 수 있다. 거기엔 제한된 평화만이 가능하다. 인간사회의 법체계에게는 상대적 타당성밖에 인정될 수가 없다. 따라서 사회의 법체계에 대한 위반에 대해선 늘 관용과 용서의 여유로써 대응하는 것이 바람직하다.

그러나 자유로운 사랑에는 어떠한 경계나 제한도 있을 수 없다. 자유로운 사랑만이 온전한 행복을 누리게 한다.

'너는 내 남자' 또는 '너는 내 여자'의 어불성설

내가 사랑하는 '너는 내 남자' 또는 '너는 내 여자'라는 말은 나의 너에 대한 독점적 소유욕을 드러낸다. 그러나 그 말은 실효성이 없다. 왜냐하면

이 순간의 너는 이미 다음 순간의 너는 아니고 제인무상(諸人無常)의 너라는 인간을 누구도 소유할 수는 없기 때문이다.

무릇 인간은 흐르는 물처럼 순간마다 변할 수 있는 생명체다. 더구나 인간의 사랑하는 마음은 시시각각으로 변할 수 있다. 따라서 인간은 매순간 미지의 세계일 수밖에 없다. 미지의 세계는 늘 탐구의 대상이며 경외의 대상이다. 지금 이 순간 내가 사랑하는 너는 다음 순간 전혀 다른, 새로운 인간일 수 있음을 늘 명심해야 하리라.

또한 인간은 다측면의 존재다. 내가 너를 사랑할 때 너의 모든 측면을 사랑하는지는 의문이다. 대개 너의 어느 측면들을 사랑할 것이다. 다른 사람도 너의 어느 측면을 사랑할 수 있을 것이다. 그런 다른 사람의 너에 대한 사랑을 나는 막을 길이 없다. 따라서 너에 대한 사람들의 사랑을 서로 허용하고 공유할 수밖에 없다. 그래야 우리들 사이의 평화가 유지될 것이다. 우리 서로 평화롭게 살면서 서로 사랑할지어다.(2017.09.15.)

'만인이어, 서로 껴안아라'

"만인이어, 서로 껴안아라! 온 세상의 이 입맞춤을 나누라!"

프리드리히 쉴러의 '환희에의 송가'에 나오는 이 구절이 노래하는 우주적 포옹과 환희의 거룩한 시상에 영감을 받아 루드비히 판 베에토펜은 그의 교향곡 제9번 4악장에서 이를 합창으로 작곡했다. 모두가 하나되는 사랑의 기쁨, 그것은 곧 삶의 존재이유이며 인간해방의 실현이다.

　껴안음은 서로가 서로를 있는 그대로 받아들이고 이해하며 소중히 여김에서 비롯된다. 그것은 먼저 마음과 마음이 오가고 서로의 삶을 주고받기에서 출발한다. 이러한 상호작용, 곧 상호성을 통해서 생명이 태어나고 자라며 삶이 펼쳐져 나간다. 생명의 기원은 바로 존재주체들 사이의 상호작용, 곧 서로를 껴안음에 있다고 추정할 수 있다.

　만물 사이의 서로 껴안음과 상호성은 자연의 섭리라고 볼 수 있다. 이 섭리를 거역하는 종교는 더 이상 존재할 이유가 없고 자연의 섭리 속에 내재되어있는 합리성을 거스르는 사회전통은 혁파되어야 마땅하다. 물론 만물들 사이에는 서로 적대시하기와 생존경쟁과 싸우기가 일어난다. 그러나 이들 부정적 상호성 관계들은 껴안음이라는 주제의 큰 흐름에서 파생되어 나오는 잠정적인 변주곡들에 불과하며 마침내 우주적 껴안음으로 동화되거나 흡수되고 만다.

나는 이 한 여름철의 더위를 껴안는 방식으로서 집 바로 옆에 있는 선림 계곡의 흐르는 맑은 물속에 알몸 담그기를 자주한다. 그럴 때마다 자연과 하나 되는 나의 몸과 마음을 체험하며 천국이 있다면 바로 이것이리라고 절감하곤 한다. 자연과 하나 되기의 한 실제적이며 상징적이기도 한 하나의 의식(ritual)이다. 나는 계곡물의 품안에 나의 몸을 안겨 맡기고 계곡물은 나를 통째로 받아들이고 감싸 안아준다. 나의 몸은 환희에 전율하며 새로이 태어남을 느낀다. '나'는 '너' 안에 있고 '너'는 '나' 안에 있어 '우리'는 사랑이라는 이름의 집에서 살고 있다. 더 이상 아름답고 거룩한 삶이 또 있을까?

그런데 이 지구 위의 사람들은 이러한 자연과의 하나 됨은 고사하고 서로 미워하고 죽이기까지 한다. 아프가니스탄에서는 아직도 여인들이 부르카를 입지 않으면 사회적 차별대우를 감수해야 하고 신변의 위협을 느끼게 된다고 한다. 주로 이슬람교의 전통화된 생활윤리규범에 근거하는 관행으로서 사회제도화되어 있음을 본다. 부르카는 곧 그곳 여인들의 사회적 감옥이다. 인간이 만들어서 같은 동족인 인간에게 강압적으로 덮어씌운 부르카라는 얼굴과 몸가리개는 불합리하기 짝이 없다. 그 이유가 전혀 정당화될 수 없는 억압과 강제가 21세기 오늘의 인간사회에서 아직도 버젓이 위력을 발휘하고 있는 것이다. 어리석기 짝이 없는, 참담한 현실이다. 인간의 무지몽매함이 어디까지 가능한가를 보여주는 어처구니없는 현상이다. 그곳의 여성들은 그러한 속박, 특히 남성지배에의 예속상태로부터 벗어나기 위해 분신 등의 자살을 감행한다는 것이다. 그런 노예적 구속상태에서 사느니 차라리 죽는 게 더 낫겠다는 한 맺힌 생각에서 나오는 극한투쟁의 몸짓이다(MBC 스페셜. '누가 나의 삶을 결정하는가?: 아프간의 여성인권', 2005.07.31 방영 참조). 아프간 여인들의 부르카로부터의 해방이야말로 시급히 이루어져야할 온 인류의 관심사로서 인식되어야 마땅하다. 그들의 이 작은 해방은 인간으로서의 기본적이며 자연적인 생존 조건을 되찾는 것에 불과하지만 이 해방을 통해서 참다운 자기실현의 더욱 드높고 큰 해방의 경지로 나아갈 수 있게 될 것이다.

아프가니스탄밖에도 다른 인간사회들에는 얼마나 많은 불합리한 제도와 관습이 인간의 부자유와 불평등과 불의와 비인간화를 매일 반복적으로 빚어내고 있는가?! 참으로 개탄하지 않을 수 없는 비극적 현실이다. 저 하늘 높이 신적인 존재가 있어 이러한 지구상의 인간들의 어리석은 모습을 본다면 아마도 우주적 시간의 차원에서 한 순간 연출되고 있는 희극으로 보일런지도 모르겠다. 그러나 우리들 인간에게는 생사의 운명이 걸린 심각한 문제상황이다.

아프간의 남성들이어, 다른 사회들에서 특히 지도자의 위치에서 막강한 권력과 권위를 행사하고 있는 인간들이어, 그대들은 베에토펜의 합창교향곡의 메시지를 깨닫고 있는가?(2005.08.01)

죽음과 자살

죽음에 대한 이해-1

헬렌 니어링 엮음(전병재, 박정희 옮김). 인생의 황혼에서: 헬렌 니어링과 함께하는 아름다운 노년을 위한 명상(Light on Aging and Dying: Wise Words Selected by Helen Nearing, 1995). 서울: 민음사. 2002. 194쪽

이 책 속에는 죽음에 대한 생각들이 다양하게 펼쳐져있다. 죽음을 어떻게 이해할 것인가에 대한 옛 사람들의 생각들이 흥미롭게 소개되어있다. 나아가 죽음 뒤에는 어떤 상황이 죽은 자를 기다리고 있을지에 대한 상상과 희망이 많은 인용문을 차지하고 있다. 대개 사람이 죽으면 몸은 흙으로 돌아가지만 영혼은 새로운 세계에서 그 존재를 지속해가리라는 낙관적인 전망을 얘기한다. 죽음으로써 삶은 끝난다고 딱 잘라 말한 경우는 없는 듯하다.

그러나 나는 나의 죽음이 완료되면 나의 영혼이 나의 육체와 분리되어 다른 세계에서 존속해가리라고 생각하지 않는다. 영혼이나 정신 또는 마음은 몸의 죽음과 함께 그 기능을 상실하게 되고 더 이상 존재하지 않을 것이라고 예측한다: 이 예견은 지금까지의 인간역사의 진행과정에 비추어 본 나머지 내가 미루어 짐작하는 추론이다. 죽음 앞에서도 사람은 정직해야 한다. 사실을 사실 대로 받아들이고 어떤 두려움도 미리 가질 필요가 없다. 죽음이 나의 존재 전체를 태어나기 이전의 없었던 상태로 돌려놓는다면 나는 그것을 자연의 법칙으로서 받아들일 수밖에 없다. 나는 자연에서 나왔으니 자연 속으로 다시 돌아갈 뿐이다. 죽음 뒤의 나의 존재는 오로지 살아있는 이들의 기억 속에서만 살아있을 것이다. 나는 죽음과 그 다음의 세계에 관해서 달리 생각할 수 없다. 천국, 극락, 지옥, 연옥, 내세 등은 종교에 의지하려는 사람들의 소원과 상상에서 나온 허구일 뿐이다.

이러한 나의 생각은 어디까지나 하나의 가설로서 그 진리성에 대해선 전혀 확실성을 보장할 수 없다: 지금껏 아무도 죽음을 체험한 사람은 없었고 나도 죽음을 실제로 체험하지 않았기 때문이다. 죽음에 관해서도 나는 여전히 불가지론자로서 '궁극적으로는 모른다'는 대답을 견지할 수밖에 없으나 구태여 나의 생각을 지금 말한다면 위와 같다는 정도다.

죽음에 대한 이해-2

블로그 '그녀'(yujin's world)에 있는 '삶의 끝은 어떤 모습일까??'라는 글을 읽고 그 아래에 올린 저의 댓글입니다:

가끔씩 삶의 끝이 어떤 모습으로 남겨질 것인지 생각해본다…

?로 시작해서 !로 끝나는 삶을 살 수 있었다면 아마도 행복한 삶을 살았다고 할 수 있을까?

묘비명에 남길 그 어떤 업적도 없었지만, 그래도 나의 이름을 떠올리면서 가슴 한켠이 따뜻한 그리움으로 채워질 수 있는 그 누군가가 있을 만큼의 삶을 감당하고 갈 수 있었으면 좋겠다.

삶의 끝은 죽음이지요. 죽음 뒤에 그 삶의 주인공이 어떻게 살아있는 사람들의 기억 속에 남아있는가가 당분간 중요할 겁니다.…

저는 저의 글 '죽음에 대한 이해'(-> 저의 블로그)에서 썼듯이 저는 죽음으로써 다시 자연으로 돌아갈 겁니다. 제 주검의 처리는 땅에 묻히거나 묘비를 남기지 않고 화장하여 그 재가 제가 살던 곳 주위 산천에 흩뿌려지기를 바랄 것입니다.

멀리 보면 우리가 살고있는 지구도 태양이 타오르기를 그치고 죽은 별이 되거나 사라진다면 이 지구 위의 모든 생명체들도 죽음을 맞을 것이고 역시 죽은 별이 되어 지금과는 다른 궤도를 떠돌 것입니다. 그때엔 지구와 달과의 관계도 태양계 자체의 변화와 함께 아마 달라질 것입니다. 온 우주는 암흑천지가 되기 쉬울 겁니다: 혹시 여기저기 타오르는 별들과 별무리들이 빛을 발하고 있을지 모르지요.

모든 것은 변합니다: 있었던 것은 이 우주의 어느 구석에서 다른 모습으로 존재를 계속하든지 다른 존재들이 감지할 수 없는 모습으로 변하여 보이지 않든지 없어지든지 그 유무의 형식이 끊임없이 변할 것입니다.

죽음에 대한 이해-3

나는 오늘 친구의 부인과의 통화에서 슬픈 소식을 들었다: 그는 집에서 졸도하여 의식을 잃은 채 구급차에 실려 병원에 가서 응급치료를 받는 동안 무의식 상태에서 일주일이 흘러간 지난 일요일(4.19일)에 숨을 거두었고 지난 화요일(4.21일)에 발인을 마쳤다고 한다.

광주 서중, 일고를 거쳐 서울대 법대 15회 졸업 동창생들이 나를 포함해서 7-8명이 남아있는데 김진하군이 떠났으니 슬프고 허전하다. 나는 원래 동창회에는 거의 참석하지 않지만(나의 글 '동창회 문화로부터의 해방' 참조) 이 모임에는 몇 번 참석했었다가 최근에는 참석하지 않았다. 바로 옆에 있는 친구로부터 김군의 사고소식을 일주일 전쯤에 들었으나 직접 문병하지 않은 것이 못내 죄송스럽고 아쉬움을 통감한다.

우리 인간들 모두가 같은 운명을 타고났지만 자연으로 돌아간 그는 이제 다시 볼 수 없고 들을 수도 없다.

뒤늦게나마 삼가 고인의 명복을 빈다.

오늘이 마침 '지구의 날'이란다. 지구도 우주적 대자연으로 돌아갈 순간이 미래의 어느 시점에는 올 것이다. 여기에 '태양이 타오르고 있다는 사실'이라는 제목의 글에서 자연계 자체의 죽음에 관해 음미해본 것이었다. 지금껏 인간의 지나친 공업화와 자연오염과 파괴로 지구상의 생명체들의 절반가량이 멸종되었다고 뉴스에서 전한다. 이런 추세로 간다면 인간 자체의 멸종도 가능하지 않을까?

때마침 나는 지금 아메리카 인디언들의 세계관과 인생관이 그들의 말로써 그려진 책을 읽고 있다(류시화, 나는 왜 너가 아니고 나인가: 인디언의 방식으로 세상을 사는 법, 김영사, 2009[2003], 920쪽)

죽음에 관한 시애틀 추장의 말이 나의 눈길을 끌었다: "사람은 왔다가 가게 마련이다. 그것은 바다의 파도와 같은 것이다. 한 차례의 눈물, 한 번의 타마나무스, 한 번의 이별 노래와 더불어 그들은 그리워하는 우리의 눈에서 영원히 떠나간다. 그것이 자연의 질서다. 슬퍼할 필요가 없는 것이다. … 죽음이란 존재하지 않는다. 다만 변화하는 세계만이 있을 뿐이다."(21, 24쪽)

"세상의 모든 것은 하나로 연결되어 있다."(18쪽) 우주를 하나의 커다란 생명체로 보고 그 안에 하나의 연결고리로서 생존하고 있는 것이 우리들 인간이라는 생각이다.

방금 티브이 뉴스에서 노무현 전 대통령이 박연차로부터 1억원짜리 시계 2개를 회갑선물로 받았다고 한다. 돈으로 망하는 또 하나의 사건이다. 그런 뇌물형 선물이나 거액의 돈을 주고받을 때에는 당사자들은 더 잘 살아보려고 했지 망할 것을 미처 내다보지 못했거나 않았을 것이다. 이런 현상은 자본주의 경제체제에서 사유재산제도가 그 핵심에 자리하고 있는 사실과 관련돼있다. 소유의 관점에서 성공과 행복을 보게 만든다. 가령 땅의 소유가 절대적인 중요성을 띠는 것으로 인식된다.(그래도 나는 맑스 처럼 자본주의가 철폐되어야 한다고 생각하지는 않는다: 자본주의는 역사 적으로 자연발생적으로 생성된 경제제도이기 때문에 그것을 인위적으로 없앤다고 해서 사라지지는 않을 것이다. 우리는 앞으로도 자본주의와 함께 이 지구 위에서 살아가게 될 것이다. 문제는 자본주의 경제제도를 더욱 합리적으로 개선해나가는 데 있다. 가령 개인의 이기적 이해관심 추구를 공동체주의와 결합시키는 것이 중요하다고 생각된다. 여기서 수정자본주의 또는 자본주의경제체제 안에서의 '사회적 시장경제체제'[독일의 경우] 또는 사회복지국가의 이념이 제도화되기에 이른 것이다.)

그러나 내가 지금 읽고 있는 책에서 인디언들은 전혀 그렇지 않다: 땅과 하늘, 나무와 물고기, 바람과 숲이 모두 친척이요 한 가족이요 동반자들이요 임시로 사용하도록 허용된 자원으로 그들은 인식한다. 그래서 이 모든 자연의 존재주체들에 대해 늘 감사하고 그들을 소중히 여기고 그들과 함께 살아가는 지혜를 끊임없이 되새기고 그런 일상생활 속에서 기쁨을 누리는 것이 인디언들의 삶이었다. 자연과 조화를 이루는 해방된 삶이다. 인간사회를 포함하여 대자연은 하나의 거대한 공동체이고 우리는 그 구성원 가운데 하나라는 세계관이다.

그런데 이처럼 자연과 하나되는 세계관과 인생관이 1620년 12월 21일에 메이플라워호를 타고 영국에서 북미 동부에 건너온 102명의 청교도들에게 떠밀리고 억압당한다. 이들 이방인들이 신봉하는 기독교라는 종교가 지니고 있는 세계관이 자기들 이외의 생명을 죽이고 다른 종교를 적대시하고 오로지 소유와 탐욕과 지배의 욕구의 노예가 되어 오늘에 이른 것이다: 그것이 미국이라는 나라다. 이렇게 보면 미국은 남들을 죽이면서 종국에는 자신을 죽음으로 몰고 가는 꼴이다. 나는 반미주의자가 아니지만 아메리카 인디언의 관점에서 보니 그렇게 보인다는 것이다.

생명과 죽음과 자연에 대한 인식이 어떤가가 사람의 세계관과 인생관의 참됨과 바람직함을 결정짓는다는 생각이 나를 놓아주지 않고 있다.(2009.04.22.)

자살의 재음미

백금희님의 문학박사학위 논문, 'Sylvia Plath의 시 연구: 죽음을 통한 자아해방'(강원대학교 영어영문학과 2005년 2월)을 읽고 실비아 플라쓰(1932-63)의 문학예술과 함께 그녀의 자살을 되새기게 된다.

그녀는 "20세기의 대표적인 미국 여성시인들 중 한 사람이며 전통적인 여성의 억압적 질서로부터 벗어나려고 시도한 시인"(위 논문 125쪽)으로서 자기정체성의 발견 또는 확립을 추구하는 과정에서 사회적 성과 삶을 중심으로하는 내면적 갈등을 '고백하는' 형식의 시와 소설을 썼다. 그녀는 자신의 문제해결의 출구를 결국엔 자살에서 찾았다. 그녀의 자살은 "현실 도피수단"이 아니라 "자아해방 또는 정신적 완성으로 승화시키"는 것으로 해석(126쪽)될 수도 있을 것이다. 그녀는 "두 번 태어나기 위한 하나의 의식이어야 할"(127쪽) 그 무엇을 자신에 의한 자기생명의 죽임과 동일시 한 것으로 보인다.

여기서는 다만 자살이라는 인간의 자기초월적 극한행위의 의미에 대해 생각해보고자 한다.

자살을 결행하기까지 그/그녀는 수많은 밤을 지새우며 고민하는, 처절한 자기와의 싸움을 여러 번 반복했을 것이다. 플라쓰도 예외는 아니었을 것이다.

플라쓰는 31살의 젊은 나이로 자살을 감행했고 내가 존경하는 슈테판 츠바이그(Stefan Zweig, 1881-1942)는 61살에 자기의 둘째 부인과 브라질의 페트로폴리스에서 동반자살했는데 그는 '외로움과 고립'(lonliness and isolation)을 견디지 못하고 스스로 목숨을 끊은 것으로 짐작된다. 그 밖에도 많은 역사적으로 기억될 만한 자살의 경우들이 있었다. 지금 이 순간에도 이 세상의 어느 구석에서는 인간의 자살이 결행되고 있을 것이다. 나도 한때 젊은 시절에 우울증에 걸려 자살하기를 생각해본 적이 있었다.

이 지구에 살고 있는 동물들 가운데 인간만이 자살을 감행하는 것으로 보인다. 그것은 인간이 자기초월의 능력을 지니고 있음을 보여주는 것이다. 이 능력은 인간의 사고(생각)의 힘에 기초한다. 그러나 내가 보기엔 결국 그러한 생각은 근본적인 오류를 범하는 것임을 또한 드러낸다. 자살은 문제의 해결이 아니라 문제해결을 포기하는 것에 불과하기 때문이며 이는 문제해결을 가능하게 하는 그 행위주체와 그/그녀에게 주어질 시간을 송두리째 없애버리는, 인간생명이 지니고 있는 무한한 가능성과 창조력을 모조리 없애버리는, 돌이킬 수 없는 행위이기 때문이다. 인간 생명은 이 우주 가운데 오직 한 번밖에 주어지지 않는다: 그것은 고귀하기 이를 데 없이 소중한 것이다.

1. 자살은 자신의 순간의 판단을 절대화하는 광신주의적 행위다.

2. 자살은 삶의 어떤 고난이나 고통도 '또한 지나갈 것이라'(This shall also pass away)는 단순한 사실, 곧 '모든 것은 변화의 흐름 속에 있다'(All things are flowing; Everything is in a state of flux.-Heraclitus)는 진리를 망각한 데에 기인한다.

3. 자살은 자연에 대한 오만한 인간정신의 거역이다. 자연에서 나온 인간이 조만간 자연으로 돌아갈 것임에도 불구하고 너무 성급하게 서둘러 자연으로 억지로 자신을 돌려보내는 경박한 작태가 곧 자살이다.

따라서 자연의 거룩함을 아는 자만이, 자연 앞에 겸허할 줄 아는 자만이 자살하지 않는다. 자연과 하나된 자만이 자연과 함께 삶을 자연스럽게 누리고 마감할 것이다: 그러한 인간만이 참다운 자유인이다. 자살하는 인간은 경박하고 오만한 비겁자, 나약한 패배자에 지나지 않는다. 참된 용기는 고난과 고통을 온 몸과 마음으로 보듬어 받아들이는 힘에 있다. 이 힘을 지닌 자만이 최후의 승리의 기쁨을 누릴 것이다. 그러한 인간만이 삶의 영웅으로서 칭송받을 만하다.

자살의 이유

이 글은 천선영(경북대 사회학과 교수)의 논문 '자살의 이유를 알아야 하는 이유: 근대적 사살 이해에 대한 사회이론적 논의(사회와 이론[한국이론사회학회의 학술지], 2008년 1호, 293-323쪽)를 읽고 나의 소감을 쓴 것이다.

나는 '자살'을 다음과 같이 정의하고 싶다: 자살은 삶의 의미에 대한 행위주체의 주관적 판단(또는 인식)에 따라 삶의 궁극적 소멸을 목적으로 하는 결단을 실천에 옮긴 결과적 사건이다.

자살은 우선 하나의 행위이고 무릇 모든 행위는 생각에서 비롯된다. 이 경우에 '생각'은 삶의 의미에 대한 생각이다. 자살자는 삶이 더 이상 살 만한 가치가 없다고 판단했기 때문에 자신의 삶을 가능하게 하는 자신의 생명을 기능불가능하게 만드는, 곧 없애버리는 행위를 감행한다. 삶에 대한 그런 부정적인 판단을 내리는 생각에는 몇 가지 특징이 있다고 추리된다: 1) 삶의 무의미성에 대한 자신의 생각(판단)이 절대적으로 옳으며 그 옳음은 절대적으로 확실하다; 2) 자신은 자신의 삶과 사회의 미래에 대해 뻔히 알고 있다; 3) 세계의 미래를 포함하여 모든 것은 변하지 않는다. 따라서 자신의 지금의 판단이 최종적으로 옳으며 이 옳음도 변할 수 없다.

이 세 가지 특징은 뒤집어보면 자살자의 자기절대화와 교만과 무지를 드러내는 것으로서 자살이라는 중대한 오류에 이르는 생각의 함정, 인간의 존재론적 함정이라고 볼 수 있다. 이는 칸트가 말한 미계몽의 함정이라고도 해석될 수 있다(그의 글 "'계몽이란 무엇인가?'에 대한 해답" 참조).

결론적으로 말해서 자살은 이러한 생각의 치명적 오류에서 나온 결과다. 먼저 삶의 유의미성 또는 무의미성에 관한 검토가 충분히 이루어졌는가가 문제다. 어떤 대상에 대한 인식에 이르기 위해 사람은 객관적 증거와 함께 주관적 판단근거를 필요로 한다.

삶의 무의미성을 주장하려면 우선 역사적 기록을 조사해볼 필요가 있다: 지금까지 이 지구상에 인간으로서 태어나 살다간 사람들의 삶에 대한 기록을 검토해봄으로써 그들의 삶이 의미 있었다고 또는 무의미했다고 판단될 수 있는지를 가능할 수 있을 것이다. 과거의 인물들의 삶을 그들의 전기를 통해서 돌아보건대 매우 감동적이고 영웅적인 행적을 우리는 확인할 수 있고 그들이 더 오래 살지 못하고 삶을 너무 일찍 마감했음에 대해 한없이 안타까움을 느낄 수 있는 사례들이 수없이 많다. 물론 그렇지 않은 경우들이 더 많을 것이다: 있으나 마나, 오히려 사람으로 태어나지 않았으면 더 나을 뻔한 사람들이 많을 것이다. 여기서 한 가지 분명한 것은 인간의 생명은 가능성을 지니고 있다는 사실이다: 긍정적인 결과를 가져올 가능성과 부정적인 결과를 빚어낼 가능성을 안고 있다. 그런데 자살자는 오직 부정적인 가능성만을 본 것이다. 여기에 바로 그의 생각과 판단의 오류, 곧 편견이 도사리고 있다.

또 한 가지의 중대한 오류는 자신의 주관적 판단을 절대화하는 데 있다. 사물에 대한 객관적 인식이 인간에게는 거의 불가능함을 이미 칸트는 간파했다: '물 자체'(Ding an sich)를 사람은 알 수 없다는 것이다. 그럼에도 불구하고 대다수의 사람들이 인정할 수 있는, 사물에 대한 인식이 또한 가능하다. 따라서 절대적으로 객관적 지식은 아니라고 할지라도 상대적으로 많은 사람들이 인정할 수 있는 정도의 객관적 지식에 우리는 도달할 수 있다. 이러한 상대적 지식을 삶의 의미에 대해서 찾아본다면 위에서 검토해본 역사적 조사를 통해서 인간의 삶은 살 만한 가치와 의미를 충분히 지니고 있다고 판단할 수 있다. 이 판단을 자살자는 무시하거나 소홀히 여기고 자신의 주관적 판단에만 집착하기 때문에 소중한 자신의 생명을 없애려는 결정을 내리게 된다.

그리고 더욱 중요한 관점은, 모든 것은 변한다는 사실이다: 곧 자신의 주관적 판단 역시 다음 순간에는 변할 수 있다는 점을 망각하거나 망각하고 싶은 나머지 사살할 그 순간의 반난을 설대화하는 어리석음을 범하게 된다. 이 또한 중대한 생각의 오류, 곧 자신의 근시안적 견해의 절대화라는 오류임에 틀림없다.

모든 것이 변한다는 사실은 어디에 근거하는가?-그것은 이 우주에 존재하는 수많은 개체들 사이의 상호작용의 연결망이 복잡하게 얽혀있기 때문이다. 사물과 사건의 인과관계의 복합성이 거기에서 비롯된 것이다. 우주의 이러한 상호성 구조는 바람이 불고 계곡물이 흐르듯 자연발생적이어서 누구도 이를 없애거나 조작할 수 없다. 어느 초월적 존재가 있다고 해도 우주의 상호성 구조와 과정을 무시할 수 없다. 우리가 사물의 객관적 인식에 도달하기 어려운 것도 이 상호성 구조의 복합성에 기인한다고 볼 수 있다.

인간에게 절대적으로 확실한 지식은 있을 수 없으며 다만 상대적인 확실성을 그것도 잠정적으로 지닌 지식이 발견될 수 있을 뿐이다(칼 포퍼[Karl Popper]의 과학방법론, 특히 그의 허위화론[falsification theory]에 주목하라). 내가 지금 참인 것으로 발견한 지식이 다음 순간에 허위인 것으로 판명될 수 있음을 늘 명심해야 한다. 이런 맥락에서 버트란드 러셀(Bertrand Russell)의 '어떤 것도 확실하다는 느낌을 갖지 마라'(Do not feel absolutely certain of anything. 그의 '자유인의 십계명'[A Liberal Decalogue]의 첫 번째 계명)는 경고의 의미를 자주 되새겨 볼 만하다.

천선영은 위 논문에서 현대사회가 사람이 "'살아야 하는 이유'를 알려주는 데 실패하고 있"거나 "그 이유 찾기에 결국 실패할 수밖에 없는 이유도 근대사회구조에 '내재'되어 있"다고 주장(320쪽)하고 있으나 이는 삶에 대한 더 깊은 성찰을 바라는 반어법인 듯하다. 인간의 생명은 이 우주 안에서 아주 조그마한 떠돌이별인 이 지구 위에 그 구체적 인간에게 단 한

번 주어진, 따라서 매우 고귀한 가치와 기회를 지니고 있다. 이러한 인간존재의 유일회성만으로도 삶을 살아보아야 할 이유가 충분하다. 인간이 지닌 무한한 잠재능력을 최대한 활용하여 좋은 이상과 꿈과 가치를 실현하는 길을 찾는 것, 창조적 삶을 사는 것이 곧 사람이 살아야 할 이유가 아닐까?!

 시와 글쓰기

시(詩)와 시심(詩心)과 시상(詩想)

문득 시란 무엇인가라는 물음이 떠올랐다. 근데 우연히 인터넷 방송통
신대의 한 강의에서 보들레르의 시인에 대한 정의가 소개되었다: "시인은
사물의 언어를 해독하는 사람이다." 그 강사가 출처를 밝히지는 않았지만
그럴 듯한 정의라고 생각되었다.

언뜻 아메리카 인디언들은 시인일 거라고 생각된다: 그들은 이 우주에
존재하는 모든 것에는 정령(soul, spirit)이 깃들어 있고 정령과 인간 사이
에 의사소통이 가능하다고 믿는 정령주의(animism)적 세계관을 갖고있
기 때문이다. 그들은 하늘, 땅, 계곡, 바람, 구름, 비, 눈, 바다, 새벽, 노을,
달, 별, 해, 바위, 산, 강, 들, 그리고 새, 들소, 곰 등 야생동물, 나무, 풀,
꽃, 숲 등 식물들에는 저마다 정령이 살아있고 그들과 대화할 수 있다고
믿는다. 그들은 조물주를 '위대한 정령'이라고 일컫는다. 이들 정령들과
대화하는 그들은 시인의 소질을 타고났다고 볼 수 있다.

그러한 시인의 정의에 근거하여 시라는 것이 무엇인가를 추리해 본다면
'시는 시인이 사물에 대한 느낌이나 생각을 축약하여 표현한 글의 한 형식'
이라고 볼 수 있지 않을까?

예전에 시는 대개 운율을 가진, 글로써 표현된 노래, 곧 노래글이었다고

보여지지만 현대에 와서는 운율 없이 긴 산문처럼 보이는 시도 있다. 그러나 시와 산문의 차이는 시에서는 생각의 전개가 비약하거나 추상화의 정도가 비교적 심하여 온전한 문장으로써 구성되지 않는 경우가 많은 반면에 산문에서는 마치 이야기하듯이 논리적 서술의 규칙을 따른다는 점일 것이다.

시인이 아닌 나로서는 지금 국외자로서, 그러나 시를 읽기를 좋아하는 사람으로서 평소의 시에 대한 나의 이해를 소박하게 표현해보고자 하는 것이다.

국어사전에 '시심'에 대한 뜻풀이를 '시를 짓게 하는 마음', '시를 느끼는 마음'이라고 써있고 '시상'을 '시작(詩作)의 근본되는 착상', '시적 구상', '시에 나타난 사상' 등으로 풀이하고 있다. 사람은 반드시 시인이 아니어도 누구나 시심을 지니고 있다고 생각된다. 다만 시인은 시심을 시로써 구체화할 수 있다는 점이 보통 사람과 다르다고 볼 수 있다.

시도 인간의 생각의 한 표현형식이므로 시인이 말하고자 하는 뜻이 가능한 한 명확히 드러나고 독자에게 공감이나 감동을 불러일으켜야 좋은 시라고 볼 수 있을 것이다. 이런 의미에서의 좋은 시를 만나기는 흔치 않다. 그런데 인터넷 공간에서 가장 흔하게 접할 수 있는 의사표현 형식들 가운데 하나가 시일 것이다. 누리꾼들은 대개 저마다 시인이 되고 싶은 것처럼 보인다. 그러나 '좋은 사람'이나 '좋은 삶'을 만나기가 어렵듯이 '좋은 시'도 역시 접하기가 쉽지 않다.

좋은 시가 만들어지기 어려운 것은 시적 구상에 어려움이 따르기 때문이라고 본다. 시상(詩想)은 두 차원에서 끌어낼 수 있다: 첫째는 주어진 실재의 세계, 곧 자연현상과 사회현실을 보고 인식함에 있어 새로운 시각이나 관점이고 둘째는 바람직한 세계상, 곧 드높은 이상이나 가치나 꿈에의 그리움이다. 다시 말하면 좋은 시상은 참된 세계관과 바람직한 인생관에 기초한다고 볼 수 있다.

시상의 원천에 대해 더 자세히 들여다본다: '사물의 언어'를 뒤집어 보면 시인이 대하는 사물을 어떻게 보느냐 또는 보고 싶으냐라고 풀이되는데 이 '사물'의 범주를 확대하여 세계와 인생으로 넓혀본다. 그러면 시상의 원천은 두 가지에 있다: 하나는 존재로서의 세계와 인생에 대한 인식이고, 다른 하나는 당위로서의 세계와 인생에 대한 그리움이다. 곧 시인이 보는 세계와 인생에 대한 생각이 한편에 있고 시인이 보고 싶은 세계와 인생에 대한 생각이 다른 한편에 있는데 이 두 가지, 곧 현실과 꿈에 대한 생각이 시상의 원천이 된다고 볼 수 있다. 그러나 시작, 곧 시짓기의 현실에서는 이 두 가지 차원이 명확히 구분되기 어렵고 뒤섞여 표현된다. 여기에는 시인이 사용하는 언어의 선택과 생각의 조직화, 곧 시상의 구성방식이 주요역할을 한다고 보여진다.

우선 시상이 명확하면 그것이 담긴 시도 명확히게 읽힌다. 그러니 좋은 시는 명확한 표현만으로는 부족하다: 그 가리키는 뜻이 독자를 감동시켜야 한다. 곧 시가 표현한 내용의 의미가 독자의 정신을 고양시키고 감흥을 불러일으킬 수 있어야 할 것이다. 좋은 시에서는 좋은 그림에서처럼 어떤 장엄함(the sublime; sublimity)을 느끼게 한다.

대개 시는 그 내용이 모호해지기 쉽다: 아마도 몇 마디의 시어들로써 생각을 표현하려고 하니 서로 연관되지 않는 형용사를 남발하여 추상적인 표현으로 내닫기가 일쑤이고 따라서 의미전달이 오리무중으로 빠져버리기 때문일 것이다. 그래서 나는 시쓰기가 상당히 꺼려지고 시인이 되고 싶지도 않다. 그저 산문쓰기를 좋아하는 편이다. 산문은 일상적으로 말하듯이 문장을 구성하면 되기 때문에 비교적 스트레스를 덜 받는다. 그러나

시쓰기는 다르다: 그것은 다분히 인위적인 글짓기라는 점에서 산문쓰기와는 확연히 다르다.

이런 관점에서 보면 시는 부자연스러운 글짓기가 되기 쉬운 반면에 산문은 자연스러운 의사표현 형식이라고 서로 구별지을 수 있을 것이다. 그래도 좋은 시를 이따금 볼 수 있다: 좋은 시는 자연스럽게 써진 거라는 느낌을 준다.

마지막으로 좋은 시는 그 글쓰기 형식에 있어 적절한 시어를 사용하고 맞춤법과 띄어쓰기도 어법에 맞게 써진 것이라야 할 것이다. 특히 시는 대개 짧은 형식을 취하므로 시인이라면 맞춤법과 띄어쓰기 등 우리말의 어법에 각별히 신경을 써야 마땅할 것이다.(2009.07.15, 07.19)

글쓰기의 네 가지 주요요소

언뜻 글쓰기에 관한 생각이 떠오릅니다: '달빛'이 글쓰기, 특히 시쓰기의 모범사례로 생각됩니다.

'달빛'의 주제는 달빛이고 이 주제를 중심으로 하여 관계되는 주체로서 '임'과 '길'과 '나'와 '친구'와 '소식' 등이 등장합니다. 그래서 나에게로 오시는 임을 그리면서 이야기가 펼쳐집니다.

여기서 눈여겨보게 되는 것은 시나 수필 등 어떤 형식을 막론하고 모든 글쓰기에서는 1) 주제 선정, 2) 주제와 관련되는 다른 소주제들이나 주체들, 3) 이들 주제들 또는 주체들 사이의 관계에 대한 설명 또는 이야기의 전개, 4) 작가가 말하고자 하는 핵심명제, 곧 핵심적으로 발언하고자 하는 말 또는 주장이 명확히 드러났을 때 그 글을 좋은 글이라고 저는 생각합니다.

가곡 '달빛'의 노랫말에서는 이러한 묘소들이 산뜻하게 살 표현되어 있어 아주 좋은 시라고 생각되고 거기에 알맞게 곡이 붙여져 가곡으로 태어난 선율도 아름답고 누구나 쉽게 따라 부를 수 있어 아주 좋은 노래가 되었습니다.

여기서 한 가지 아울러 떠오르는 것은 음악도 마찬가지라는 생각입니다: 음악도 하나의 발언이라는 생각입니다. 예전에 제가 독일 유학 중에 티브이 화면에서 헤르베르트 폰 카라얀이 '음악도 하나의 발언'(Musik ist auch eine Aussage. 영어로 옮기면: Music is also a statement.)이라는 얘기를 한 것을 지금도 생생히 기억합니다. 이 말을 저는 특히 베에토펜의 음악에서 자주 확인하게 됩니다. 그래서 그의 이름 붙여지지 않은 교향곡 5개에 대해 각각 저 나름대로 이름을 붙여보게 되었습니다. 이에 관해서는 저의 글 '소리의 사회학'을 참조하시기 바랍니다. (2009.09.09.)

생각하기와 느끼기와 믿기: 철학과 과학과 종교

1. 철학은 체계적으로 생각하기에서 비롯되었다고 생각된다. 생각하기에서 행동하기 또는 실천하기가 출발하니 삶살이도 원초적으로는 생각하기에서 시작된다. 따라서 모든 일이 생각하기에 그 원천을 둔다고 해도 과언이 아니다.

2. 생각하기에는 두 가지 서로 질적으로 다른 차원들의 영역이 있다: 하나는 사실의 인식 또는 규명을 지향하는 참됨 또는 진리라는 가치의 영역이고, 다른 하나는 사실에 대한 평가에 해당하는 진리 이외의 가치들,

가령 좋음(선), 아름다움(미), 정의, 평화 등의 가치들의 실현 또는 창조의 영역인데 이는 넓은 의미의 정치에 속한다면 앞엣것은 과학의 영역에 속한다. 진리는 창조되는 것이 아니고 발견된다.

3. 느끼기와 믿기는 자세히 보면 생각하기의 범주에 속한다. 느끼기는 생각하는 주체가 외부로부터의 자극이나 작용에 대해 반응, 곧 반작용을 나타내는 것을 뜻하며 그 장소는 가슴이 아니라 생각하기와 마찬가지로 우리의 두뇌의 신경조직에 있다: 가령 '날씨가 춥다고 느낀다'는 것은 '날씨가 춥다고 생각한다'는 것과 다르지 않다. 믿기도 생각하기의 범주에 속하지만 믿기는 어떤 생각의 근거에 대해 따지기보다는 대개 그 생각을 그대로 받아들이는 태도, 곧 수동적 또는 무비판적 생각하기에 속한다. 따라서 믿기는 생각하기 전에 믿기와 생각한 다음에 믿기로 구별해 볼 수 있다. 종교에서는 대개 생각하기 전에 믿기가 주류를 이룬다.

4. 철학과 과학이 비판적 생각하기에 기초한다면 종교는 무비판적 생각하기 또는 믿기에 근거한다. 철학이 분화되어 여러 분야의 과학으로 제도화되었고 아직도 철학은 과학의 기초나 근본문제들을 연구대상으로 삼고 있다. 종교는 기능적 분야들로 분화될 필요는 없었고 그 믿기의 대상이나 핵심주제가 다름에 따라 여러 종류의 종교들로 나타나게 되었다. 모든 종교의 공통점은 비판적 생각하기를 금지 또는 금기시하는 데 있다. 따라서 종교는 전통주의와 교조주의를 그 생명으로 여긴다. 그래서 어떤 종교든지 근본주의 또는 절대주의, 나아가 광신주의로 빠질 위험성이 크다.

5. 생각하기에서 중요한 것은 첫째로 사실의 확인 또는 인식이고 둘째로

어떤 생각의 근거, 타당성 또는 정당성, 곧 합리성입니다. 어떤 생각이든지 그것은 명제로서 표현되는데 그 명제의 내용이 참인지 또는 올바른지를 비판적으로 따져본 다음에 의문스럽지 않을 때 다만 잠정적으로 그 명제의 진리성 또는 타당성이 인정될 수 있다. 다시 말하면 어떤 명제든지 의문이나 비판의 대상에서 제외될 수는 없다. 그런데 종교에서는 대개 의문이나 비판이 제기되지 못하도록 구조지어져 있다. 그것이 바로 종교의 해악의 근원이다. (2010.11.06.)

한 해를 마감하며 새 해를 맞는 소감

한 해가 저물어가는 이 때와 기독교의 성탄절이 겹쳐있어 지내온 묵은 해를 되돌아보고 내일과 새로운 해를 바라보면서 새로운 각오를 다지게 된다. 이것이 언말언시의 사람들의 일반적인 마음 풍경일 것이다.

그런데 여기서 반드시 어떤 종교에 의존해서만 이런 삶의 성찰을 해야 되는가 의문이다. 기독교의 예수나 불교의 부처님이나 다른 어떤 종교의 창시자의 말과 행위에 따라서만 우리가 추구하는 이상이나 가치를 설정할 필요는 없다고 생각된다. 예수나 석가모니가 말이나 행위로써 보여준 것은 시간과 공간을 초월한 지고지선의 이상이나 가치가 될 수 없다: 그 시대적 역사성과 부분적 단편성의 한계를 지니고 있기 때문이다.

반드시 어떤 종교에 의지해서만 인간의 삶의 최고의 이상과 가치를 설정할 수 있는 것은 아니다. 사람이 어느 정도 나이가 들어 생각할 능력을 기르게 되면 스스로 무엇이 선이며 악인가를 판단할 수 있게 된다. 거기엔 체험과 교육과정이 도움을 주게 된다. 종교적 가르침은 자기성찰과 판단을 위한 하나의 참고자료일 수는 있지만 우리가 바라는 모든 문제에 대한 해답을 주는 것은 아니다. 저마다 스스로 생각하고 판단하는 습관이 무엇보다 긴요하다. 이를 '정신의 독립성'이라고 일컬을 수 있다. 사람의 내면적 삶의 자율성이라고도 볼 수 있다.

그런데 다른 한편으로 사람의 삶살이의 사회구조적 측면을 도외시할 수는 없다. 사람은 혼자 외톨이로 살아가는 것이 아니라 다른 사람과의 상호작용을 통해서 자기의 욕구를 충족해 나갈 수 있음을 알게 되고 이러한 사회적 상호작용을 통해서 문제를 합리적으로 해결해 나간다는 것도 이해하고 사회가 국가라는 거대조직으로 형성된다는 것도 인식하게 된다. 그리고 문제해결을 위해서는 현상에 대한 올바른 인식, 곧 참된 지식을 필요로 하고 이 참된 지식은 여러 분야의 과학을 통해서 발견될 수 있다는 사실도 알게 된다.

거기에 종교를 끌어들일 필요는 없다. 종교가 개입됨으로써 오히려 문제상황을 복잡하게 만들고 불필요하게 정력과 시간과 다른 자원을 낭비하게 된다. 역사적으로 종교가 끼친 해악은 엄청나게 많다. 종교는 참된 지식과는 거리가 멀고 교조화된 고정관념에 사로잡혀있는 측면이 강해서 사람의 사고지평을 편협하게 만들고 불합리한 가치관에 얽매이게 한다. 이런 의미에서 종교는 하나의 정신적 속박의 굴레라고 볼 수 있다. 종교는 독립적으로 생각할 수 있고 자율적으로 삶을 살아갈 수 있는 사람에게는 불필요한 것이다.

좋은 삶을 위해서는 참된 지식과 함께 바람직한 이상과 가치가 필요하고 이를 실현할 의지가 또한 긴요하다. 요컨대 합리적인 그리움이 요구된다. 무엇보다도 잊지 말아야 할 것은 인간은 자연의 일부라는 사실이다: 사회도 국가도 자연의 일부일 따름이다. 따라서 자연의 이치에 따라, 물

으르듯이, 곧 순리로써 삶이 진행되도록, 모든 문제가 해결되어 가도록 관심을 기울여야 한다. 거기에 좋은 삶이 가져다주는 합리적 행복이 있다.(2009.12.22.)

제3부

세상보기

세상의 재음미

세상이라는 이름의 감옥 또는 자유천지 (1): 태어남의 이중적 의미

우리가 세상에 태어나기 전에 우리는 어머니의 뱃속에서 아홉 달 동안 자란다. 어머니의 자궁이라는 감옥 속에 갇혀 있어야 한다. 물론 그 이전에 하나의 인간생명이 잉태되기 위해서는 정자와 난자가 결합하여, 곧 남녀 두 사람의 사랑의 힘에 의해 하나가 됨으로써 비롯된다. 생명의 존재의 역사는 사랑에서 출발한다: 이것이 기이하고 신비로운 일이다.

자궁이라는 감옥으로부터 해방되어 세상 속으로 나옴으로써 한 생명의 살아가기가 시작된다. 그런데 이 세상은 새로이 태어난 하나의 인간에게 광대무변한 자유천지, 해방공간이 될 수 있지만 다시금 하나의 거대한 감옥이 될 수도 있다: 그것은 삶의 주체가 저마다 선택하기 나름이다. 다시 말하면 이 세상은 양면성을 띤다: 자유의 공간이기도 하지만 속박의 굴레이기도 하다.

우리는 저마다 가족이라는 사회집단 안에 태어난다. 가족이라는 집단은 하나 더하기 하나의 결과가 둘이 아니라 셋이 되는 기적을 이루는 사회적 공간이라고 볼 수 있다. 앞에서 말했듯이 그 기적의 원동력은 두 사람 사이의 사랑이다. 이 사랑의 여정에는 항상 기쁨만 있는 것이 아니고 고난과 고통이 따르느냐에 문제의 심각성이 있다. 두 사람의 사랑에도 변화가 올 수 있고 이 변화는 두 사람의 인성구조의 변화에 기인할 수도 있지만 외부적 사회적 환경이 악화됨에 따라 가령 가난이라는 경제적 어려움 때문에 생길 수도 있다. 이러한 어려운 상황에 부딪힐 때 갓 태어난 어린 인간에게는 물론이고 이 새 인간을 사랑의 힘으로 태어나게 한 부부에게도 가족 또는 가정은 사랑의 보금자리가 아니라 억압의 울타리로 둘러싸인 감옥이 되어버리기 쉽다. 그래서 최악의 경우에는 비극이 연출되는 무대가 되기도 한다: 부모가 자식을 버리거나 죽이기도 하려니와 그 반대의 경우도 발생한다.

세상살이에서 사람은 한 치 앞을 내다보기 어렵다. 그러나 어느 정도는 가까운 미래의 자신의 삶의 형편을 예견할 수는 있다. 세상살이가 자동적으로 이루어지는 것이 아니라 그 삶의 주체의 의지와 힘과 노력 여하에 따라서 진척되어 나가기 때문이다. 여기에 삶의 주체, 곧 행위주체의 책임성이 드러난다. 자신의 경제적 능력을 고려하지 않고 충동적인 사랑에만 매달려 자식을 만들어낸 10대의 소년소녀 가장은 무책임하기 짝이 없다. 자기 행위의 결과에 대해 책임질 수 없음에도 불구하고 그런 행위를 감행한 것이다. 하나의 인간적이면서 사회적인 비극의 탄생이다.

세 사람 또는 네 사람의 가족이 생계를 유지해 나갈 만큼 경제적 형편은 괜찮은 경우에도 새로이 태어난 자녀를 건강하게 양육시키고 사회의 한 구성원으로서 살아갈 수 있도록 교육시키는 일에 있어서 과학적 지식이 필요함에도 불구하고 이러한 기본적인 인식조차 결여된 신혼부부가 전혀 없다고는 보기 어렵다. 신혼부부들이 무심코 저질러놓은 상황을 미루어 짐작할 수 있는 그들의 무지몽매의 실상을 보여주는 현실이다. 일반적으로 교육은 사랑만으로 이루어지는 것이 아니고 참된, 곧 과학적 지식이 필수적으로 뒷받침되어야 그 바람직한 열매를 얻을 수 있다. 합리적 교육을 위한 참된 지식은 아직도 과학의 세계에서 지속적으로 연구되고 있다.

전통과 관습에만 의존하는 무지한 가족과 학교는 그 구성원을 자유롭고 슬기롭게 하는 것이 아니라 억압과 속박의 굴레가 되는 감옥에 지나지 않는다. 그래서 대안학교라는 것이 생겨나게 되었다. 가령 버트란드 러셀(Bertrand Russell, 1872-1970)과 그의 둘째 부인(Dora Black)이 세운 비콘 힐 학교(Beacon Hill School, 1927-43), 닐(Alexander Sutherland Neill, 1883-1973)의 섬머힐 학교(Summerhill School)를 들 수 있다. 앞엣 것은 자유와 훈련(곧 어느 정도의 지도와 통제)을 적절히 결합시키는 방식으로 이뤄진 반면에 뒤엣것은 학생들에게 전적인 자유를 허용한 데(permissiveness) 차이가 있다.

이 세상을 여는 작은 창

우리는 우리 스스로를 가둬 놓고 살고 있습니다.
서로를 못 믿으니까 마음의 문을
꼭꼭 걸어 잠그고
스스로 감옥에 갇혀 살고 있습니다.

사랑의 눈으로 마음의 문을 열면
세상은 더욱 넓어 보입니다.
세상은 아름답게 보입니다.
내가 마음의 문을 닫아 버리면

세상은 나를 가두고 세상을 닫아 버립니다.

내가 마음의 문을 열고 세상으로 향하면
세상은 내게로 다가와
나를 열고 넓게 펼쳐집니다.

내가 있으면 세상이 있고
내가 없으면 세상이 없으므로
분명 세상의 주인은
그 누구도 아닌 나 자신입니다.

내가 더 마음의 상처를 입었어도
먼저 용서하고 마음을 열고 다가가는
아름다운 화해의 정신으로
이 세상을 여는
작은 창이 되었으면 좋겠습니다.

- 최복현님의 '마음을 열어주는 따뜻한 편지' 중에서

세상이라는 이름의 감옥 또는 자유천지 (2): 학교라는 이름의 감옥

학교는 학생과 교사와 시설로써 구성되는 하나의 조직이다. 학교운영의 실제적 주체는 교장과 교감이고 이들은 교사집단에서 나온다. 학교와 간접적으로 관련되는 요소로서 학부모 집단과 지역사회가 있다. 요즘엔 '학교운영위원회'라는 학교내의 하위조직이 법적 지위를 갖고 존재한다. 그런데 이 하위조직에는 학생대표가 참여하지 못하고 있다. 이것이 '학운위'의 구성의 불합리성을 드러내고 있다. 그 이유는 학생을 여전히 교육의 객체로서 간주하는 데에 있다고 짐작된다. 이 대목에서 한국의 학교는 여전히 전통적 폭력성에서 해방되지 못하고 있음을 부인하기 어렵다. 우선 그 조직구조 자체가 교장을 우두머리로 하는 수직적이고 권위주의적인 위계서열체계로 이루어져있다는 데에 그 폭력성이 숨어있다.

그리고 무엇보다도 교사가 학생들을 교육과정에서 다룸에 있어서 자기와 평등하고 자유로운 인간으로서 학생을 대하는 것이 아니라 자기의 의지에 따라 조작가능한 물건으로서 취급하는 경향이 다분히 지속되고 있다. 그래서 체벌문제, 촌지문제 등이 사라지지 않고 있는 것이다. 이러한 폭력적 교사-학생 사이의 비인간화된 관계에서 학생들 사이의 폭력행위가 일상화되고 있다. 평등한, 저마다 존엄한 인격의 주체로서 상호작용하는 상호성의 원칙이 관철되지 못하고 있는 학교현장의 실상을 보여준다. 학교폭력이라는 현상은 이 상호성 원칙이 기본적으로 인식되고 실천되지 않고서는 사라지지 않을 것이다.

요컨대 교장부터 교사 개개인에 이르기까지 자기자신에 대한 정직성, 진실성이 의문시된다. 그들은 자기의 생각과 행동이 교육자로서 떳떳하며 바람직한 것인지를 자기성찰을 통해서 늘 검토하면서 생활하고 있느냐의 문제다. 그렇지 않기 때문에 불투명하고 음험하며 불의한 교육행위와 학교운영의 실상이 여기저기서 그대로 드러나고 있다. 이러한 학교의 현실이 조직의 불합리한 습관, 곧 나쁜 전통으로서 이어져오고 있는 것이다.

따라서 일부 교장과 교사들의 무책임성은 아무리 강조해도 지나치지 않을 것이다. 그들이 곧 학교라는 폭력적 조직의 주된 범자들임에 틀림없다. 그들이 바로 학교라는 이름의 교육기관을 감옥으로 변질시키고 있는 것이다.

거기에는 일방적 지시, 명령의 하달과 감독, 감시의 집행을 중심으로 하는 폭력이 제도화되어 있고 이 폭력성이 학교라는 감옥 속에서 대물림되고 있는 것이다. 그러니 학생들은 학교폭력을 내면화하게 되고 자유롭고 독립적으로 생각하며 행동할 수 없는 존재, 곧 노예가 되어 이 사회 속으로 들어오게 된다. 성숙된 자유인이 아니라 비굴한 노예가 되어 사회에 발을 디뎌놓게 된다. 그들의 불행과 사회의 비극은 다양한 방식으로 연출되어 나타난다.

학교가 감옥이라는 사실을 극명하게 보여주는 것이 이른바 '자율학습'이라는 것이다. 교과과정이 끝난 뒤에도 학생들은 집으로 가지 못하고 두 번째의 도시락을 저녁식사로 때우고 교실에 밤 10시까지 갇혀있어야 된다. 이름만 자율학습이지 실제로는 준강압적으로 교실에서 공부해야 한다: 그걸 '공부'라고 일컬어야 할지 '공부하는 척하기'라고 봐야 할지 모르겠다. 자율이라는 이름의 타율이다. 학교는 학생들의 자유로운 여가시간을 빼앗고 교실이라는 감옥 안에서 마치 닭장 안에 갇혀 있는 닭들처럼 공부하기를 강요한다. 강요된 공부가 어떤 의미나 보람을 창출해낼지 의문이다.

이는 대학입학을 위한 주입식 교육제도와 맞물려있다. 학생들은 독립적으로, 그리고 자유로이 생각하는 능력을 기르지 못하고 자란다. 이른바 교사라는 윗사람의 명령에 복종하고 주위 사람들의 눈치를 살펴서 행동하는 능력이 뛰어난 '기능인'으로 키워진다. '자유인'이 되고자 하는 발상은 금물이다. 생각하기를 배우지 못하고 청소년 시기를 보내고 만다. 독립적으로 생각할 수 있는 능력을 지니지 못한 인간이 이 사회에서 인간다운 삶을 살아가기를 기대할 수 있는가? 합리적인 사고의 능력이 결여된 인간이 어떻게 합리적으로 삶을 살아갈 수 있겠는가? 이들 허수아비를 길러내는 교육제도를 유지해나가고 있는 사회가 합리적인 사회인가? 이러한 불합리한 사회가 조직화된 국가라는 것 역시 합리적으로 운영되기를 기대할 수 있는가?

버트란드 러셀은 말한다: "교육의 주요목적은 젊은이들로 하여금 지금껏 당연한 것으로 여겨져 온 것들에 대해 질문을 던지고 의문을 제기하도록 고무시키는 것이어야 한다. 중요한 것은 정신의 독립성(independence of mind)이다. 교육에 있어서 나쁜 것은 학생들에게 일반적으로 수용된 견해들과 권력을 가진 인사들에 대해 도전하는 것을 허용하지 않으려는 태도이다. 새로운 사상들(new ideas)이 나타나려면 젊은이들이 그들 시대의 온갖 어리석음과 그릇된 것에 대해 근본적으로 반대하는 자세를 취하도록 격려하는 것이 필요하다. 존경할 만한 대부분의 사람들과 기본적으로 옳다고 여겨지는 대부분의 사상들은 인간의 창조적 성취에 대한 장애물들이다."(Russell, Bertrand, 1969, Dear Bertand Russell…: A selection of his correspondence with the general public 1950-1968, introduced and edited by B. Feinberg and R. Kasrils, London: Allen & Unwin, p. 106-7. 배동인 옮김).

요즘(2006.08.01) 한국의 교육계에서는 교직원의 실적평가에 근거한 성과급 지급문제가 주요이슈로 등장했다. 며칠 전 이 문제를 중심으로 케이비에스 제1라디오의 토론프로그램 '열린 토론'에서 찬반토론이 방송되는 것을 들었다. 이 제도의 도입을 추진하고자 하는 정부의 정책에 대해

추로 진교소에서 반내건해를 상력이 세시했나. 모른 입무와 노동의 실석에 대한 평가가 이루어져야 한다는 당위성에 대하여 교육이라는 노동의 특수성 때문에 교사들의 교육행위에 대한 질적 평가는 거의 불가능하다는 실적평가의 부적절성이 맞부딪히는 식으로 논의의 흐름이 전개되었다.

나는 이 토론을 들으면서 답답함을 참기 어려웠다. 거기서 논의되지 않은 관점이 떠올랐기 때문이다. 잠시 전교조 측의 토론참여자의 발언에서 가령 독일의 경우에서 그런 제도가 없음을 언급하고 지나갔는데 내가 말하고 싶은 관점은 그와 연관된다고 생각되었다. 단적으로 말해서 한국 정부는 이 문제에 있어서 단선적이고 단세포적으로 접근하고 있을 뿐 문제를 사회구조적인 또는 입체적인 시각에서 보지 못하고 있다고 판단된다. 이 문제뿐만 아니라 다른 문제들에 있어서도 마찬가지다.

문제는 교육의 질적 향상, 곧 교육의 합리성 수준을 높이는 데에 있다. 그렇다면 교육이 이루어지는 학교라는 장소, 곧 학교라는 조직을 바라보는 데시 접근힐 필요가 있다. 교사는 힉교를 구싱하는 요소들 가운데 일부분이다. 학교의 각 구성집단 안에서, 그리고 구성집단들 사이에서 상호성 기제가 원활히 움직이도록 대책을 강구하는 것이 중요하다. 어느 조직에서나 구성원들 사이의 상호작용이 활발히, 그리고 투명하게 이루어짐으로써 불합리나 불의는 줄어들고 좋은 실적이 나올 수 있다.

요컨대 의사소통의 통로를 다각화하는 것을 생각해 볼 수 있다. 위의 토론에서 열심히 일하는 교사가 있는가 하면 게으름을 피우는 교사가 있다는 지적에 대해 대체로 동의하는 듯했다. 교사들의 자발적 모임, 곧 학교 안에서의 교사들의 공식적, 비공식적 조직의 활성화를 통해서 서로 영향을 주고받게 함으로써 교사들의 교육실적을 여러 측면에서 고양시킬 수 있게 된다. 그렇게 되는 이유는 조직의 내적 하위조직의 활성화 과정에서 사회통제라는 사회과정이 필연적으로 작동하게 되기 때문이다. 곧 교사들은 저마다 자신의 교육행위가 투명하게 드러나기 때문에 자기성찰을 게을리 할 수 없게 되고 스스로 개선하려고 노력하게 되기 때문이다. 그렇게 되면 개별 교사에 대한 성과급 지급문제는 자연스럽게 상호성 제고를 통한 조직구조의 합리성 수준의 향상으로써 해결될 수 있고 별도의 제도가 불필요하게 된다. 금전적 보상은 다른 차원에서 추가적으로 거론될 수 있을 것이다.

위에서 '학운위'에서 학생대표가 참여하지 못하고 있는 문제상황도 같은 맥락에서 학교 전체의 교육실적 향상을 위해 검토되어야 할 것이다. 그런데 한국의 현실은 겉보기에는 열려있는 것처럼 보이지만 실제로는 겹겹이 칸막이가 보이지 않게 설치되어있어 거대한 감옥을 방불하게 구성되어있다. 교사들 사이의 칸막이, 교사와 학생들 사이의 칸막이, 학교와 학부모 집단 사이의 칸막이, 정부와 학교들 사이의 칸막이, 학교들 사이의 칸막이 등등 헤아릴 수 없이 많은 장벽들로써 이루어져 있다. 작은 감옥들이 층층으로 이뤄져 있는 것이 한국사회의 속모습인 것이다. 그러한 구조 안에서는 항구적으로 합리성 수준이 높아질 수 없다. 다시금 강조하지만 합리성 수준은 구성원들 사이의 상호성, 곧 상호작용의 활성화를 통해서 높아질 수 있다. 이것이 곧 사회형성과 발전의 요체인 것이다(나의 논문 '국가와 조직' 참조).

태양이 타오르고 있다는 사실

낮이 있고 밤이 있음은 태양이 아직도 타오르고 있다는 사실 때문입니다. 우리들 인간이, 이 지구 위에 다른 생명체들과 함께 살아있음도 태양이 아직도 타오르고 있기 때문에 가능합니다.

태양이 언제부터 어떤 연유로 타오르기 시작했는지는 아무도 모를 것입니다. 지금까지 태양은 타오르면서 열과 빛을 발산하고 있고 태양을 중심에 두고 몇 개의 떠돌이별들이 그 주위를 돌고 있는데 오직 이 태양계 속에 지구에만 인간을 비롯한 생명체가 살고 있다고 우리는 알고 있습니다. 이는 태양과 지구와의 거리가 생명체가 살 수 있을 만큼 가장 적절한 조건이 되고 있기 때문입니다.

지구의 깊은 중심부에서는 지금도 용암이 들끓고 있고 약한 지각을 뚫고 이따금 불을 내뿜는 화산폭발이나 지진이라는 현상을 보여줍니다. 그러나 이 지구 내부의 타오름도 시간이 흐름에 따라 천천히 줄어들고 식어갈 것으로 추측됩니다.

그러면 지구 표면의 생태계에도 어떤 변화가 올지도 모릅니다.

아무튼 태양은 생명의 근원이라고 볼 수 있겠습니다. 흔히 물이 생명의 근원이라고 생각하지만 물도 태양이 있기 때문에 지구와 그 주위의 대기 사이의 상호작용, 곧 거대한 흐름체계 안에서의 존재들 사이의 서로 주고받는 움직임에 의해서 만들어지는 것으로 이해됩니다. 이 우주적 움직임은 존재하는 개체들이 지니고 있는 힘, 곧 에너지를 서로 주고받는 데서 일어나고 사라지기도 하는 것으로 압니다.

그러니 태양이 없어지면 지구는 죽음의 별이 될 것이고 인류가 만들어낸 문명과 문화도 없어질 것입니다. 그러면 제가 즐겨듣는 베에토펜의 음악도 들을 수 없고 제가 존경해온 러셀의 책들도 없어질 것이니 너무나 슬프고 안타까운 노릇입니다.

태양이 없어지면 온 세상은 암흑천지로 변하고 아름다운 꽃들, 새들,

나무들, 숲들, 산들, 강들, 계곡들, 바다들도 볼 수 없을 것이고, 그리고 제가 좋아하는 사과, 배, 복숭아, 감, 무화과, 꿀도 더 이상 맛보지 못할 테니 너무 쓸쓸하고 황량하여 이를 어찌할까요?!

태양이 다 타고 재가 되기 전에 인간이 지금껏 발견하고 발명해낸 지식과 기술로써 인공태양을 만들어 예전의 태양처럼 지구에게 열과 빛을 줄 수 있도록 할 수 있을까요?

이런 상상과 물음이 한낱 하염없는 상상이요 물음에 지나지 않는 것일까요? 저를 포함한 인간의 무지는 얼마나 깊고 큰가요?

태양이 타오르고 있다는 사실에 대해 감사해야 할까요, 미리 슬퍼해야 할까요?-물론 감사해야겠지요: 그런데 태양이 다 타버리기 전에 인간의 오두방정으로, 곧 자연생태계의 파괴와 오염, 지구온난화의 가속화로 온갖 고통을 빚어내고 자멸을 재촉한다면 이보다 더 슬퍼할 일이 또 있을까요?(2009.03.03.)

악에 내한 성찰

악의 원천 또는 뿌리는 무엇 또는 어디일까?

나는 악이 가령 종교에서 말하는 악마처럼 어떤 독립적인 실재 또는 실체라고 생각하지는 않는다. 악은 생명체의 느낌과 생각에서 비롯된다고 우선 잠정적으로 정의내려 본다.

그리고 악은 나의 다른 글 '악의 정체'에서 말했듯이 상대적이고 가변적이다. 그것은 마치 바람과 같다: 돌연히 생겨났다가 홀연히 사라지기도 한다. 악의 걷잡을 수 없는 출몰은 주로 행위주체의 욕구와 환경(다른 사람들과 사회구조와 제도 등 사회적 환경을 포함한다) 사이의 상호작용에 기인한다고 보여진다. 위의 글에서 언급했듯이 나의 욕구충족에 도움이 되면 선이고 해로우면 악으로 규정된다: 물론 이 규정은 행위주체인 내가 내리는 것이다. 그러니 내가 악이라고 보는 것이 다른 사람이 보기엔 선일 수 있다. 그리고 나의 욕구충족 문제가 일단 해결되면 해당 대상에 대한 선악 여부의 규정은 무의미해지고 가치판단의 중립 또는 무관심으로 바뀌게 된다: 그 대상은 나의 적도 동지도 아닌 공존자일 뿐이다. 그러나 이 공존자는 늘 나의 적이나 동지가 될 가능성을 잠재하고 있다. 예전의 나의 욕구가 되살아날 수 있기 때문이다.

어떤 이는 악도 사람의 유전인자의 한 요소로서 태생적으로 몸속에 자리하고 있으리라는 의견을 말하기도 한다. 이에 관해서는 유전인자를 어떻게 이해하느냐에 따라 다른 의견을 가질 수 있을 것이다. 나는 유전인자를 오랜 진화과정에서 형성된 생명체의 습관이 정형화된 것으로 이해한다. 가령 다른 사람을 뚜렷한 이유없이 괴롭히기를 좋아하여 그런 행태를 습관적으로 반복한다면 그런 습관이 그와 그의 후세의 몸속에 고착된 유전인자로서 자리 잡을 수 있으리라는 추측이다. 이에 대해 나는 아직 잘 모르겠다. 그런데 그런 습관이 반복 누적되어 악의 유전인자가 생성된다면 그런 사람의 악행을 일종의 본능으로 간주하여 자연현상을 대하듯이 용납해야 할지 새로운 문제가 제기될 것이다. 그러나 지금 단계에서는 그런 가상적 문제보다는 매일 다반사적으로 발생하는 계획적 또는 우발적 악행에 대한 대처문제가 더 시급하다고 본다.

앞의 글에서 어느 정도 추론되었듯이 일반적으로 행위주체가 그때그때 감지하는 욕구의 종류와 강도(가령 지나친 물욕, 권력욕, 명예욕 등), 그리고 더 넓게는 세계관과 인생관(가치관을 포함)이 악의 원천으로서 고려될 수 있을 것이다. 그런데 여기서 내가 주목하고자 하는 한 측면은 무지 속에서의 악행이다. 이것은 모든 행위에 있어 관찰될 수 있는 매우 인간적인 현상이다: 사람이 어떤 일에 열중하다 보면 시간 가는 줄도 모르는 경우와 비슷하다. 자기는 단순히 특정 욕구의 충족을 위해 열심히 노력했을 뿐인데 그 행위가 다른 사람에게 불이익과 고통을 안겨주는 파급효과를 일으켰다면 그런 행위는 사회적으로 잘못된 행위 또는 악한 행위로 평가될 수 있다. 이처럼 행위자가 모르는 가운데 저지르는 악행이 흔히 문제로 대두된다. 무지가 악의 원천이 되는 셈이다.

악의 원천으로서의 무지가 던지는 문제의식은 사회적 존재인 사람은 사회구조와 사회제도에 대한 적어도 상식 수준에서의 지식을 학습하거나 습득할 필요가 있다는 것이다. 여기에 바로 사회와 국가에 대한 사회의식적 기본인식이 사회구성원에게 요망되는 연유가 있다. 그래서 제도화된 교육의 중요성이 강조된다.

정치인들도 마찬가지로 자기들이 발의하는 법안이 악법인 줄을 모르면서 그것의 입법화를 위해 열정적으로 노력하고 한국의 국회에서는 반대자들과 맞서서 폭력적인 육탄전을 벌이기도 한다. 무지에 의한 악법생산이다. 해당 국회의원은 자기가 무지한 줄 모르면서, 곧 자기가 제출한 법안이 악법인 줄 모르면서 저지르는 악행이라는 실수를 관철하기 위해 목숨을 거는 것이다: 이게 희극인가, 아니면 비극인가, 아니면 희비극인가?!

소크라테스의 경고명언이 떠오른다: "네 자신을 알라!"

나는 서울 여의도에 있는 대한민국 국회의사당이 '무지 속의 악행'이라는 제목의 희비극을 국회의원들의 출연 아래 자주 연출되는 '한국적 민주주의 극장'으로 변신하지 않기를 간절히 소망한다.(2009.07.31.)

사람들은 왜 악할까?

오늘 아침에도 선린계곡에 가서 알몸담그기를 했다. 맑게 흐르는 물을 보면서 문득 의문이 떠올랐다: 사람들은 왜 그리도 악할까?

이 나라는 지금 평화롭지 못하다. 국회에서는 미디어법의 날치기 처리 여파로 여야 간의 대립과 갈등이 심화되고 있고 남쪽에선 쌍용자동차회사에서 노사간 전쟁사태가 지속되고 있다. 용산참사사건도 마무리됐다는 소식을 아직 듣지 못하고 있다. 왜 이렇게 집단들과 조직들 사이에 극한적 갈등이 끊이지 않고 이어지고 있는가?

크게 보아 정치적 갈등현상이다. '정치'라는 것은 주어진 현실을 더 나은 현실로 바꾸고자하는 생각이나 행위라고 정의될 수 있다. 그래서 그것은 인간사회에서 일어나는 자연스럽고 당연한 일이고 문젯거리다. 따라서 이 사회에서 삶을 살아가는 동안 누구나 정치에 관심을 가질 필요가 있다. 넓은 의미의 정치를 둘러싼 문제들을 해결하기 위해 '국가'라는 초거대 조직을 만들어 운영하게 되었다. '사회'는 자연스럽게 형성되었지만 '국가'는 그 사회구성원들에 의해서 주어진 상태보다 더 나은 삶과 사회를 만들기 위해서 계획적으로 창설되었다는 점에서 서로 다르다.

그래서 정치에서는 '더 나은 삶과 사회'라는 목표, 곧 이상과 꿈이 전제되고 따라서 사람들의 가치관이 1차적 중요성을 띤다. 좋은 정치는 목표에 대한 당사자들의 합의와 함께 그 공동목표의 실현을 위한 수단과 방법에 대한 합의가 이루어진 경우를 일컫는다. 그러한 좋은 정치가 작동할 때 그 사회와 국가에는 평화가 깃들게 된다. 목표나 수단에 대해 합의를 이루지 못한다면 그 사회에는 평화가 있을 수 없다. 긴장과 불안과 우려가 사람들의 마음 속에 번져나가게 된다. 구름 덮인 하늘처럼 사회는 음울하고 어두운 그늘 아래 고통스럽게 된다.

독일의 사회학자 막스 베버(Max Weber, 1864-1920)는 '직업으로서의 정치'(Der Beruf zur Politik, 1919)이라는 글에서 정치가가 지녀야 할 세 가지 중요한 특성을 열거한다: 열정, 책임감, 눈대중(Leidenschaft-Verantwortungsgefuehl- Augenmass). 그가 말하는 열정은 사안성(Sachlichkeit)이라는 의미이서의 어떤 사안(Sache), 그 종주인 신 또는 악마에 대한 열정적 헌신을 뜻한다고 부연설명한다. '눈대중'이라는 것은 정치가가 지녀야 할 결정적으로 중요한 심리학적 특성으로서 내면적 집중과 냉정스로써 현실에 다가가는 능력, 곧 사물늘과 인간늘에 대한 거리(Distanz)를 유지하는 능력을 뜻한다고 그는 강조한다. 우리말로 표현하자면 실사구시의 정신 또는 건전한 상식을 뜻한다고 볼 수 있다. 그는 '열정과 냉정한 눈대중'을 강조하면서 특히 '정치는 육체나 영혼의 다른 부분으로써가 아니라 머리로써 해야 한다'고 역설한다. 내가 그를 이해하기로는 정치가는 우선 정직해야 하고 따라서 사실에 기초하여 사회현상에 대해 일정한 거리를 갖고 보는 비판적 지성과 함께 자신의 언행에 책임을 질 줄 알아야 한다는 것이다.

나는 계곡의 물을 다시 보았다: 물은 높은 지대에서나 낮은 지대에서나 늘 수평을 이루려고 한다는 사실을 새삼스레 주의깊게 재인식했다. 그러나 사람들의 사회에서는 반드시 그렇지 않다: 많이 가진 자들은 더 많이 가지려고 애쓰고 적게 가진 자들은 적어도 많이 가진 자들의 수준만큼 형편이 나아지려고 아우성이다. 두 집단 사이에 평화는 없다. 많이 가진 자들이 적게 가진 자들에게 흔쾌히 양보하는 일은 거의 없다. 사람들의 소유욕에는 끝이 없다. '힘에의 의지'들이 팽팽히 맞서있다. 그래서 국회라는 제도화된 정치의 장에서 긴장과 갈등과 싸움은 그치지 않는다.

그런데 어떤 문제의 해결을 위한 최선의 방안을 놓고 의견의 경쟁을 벌이는 마당에서 저마다 제시하는 방안들이 거기서 거기인 경우가 있기도 하지만 논란이 되는 경우는 서로 질적으로 판이하게 다른 경우가 대부분이다. 그만큼 선택에 신중을 기해야 하는 상황이다. 대개 목표는 그 언어적 표현이 다소 다르긴 해도 대개 같거나 비슷하다. 문제는 주로 목표를 실현할 수단이나 방법에 있다. 목표의 정당성과 수단의 합리성이 늘 논란의 핵심에 자리한다.

대체로 인간사에서 주어진 현실에서 출발하여 개선할 여지가 별로 많지

않다: 지금껏 역사적인 발전과 시행착오를 거듭해왔기 때문이다. 요컨대 혁명적인 변화를 기대하기는 점점 더 어려워진다. 조금씩 나아지는 정도로 우선 만족할 수밖에 없다. 지금의 한국정치에서는 바로 이 점에 대한 인식이 일반적으로 부족하거나 결여되어 있다는 것이 내가 보기에 근본문제다. 그런 상황에 대한 기본인식이 보편화되어 있다면 어떤 문제에 대한 해결방안을 선택함에 있어 이번 '폭력국회'에서처럼 죽기 아니면 살기 식으로 극한 대립할 필요가 없을 것이다.

다수당인 여당에서는 야당들이 그토록 반대하는 법안에 대해서 좀 느긋한 자세로 한걸음 물러서서 양보하여 다음 회기에 다시 논의하기로 태도를 바꾼다면 일석이조의 효과를 거둘 수 있었을 것이다: 유권자들의 지지를 더 많이 얻을 것이고 국회와 전체사회에서 평화도 되찾을 수 있을 것이기 때문이다.

미디어법을 꼭 이 시점에서 통과시켜야만 된다는 주장에는 하등의 정당성이나 합리성이 인정되기 어렵다. 그리고 민주주의에서 절차적 민주주의, 곧 자유롭고 평화적인 의사형성과정의 보장과 실천이 무엇보다도 중요하다는 대원칙을 여당은 망각하거나 소홀히 여겼다고 지탄받기에 충분한 짓을 했다.

또한 여당이 의도하는 현실변화가 반드시 좋은 방향으로 이뤄지리라고 누구도 장담할 수는 없다. 비록 그들이 생각한 대로 한국 미디어 분야가 획기적으로 개선, 발전하게 되고 일자리도 더 늘어나게 된다고 가정하더라도 그게 놀랄 만큼 새로운 세계를 창조해내기는 어려울 것이다. 그리고 매사에는 밝은 면과 어두운 면이 있고 각 정책추진에는 부정적 부작용도 따른다는 평범한 진리를 염두에 두어야 할 것이다.

결론적으로 평가한다면 여당이나 야당이나 잘못한 구석이 있다고 보지

반 그 경중을 따진다면 여당이 더 큰 어리석음을 저질렀다고 볼 수밖에 없다. 가진 자들을 더 많이 갖게 하는 정책이라고 보기 때문이다. 강자의 잔인성이 이 대목에서 다시금 재확인된다. 가진 자와 힘센 자의 더 많은 욕심챙기기에서 드러나는 그들의 잔인성과 포악성은 다른 글에서 내가 지적한 '악의 정신'의 적나라한 정체를 보여준다. 악의 정신은 그 속성에 있어 잔인하고 어리석다. 아무튼 자업자득이라는 역사적 심판을 면할 수는 없다. 그들의 가장 큰 죄는 사회적 평화를 깨뜨린 데 있다.

서두에 제기된 물음에 대한 나의 잠정적 해답은 이렇다: 사람들이 악하게 되는 이유는 악의 정신의 노예가 되기 때문인데 지나친 욕구충족에의 의지, 가령 자원의 소유욕, 권력욕, 명예욕, 허영심이 지나치면 누구나 악의 정신의 노예가 되기 쉽다. 악의 유혹은 달콤하다: 한두 번 그 유혹에 넘어가다보면 악의 정신에 중독되어 자율적인 판단과 행위의 능력을 상실하게 되고 그 지배에 예속당하게 되어 최악의 경우엔 악의 화신이 되고 만다. 악의 정신에 사로잡히면 그/그녀는 러셀이 강조하는 '명확하게 생각하기'는 물론이고 '친절한 감정'으로 사람과 자연을 대하기가 불가능하게 되어 마침내 인간성을 잃게 되고 말 것이다. (2009.07.30.)

악의 정체

세상에는 선한 사람도 있지만 악한 사람도 많다. 무엇이 선이며 악인가는 어려운 물음이다. 선과 악을 둘러싼 사회현상들에 있어서 내가 보기에 한 가지 분명한 것은 그 판단기준이 상대적이고 가변적이라는 점이다: 어떤 것이 선이라거나 악이라고 미리 정해져 있지는 않은 듯하다는 뜻이다. 그것을 보는 사람의 욕구나 가치관에 따라서 그게 선일 수도, 악일 수도 있다는 얘기다. 간단히 말하면 나의 욕구충족을 이롭게 하는 것은 선이고 어렵게 하는 것은 악이라고 평가된다.

그런데 세상사를 유심히 관찰하다보면 몇 가지 악의 특성을 가늠해볼 수 있다고 생각한다.

1. 악의 정신은 자기의 중심을 향해 속으로만 파고 든다: 지나치게 자기중심적이어서 자기의 욕구를 절대화하고 최우선시 한다. 반면에 선한 마음은 밖을 향해 나아간다. 악의 정신은 구속과 억압을 좋아하지만 선한 마음은 자유를 좋아하고 해방을 지향한다.

2. 악의 정신은 닫혀있다: 개방과는 거리가 멀다. 그 반대인 열린 마음은 선의 정신이 지니는 한 주요특징이라고 볼 수 있다. 가령 독재체제는 폐쇄체제이고 따라서 그것은 선한 정치체제일 수 없다: 악이 그 구조 안에 조직적으로 도사리고 있을 수밖에 없다. 그것은 닫힌 체제이기 때문이다. 이건 마치 동어반복처럼 보이지만 실제로 역사적 사실들이 보여주는 악의 정체를 엿보게 하는 한 예다.

3. 악의 정신은 어둠 속에서 일한다. 그래서 그 하는 일이 불투명하다. 어떤 행태가 불투명할 때엔 대개는 그 행위주체가 악의 정신에 사로잡혀 있어 외부세계에 드러나기를 꺼려하는 경우가 많다. 그래서 자꾸만 어둠 속에서 일을 꾸미게 되고 비밀리에 일을 추진한다. 거의 모든 범죄행위는 어둠 속에서 진행된다. 가령 비공개로 회의가 이뤄지는 경우는 대개 떳떳치 못한 일을 도모하는 것으로 짐작할 수 있다. '공명정대하다'는 말이 있는데 이 말은 악의 정신과는 근본적으로 어긋난다: 공명정대한 악은 있을 수 없다. 가령 음악사에서 두드러지게 위풍당당함과 공명정대함을 들려주는 베에토펜의 피아노 협주곡 제5번 '황제'를 아마도 악의 정신에 물든 사람은 깊은 감동으로 들을 수는 없을 것이다: 이들 둘은 마치 물과

기름처럼 서로 어울릴 수 없기 때문이다.

4. 악의 정신은 여러 개의 얼굴을 가지고 있다: 겉으로는 미소 짓지만 속심은 음흉한 생각을 품고 있거나 말로는 온갖 그럴 듯한 미사여구를 늘어놓지만 속내는 불합리한 수작으로 가득 차 있기 쉽다. 상대방에게 허리 굽혀 인사하며 악수를 청하면서 가슴 속엔 비수를 감추고 있는 이중성을 지니는 것이 악의 정신의 실상이다. 불의를 일삼고 돈과 권력 앞에 아첨하며 비굴하고 비겁함이 악의 정신의 주특기다.

그러나 진실의 순간은 오고야 만다: 어느 순간에 말과 행동이 서로 모순되거나 일치하지 않음이 백일하에 드러나게 된다. 그때 악의 정신은 가면을 벗을 수밖에 없고 자기의 참된, 흉측한 모습을 드러낼 수밖에 없다. 이게 바로 자연의 질서이며 자연의 이치인 것이다. 누구도 한없이 자연에 거스를 수는 없기 때문이다. 그게 또한 자연의 질서이며 이치인 때문이다. '사필귀정'이라는 말이 있듯이 인간사회에서도 종국에는 선과 정의가 승리한다. 그게 바로 '물 흐름'으로 상징화되는 법의 실서이며 사회과정의 이치다. 인간사회도 크게 보면 자연의 일부이기 때문에 거기서도 자연의 이치와 힘이 어김없이 관철된다. 예부터 자연을 대표하는 하늘과 땅의 뜻에 거스르는 자는 백성의 신뢰를 얻을 수 없고 백성의 신뢰를 얻지 못하는 지배자는 설 수 없고 망할 수밖에 없음이 역사의 철칙으로 인식되어오고 있다. 그런데 악의 정신은 하늘을 두려워하지 않을 뿐만 아니라 백성의 마음을 헤아리기는커녕 무시하고 짓밟기를 식은 죽 먹듯 한다. 그러니 결국 악의 정신은 자멸의 무덤을 파는 어리석음을 아무 거리낌 없이 자행한다: 그것이 바로 악의 정신의 필연적 운명이다. 이게 바로 자업자득이라는 자연의 이치이며 '세계사는 세계심판'이라는 인간사회의 법칙이다.

이 글을 쓰게 된 동기는 며칠 전에 폭력국회에서, 불투명하기 짝이 없는 아수라장에서 이른바 미디어법이 부자연스럽게 사이비통과로 처리되는 모습을 티브이 화면을 통해서 시청한 데 있다. 그 추악한 장면들이 미국 등 외국의 티브이에서도 보도되었음을 한국 티브이가 보여주었는데 외국의 보도기자는 말했다: '이것이 한국의 민주주의를 보여주고 있다'고.

그동안 미디어법을 놓고 여러 번 케이비에스와 엠비시에서 토론을 벌였고 나는 주의 깊게 시청했다: 아직도 기억에 남는 한 가지는 토론자로 나온 한나라당 소속 국회의원의 발언과 태도였다: 그녀는 얼굴도 예쁘장하게 생겨 겉보기엔 호감이 가는 외모를 지녔고 말솜씨도 유창했지만 끝내 범국민적 여론조사에 반대한다는 주장을 굽히지 않았다. 그녀는 자기의 그런 주장이 옳다고 강변했지만 너무 뻔뻔스럽게 보였다. 나는 그녀의 마음속에 자리하고 있는 폐쇄성과 의견의 불합리성을 엿볼 수 있었다. 나는 한나라당에 속한 국회의원들이 모두 위에 열거한 악의 정신에 사로잡힌 사람들이라고 보지는 않는다. 그러나 미디어법 통과를 강행했던 그들의 의도와 행태에 비추어 내가 특징화한 악의 정신이 어느 정도 작용했음을 배제할 수는 없다고 판단된다. 이것은 물론 나의 주관적 판단이고 잘못된 것일 수도 있다.(2009.07.29.)

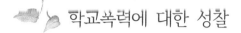 학교폭력에 대한 성찰

학교폭력

어젯밤 엠비시의 'PD 수첩'에서 학생들 사이의 폭력행태에 대한 취재를 시청하면서 한심스러움과 분노를 금치 못했습니다.

1. 학생들이 학교에서 배우는 것이 무엇인가를 생각하게 합니다: 그들이 배우는 것은 오로지 상급학교에 진학하기 위한 입시성적 올리기에 한정되어 있고 그들은 인간에 관해서, 인간생명의 존귀함에 관해서, 사회라는 것이 어떻게 형성되는 것인지, 삶이라는 것이 무엇인가에 관해서는 생각할 여유를 거의 갖지 못하는, 기계적 지식암기 능력의 함양에만 치우쳐있는 교육과정을 반복하고 있지 않나 짐작됩니다. 이들 문제는 곧 삶의 주체로서 무엇보다 관심을 기울여야 할 세계관과 인생관의 정립문제로 귀결됩니다.

2. 학생들은 사람의 몸이 그 어떤 것보다도 고귀하고 소중한 가치를 지니고 있음을 모르는 듯합니다. 토마스 칼라일은 노발리스를 인용하면서 "이 세계에는 하나의 성전이 있는데 그 성전은 사람의 몸이다"라고 그의 책 '옷의 철학'(Sartor Resartus)의 '낡은 옷'이라는 장에서 강조합니다. 그런데 이 나라의 학생들은 자기 친구라고 말하면서 동료학생의 몸을 때려

죽음에 이르도록 하는 잔인하기 짝이 없는 짓을 아무런 생각없이 저지르고 있습니다. 이성적으로 생각하기는 고사하고 감정이나 정서의 측면에서 느낌의 기능이 완전히 마비되어버린 것으로밖에 달리 이해될 수 없는 상황입니다.

3. 그들의 관행화된 폭력행위에 대해서 스스로 심각하게 반성하지 못하는 무감각상태를 보여줍니다. 이런 상황을 그들의 담임선생님이나 부모조차 제대로 인식하거나 합리적으로 대처하지 못하고 있습니다. 교사와 교육의 부재, 가르침의 실종사태를 드러내고 있습니다. 이는 교사나 학생이나 인간사회는 사람들 사이의 욕구충족을 위한 상호작용, 곧 상호성으로써 구조지어지고 문제해결을 위해 합리성을 도모하는 과정으로써 역사를 일구어간다는 사실을 주요관심사로 인식하지 못하고 있다는 반증입니다.

4. 위의 방송프로그램에서도 '권력'과 '폭력'을 구별하지 않고 있음은 폭력현상의 핵심을 충분히 파악하고 있지 못함을 드러냈습니다. 중고등학교 학생들 사회에서는 '피라미드식 수직적 권력구조'가 형성되어있다고 합니다. 그것은 아마 그들이 말하는 '친구관계'라는 것인데 그건 그들에게만 보이는 비공식적 폭력지배구조일 겁니다. 그 속에서도 폭력의 속성인 '일방성, 언어배제성, 강제성, 수직적 사회관계, 파괴성' 등이 작용할 겁니다(이에 관해선 저의 논문 '폭력에 대한 사회학적 고찰' 참조). 그런데 이런 폭력지배관계가 그들을 넘어서서 각 동의 지역사회와 전체사회에까지 확산되어 존재한다는 데 그 심각성이 더해집니다.

폭력은 그 행사자의 비인간성, 반사회성, 야만성, 잔인성을 보여줍니다. 폭력행사자는 인간으로서 대우받기를 행동으로 거부한 것이라고 볼 수 있습니다. 이 우주에 유일무이한 존재인 인간의 생명이 깃든 몸을 성전을 대하듯이 소중하고 존엄하게 다루지 않는 인간은 이미 인간이 아닙니다.

그/그녀는 다른 사람에게 폭력을 가하는 순간 자신을 물건으로 전락시키는 것임을 깨달아야 할 것입니다.

5. 대한민국은 거짓말과 비리가 다반사로 행해지는 부패의 왕국일 뿐만 아니라 폭력으로 가득 찬 폭력국가라는 딱지를 언제쯤에나 떨쳐버릴 수 있을지 심히 우려됩니다.(2010.02.24.)

학교폭력에 대한 접근

연일 학교폭력에 대한 보도와 대처방안들이 매스미디어를 채우고 있다. 정부는, 교육당국은 그동안 무엇을 해왔는가? 기껏해야 도덕론적 처방을 되풀이하고 있다.

학교폭력 문제에 대한 해결의 실마리도 폭력의 원인에 대한 탐색에서부터 찾아질 수 있을 것이다. 나는 1987년 6월 민주화 항쟁시절에 한국사회학회에서 '폭력에 대한 사회학적 고찰'이라는 제목의 논문을 발표했고 이 논문은 학회지인 '한국사회학' 21집 여름호(1987)에 실려 있다. 거기서 나는 폭력도 사회구조, 곧 사회구성원의 사회적 관계에서 발생한다고 보았고 사회형성의 구조적 원리인 상호성(reciprocity), 곧 사회적 상호작용관계에 문제가 생길 때 나타나는 현상으로 진단했다. 그리고 폭력의 속성으로서 언어배제성, 일방성, 강제성, 수직적 사회관계, 파괴성을 들었다. 지금도 그런 생각에 변함이 없다.

오늘의 우리 사회의 학교는 그 구성원들 사이에 원활한 상호작용이 단절되어 있어 자연적으로 폭력이 나올 수밖에 없는 상황에 있다고 본다. 그래서 학교도 한국사회의 일부이지만 사회조직 또는 공동체로서 인간다운 사회구조의 형성이 가능한 상호성이 제대로 발휘되지 못하는 데서 폭력이 난무하게 된 것이라고 본다.

학생과 교사 사이의 관계, 학생들 사이의 관계, 지역사회나 학부모와 학교 또는 교사와의 관계, 학부모와 학생 사이의 관계 등등에서 과연 '상호성'이 얼마나 자연스럽고 원활하게 활성화되고 있는가? 이들 관계들이 거의 맥을 추리지 못하고 있는 상황, 곧 상호단절, 분절화, 고립화, 파편화되고 있는 실정이 아닌가?! 그런 상황에선 필연적으로 폭력이 나올 수밖에 없다.

법적으로 학생들은 학교운영위원회의 구성에서 배제되어 있다. 이게 바로 학생폭력이 나오도록 유인하는 구조적 토양인 것이다. 학교라는 조직에서 학생들은 그들의 관심과 의견을 정당하게 합리적으로 표출할 제도적 통로를 갖지 못하고 학교운영에서 원천적으로 배제되어 있는 것이다. 학교라는 조직운영에 합법적으로 참여할 길이 차단되어 있기 때문에 그들의 불만이 폭력이라는 행동양식으로 불거지는 것이다. 어른들과 국가의 잘못이다. 정부가 이러한 이치를 깨닫지 못하고 있는 것이다. 정부의 책임이 막중하다. 대통령을 비롯해 교육공무원들의 무지와 직무유기의 죄를 묻지 않을 수 없다. 그들은 무엇이 잘못되어 있는지를 알지 못하기 때문에 폭력문제를 해결할 길도 알지 못하고 있는 것이다. 한심스럽기 짝이 없는 노릇이다.

학교에서 폭력이 사라지려면 학생들 사이에, 교사와 학생들 사이에, 학부모와 학생들 사이에 상호성 기제가 충분히 제도적으로 마련되어야 할 것이 급선무다. 특히 학생들과 교사들 사이에 대화와 토론과 놀이의 기회가 자주 있어야 한다. 나는 학교운영위가 무엇 때문에 존재하는지를 잘 모르겠다. 학운위에 학생대표도 참여하도록 법 개정이 이뤄져야 한다. 이린 것이 반드시 법을 통해서만 가능한 것은 아니다. 법은 하나의 효율적인 수단일 뿐이다. 법만능주의 사고를 탈피해야 한다. 그래도 법은 필요하다.

요컨대 상호성의 원리가 학교생활의 여러 분야와 측면에서 활성화되도록 함으로써 폭력은 자연스럽게 해소될 수 있을 것이다. 이것이 내가 알고 있는 사회학적 기본 상식이다. 한국에선 학교에서뿐만 아니라 여러 분야에서 이러한 기본 상식이 통하지 않는 현실이니 답답하고 한심스럽기만 하다.(2012.03.15.)

상호성에 대한 관심

'박수를 부탁합니다'의 어불성설

오늘 오전 10시에 티브이로 실황중계된 '안중근 의사 순국 100주년 추념식'을 시청했다.

그런데 사회자가 참석자들에게 어느 순서가 시작하는데 "박수를 부탁합니다"라는 말을 여러 번 되풀이하는 것을 들으면서 몹시 귀에 거슬렸다.

이런 관행은 이번 행사에서만이 아니라 거의 모든 행사에서 반복된다. 가령 일요일 저녁에 케이비에스 제1티브이에서 방영되는 '열린 음악회'에서도 사회자가 매번 '큰 박수로 맞아주시기 바랍니다' 등의 언술을 반복하는 것을 보는데 이게 한국민의 천박성을 드러내는 짓이라고 나는 본다. 그런 말은 사회자가 해서는 안 될 말이다: 사회자의 역할은 진행순서를 알리고 그 순서에 대한 간단한 설명을 하는 데 한정되는 것이지 청중에게 박수를 치라고 요구할 권한은 주어지지 않기 때문이다.

청중의 역할은 따로 있다: 그 순서가 맘에 들고 감동을 느끼면 스스로 박수를 치거나 환호성을 외칠 것이다. 맘에 들지 않으면 비판의 목소리나 야유를 보낼 수도 있을 것이다. 청중이 결정하여 행할 역할을 사회자가 미리 나서서 박수를 쳐달라고 부탁하거나 요구하는 것은 월권행위일 뿐만 아니라 무례하기 짝이 없는 짓이다.

모든 행사에는 저마다 맡은 역할이 있다. 사회자는 자기의 역할만을 충실히 수행하면 된다. 사회자가 청중의 역할까지 도맡아서 이래라 저래라 말할 위치에 있지는 않다. 박수치라고 부탁하는 사회자는 아마도 청중을 로봇으로 여기는지도 모르겠다. 그러나 청중은 로봇이 아니다. 저마다 고유한 역할에 따라 생각하고 판단할 능력이 있는 인격체로서 존중해야 할 것이다.

한국사회에서 어느 행사의 사회자가 청중이나 참석자에게 진행 순서의 시작이나 끝에 즈음하여 박수를 쳐달라고 부탁하는 관행이 하루 빨리 사라지지 않고는 한국은 후진국 수준을 면치 못할 것이다. 이것은 사회를 맡은 사람의 의식과 생각하기의 수준을 가늠하는 시금석이라고도 볼 수 있다. (2010.03.26.)

인사말 '좋은 아침입니다'의 무례함

'한버'(한국버트란드러셀모임)(이 모임은 2006. 6월말에 폐쇄됐습니다) 게시판에서 옮겨 온 저의 글입니다(새벽 배동인):

한국사회에서 이따금 인사말로서 '좋은 아침입니다'라는 표현을 듣는데 이는 자기중심적 사고에서 나온, 상대방을 배려하지 않는 마음자세에서 나온 오만무례한 발언입니다. 그런 인사말을 건네는 시점에서 상대방이 그 시점을 반드시 '좋은 아침'이라고 느끼리라고 단정할 수는 없기 때문입니다. 그 시점이 사람과 경우에 따라서 슬프거나 괴롭거나 우울하거나 나쁜 아침일 수 있기 때문에 화자가 그 시점을 '좋은 아침'이라고 단정 짓는 것은 상대방의 형편을 전혀 고려하지 않는 무례를 저지르는 노릇입니다. 그것은 따라서 잘못된 표현입니다.

그런 표현이 이따금 공영방송의 드라마 대사나 출연자들의 입을 통해 나오곤 하는데 논리적 오류가 내포된, 어불성설의 표현입니다. 바른 표현은 "좋은 아침을 맞으시기 바랍니다" 또는 "좋은 아침을 원합니다" 등이어야 할 것입니다. 왜냐하면 화자가 상대방에게 물어서 알아보기 전에는 그 아침이 상대방에게도 좋은 아침으로 느끼는지를 알 지 못할 것이기 때문입니다. 따라서 대뜸 상대방에게 "좋은 아침입니다"라고 인사하는 것은 자신의 느낌을 상대방에게도 그대로 적용하려는 자기중심주의의 뜻을 드러내 보이면서 상대방의 그 시점의 느낌을 전혀 도외시한 것으로 해석됩니다.

이런 그릇된 표현은 영어의 "Good morning!"을 "It is a good morning!"으로 오해한 데서 기인합니다. 그건 원래 "I wish you a good morning!"을 줄여서 "Good morning!"으로 말한 것입니다. 독일어에서는 그게 더욱 분명해집니다. 곧 "Guten Morgen!"은 역시 "Ich wuensche Ihnen/Dir einen guten Morgen!"(나는 당신/너에게 한 좋은 아침을 원합니다/원한다)의 줄임말입니다. 여기서 우리는 서구의 어법이 우리의 것보다 훨씬 논리적임을 알게 됩니다.

말과 행동은 생각에서 비롯됩니다. 생각이 그릇되면 말이나 행동도 그릇될 수밖에 없습니다.

버트란드 러셀이 자주 강조하는 '명확하게 생각하기'(clear thinking)와 '친절한 감정'(kindly feeling)을 다시금 되새깁니다.

오늘 아침의 농기안계곡이 주는 감흥

오늘 아침 7:30에 늘상 그러듯이 계곡으로 갔다. 바깥 기온이 23도, 여기 새벽의 집 실내온도는 26도다.

그저께 밤에 온 비로 선린계곡(동기안계곡) 물이 많이 불어났다. 어제 아침엔 약간 흐린 흙탕물이 도도하게 흐르고 있었지만 그 속에 들어가고 싶은 충동을 억제할 수 없어 늘 그렇듯이 알몸으로 들어가서 30여분 동안 놀고나니 상쾌하기 이를 데 없고 마치 새로 태어난 느낌이었다. 이걸 나는 알몸담그기 또는 천국체험이라고 말한다.

오늘 아침에도 똑 같은 의식을 거행(?)했다: 조금 새로운 감흥을 느꼈다. 마치 초미니형 이과수폭포를 보는 듯했다: 내가 아직 이과수폭포를 가보진 않았지만 말이다. 작은 폭포들과 물줄기의 흐르는 모습과 하얀 물거품 바다를 보고 거기서 쉼없이 울려퍼지는 소리를 들으면서 나는 문득 '거룩하다, 장엄하다'라는 생각이 떠올랐다. 달리 이떤 더 적절한 형용사를 찾을 길 없다. 이 거룩함과 장엄함이 연출해내는 아름다움은 이루 말로 형용하기가 어렵다. 유구무언이다. 그래도 말로써 그 장관을 표현한다면 '거룩하고 장엄하다'라는 정도로밖엔 달리 표현해낼 수 없다.

이 우주는 장엄하고 거룩하다. 이 광활한 우주 속에 작은 별무리인 태양계에 속하는 작은 별 지구에 자리한 아시아의 한반도의 가운데쯤에 있는 이 선린계곡도 거룩하고 장엄하다. 계곡의 숲과 맑게 흐르는 물과 매미소리와 새들과 풀벌레들의 음악소리는 거룩하고 아름답다. 이 계곡에 14년째 살고 있는 나라는 존재는 아주 작아 보일락 말락 한 미물에 불과할지라도 이 거룩함과 장엄함을 절감하고 그 느낌을 이런 어설픈 글로써 표현할 수 있음은 역시 자연이 안겨준 축복이리라. 옛날 노자님의 '상선약수',

'곡신불사'라는 자연묘사의 의미를 여기 선린계곡에서 체득할 듯하다. 자연은 거룩하고 장엄하고 아름답기 그지없다. 계곡물과 같이 끊임없이 흘러가는 자연의 흐름 속에 그 흐름과 함께 우리들 인간도 자연스럽게 흘러갈지어다. (2013.08.24.)

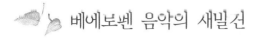 베에토벤 음악의 새발견

소리의 사회학: 베에토펜과 러셀의 재발견

이 글은 소리에 대한 사회학적 해석의 시도를 실마리로 하여 나의 글 '연결망 이론의 해방사회학적 통찰'과 '러셀과 음악과 베에토펜'을 재편집, 보완한 것이다.

1. 소리의 탄생

소리는 자연의 언어이다. 자연은 유기체와 무기체의 연결망구조로써 구성된 통합적 생명체계이며 거대한 자기완결적 흐름체계이다. 소리는 자연 안에 존재하는 실체들 사이의 상호작용에서 나오고 변화하며 사라진다. 여기서도 '상호성'의 원리가 작용한다(배동인 1997 참조). 개체들이 서로 만나는 과정에서 다양한 소리들이 생겨난다. 바람소리, 물소리, 새소리 등에서 우리는 일상적으로 많은 여러 가지 소리들을 들을 수 있다. 모든 개체는 홀로 있다. 그러나 그들은 서로 고립되어 있지 않다. 서로는 서로를 통하여 한없이, 우주 끝까지 연결되어 있다. 이 풀과 저 풀은 저마다 고유한 모습으로 홀로 있다. 그러나 그들은 적어도 "잎새에 이는 바람"(윤동주 시인의 '서시')을 통해서, 그리고 햇빛을 통해서 서로 연결되어 있다. 이 나무와 저 나무, 이 돌과 저 돌도 마찬가지다. 하물며 인간도 그렇다. 가령 나의 숨소리는 내 몸과 몸의 힘과 공기의 만남에서 생긴다. 서로의 만남과 서로 사이의 연결과정에서 소리는 태어나고 더 커지는가 하면 더 작아지기도 하고 강해지다가 약해지기도 한다. 마침내 소리는 들리지 않고 영영 침묵의 심연으로 사라진다. 사라졌다가 다시 되살아나기도 한다. 소리는 무한히 변화하며 끊임없이 다른 모습으로 나타난다. 거기엔 '끝도 시작도 없'다. 개체들 사이의 만남은 고유한 사건(event)이며 모든 사건은 소리를 창조한다. 러셀은 "세계는 사물들이 아니라 사건들(events)로써 구성되어 있다"고 말한다(Russell 1935: 142[What is the Soul?, 1928]; 배동인 1997: 16).

물론 우리 인간의 청각으로는 들을 수 없는 소리들도 있다. 그러나 이 우주는 소리들로써 가득 차 있고 소리는 우주 안에 존재하는 실체들 사이에 끊임없는 상호작용이 이루어지는 데서 이들 소리들은 태어나고 변화하고 소멸한다는 사실을 우리는 일상적으로 지나치기 쉬우나 항상 관찰할 수 있다.

그러면 이들 상호작용은 왜 일어나는가? 우주 안에 존재하는 각 실체는 기(氣)를 지니고 있기 때문이라고 생각된다(최한기 2004 참조). 기가 움직이는 것은 그 안에 힘이 내재되어 있기 때문이라고 추측된다. 만물은 서로 기와 힘을 주고받는 관계 속에서 생성, 변화하며 존재한다. 만물은 곧 그들이 지닌 힘을 통해서, 더 정확히 표현하면 그들 힘들의 주고받음을 통해서 생겨나고 성장하고 소멸한다. 따라서 만물은 무한히 서로 연결되어 있다(틱낫한 2003 참조). 무기체들에 있어서는 각 실체가 지닌 기 또는 힘을 근거로 하여 상호작용관계에 들어가게 되고 거기서 다양한 소리를 내게 되며 유기체의 경우에는 저마다 감지하는 욕구의 충족을 위해, 곧 욕구충족의 수단이 되는 자원의 획득을 위해 각 주체가 지닌 힘을 바탕으로 하여 상호작용의 연결망을 이루게 되고 이들 복합적 연결망의 형성과정에서 다양한 소리들을 만들어내게 된다. 그래서 이 세상에는 사랑과 평화의 소리, 갈등과 싸움의 소리, 침묵의 소리 등 상황에 따른 다양한 소리들로써 가득 차 있다고 볼 수 있다.

우주(세계)는 존재하는 개체들인 실체들로써라기보다는, 개체들 사이의 만남인 사건이 빚어내는 소리, 이들의 만남을 가능케 하는 개체들의 힘과 이 힘들 사이의 상호작용, 이 상호작용이 지향하는 개체의 욕구충족, 곧 '해방지향성'(배동인 1997 참조), 그리고 소리를 동반하는 만남의 끊임없는 연결망으로써 이루어진 자기발전적 복합체계, 하나의 거대한 자기완결적 생명체계임이 드러난다. 소리는 생명현상의 과정적 징표로서 나타난다.

2. 소리의 의미

자연 속에서 바람은 더운 공기와 찬 공기 사이에 일어나고 이들 공기들의 만남에서 이른바 바람소리가 생겨난다. 공기들의 몸짓 또는 언어로서 바람소리는 나타난다. 그러나 여기서 공기의 언어로서 바람소리를 볼 때 과연 공기가 어떤 생각이나 느낌을 지니고 있기 때문에 그것이 바람소리라는 언어로서 표출된다고는 보기 어려울 것이다. 공기는 사고나 지각의 기능을 지니고 있지 않기 때문이다. 따라서 공기의 언어로서의 바람소리는 공기라는 실체가 지닌 단순한 물리적 힘의 움직임에서 나오는 소리에 그친다. 어떤 바람소리를 어떤 언어적 표현으로서 간주하는 것은 오로지 그 소리를 감지하고 그것에 의미를 부여하는 인간과 같은 유기적 생명체에게서만 가능하다.

방금 지적했듯이 언어로서의 소리는 그 소리의 발생주체에 따라 그 고유한 상황에서 어떤 생각이나 느낌의 표출방식으로서 의미를 지니게 되지만 어떤 소리의 감지주체에게는 그의 욕구상황에 따라 그 의미가 달리 해석될 수도 있다. 요컨대 소리의 감지주체의 소리에 대한 의미부여가 큰 역할을 한다고 볼 수 있다.

가령 계곡의 폭포소리가 감지주체와 상황에 따라 분노의 소리로 또는 희열의 소리로 들릴 수 있다. 석양의 종소리가 희망의 소리일 수도, 절망의 소리일 수도 있다. 그 소리의 감지주체가 그 소리에 부여하는 의미가 때와 곳에 따라 다르게 규정되기 때문이다.

유의미한 소리 가운데 하나인 음악이 관심의 대상으로서 떠오른다. 음악은 인간이 의도적으로 만들어낸, 따라서 일정한 의미내용을 표현하는 소리들의 체계적 조직체라고 볼 수 있다. 의미부여된 소리가 곧 음악이다. 어떤 음악은 기쁨을 표현하는 소리로 들리고 다른 어떤 음악은 슬픔을 묘사하는 소리로 전달된다. 인간이 감지할 수 있는 감정의 내용과 폭과 깊이에 따라 특정 감정을 표현하는 음악은 다양한 소리의 결합형식으로 창조될 수 있다.

지금까지 인류역사상 창조된 음악들 가운데 특히 주목을 끄는 것은 베에토펜의 음악이다. 왜 그의 음악은 다른 여느 작곡가의 음악보다도 사람들로부터 더 크고 지속적인 사랑을 받아왔는가? 그의 음악의 특성은 무엇인가?

3. 베에토펜 음악듣기

버트란드 러셀(Bertrand Russell, 1872-1970)은 1912년 3월 4일자 그의 연인 모렐(Ottoline Morrell)에의 편지에서 다음과 같이 쓰고 있다: "음악은 나의 글쓰기에 도움이 되지 못합니다. 그것은 그 자체로서 완벽합니다. 그리고 음악이 주는 느낌들에 대해서 아무런 말(언어적 설명)이 없습

니다. 그게 바로 음악의 숭고한 이유입니다."(Clark 1975: 146). 러셀이
생각하기에 음악은 음의 구성과 흐름으로써 어떤 느낌이나 분위기를 그려
낼 뿐 어떤 생각을 명시적으로 표현하지는 않기 때문에 그의 글쓰기에
직접적으로 어떤 도움이나 내용적 시사를 던져주지 않는다고 본 것 같다.
그래서 그의 에세이들에서 음악에 관해서는 거의 언급이 없다. 그렇지만
러셀은 음악듣기를 좋아했던 것 같다.

그의 1918년 8월 11일자 모렐에의 편지에서 "… 내가 하는 말들은 모두
다른 어떤 것을 말하려다가 실패한 것들이라오. 그것은 어쩌면 본질적으
로 표현할 수 없는 것인지도 모르겠소. 내 평생 말하는 법을 결코 배운
바 없는 것에 대하여 말하려 애써 왔다는 것을 잘 알고 있소. 그 점은
당신도 마찬가지요. 도처에 있는 데도 붙잡을 수 없고 이해하기 어렵고
무한한 어떤 것을 추구하는 데 생을 바치는 모든 사람들도 마찬가지요.
나는 그것을 음악에서, 바다에서, 일몰에서 찾는다오. … 무엇보다도 나는
사랑에서 그것을 추구하오. …('사회재건의 원칙들'에 나오는 교육에 관한
장에서, 나 자신을 표현하는 데 가장 근접해 보았소. …)."(러셀 2003: 545)
라고 쓰고 있는데 그는 음악에서 어떤 영원한 그리움의 표현방식을 찾고자
한 듯하다.

특히 루드비히 판 베에토펜(Ludwig van Beethoven, 1770-1827)은
그의 마음을 끌어당겼던 것 같다: 역시 모렐과 함께 베에토펜을 들으면서
그가 평하기를 베에토펜은 "격렬하고 야성적이고 절망적이며 승리감에
넘치는"(tumultuous, wild, despairing and triumphant) 느낌을 준다
고 말했다고 한다(Moorhead 1992: 182).

언어가 명시적으로 의미가 결부된 소리라면 음악은 언어의 의미표출의
한계를 넘어서고자 하는 소리라고 볼 수 있다. 그러나 음악도 의미전달의

기능을 초월할 수는 없을 것이다. 만일 음악이 의미소통을 초월하려고 시도할 때 그것은 자기의 존재이유를 모호하게 만들고 자기모순에 빠지게 되며 유의미한 반향을 불러일으킬 수 없기 때문이다.

4. 베에토펜 음악의 특성

고전파와 낭만파 음악에 걸쳐있다고 보는 베에토펜의 음악은 감성의 거의 모든 요소들을 내포하고 있다. 남성적인, 동적인, 디오니소스적인 것과 여성적인, 정적인, 아폴로적인 것을 모두 지니고 있다. 그의 음악의 또 하나의 특성은 어떤 느낌을 표현할 뿐만 아니라 어떤 의미 또는 메시지를 암암리에 안고 있다고 생각된다. 그래서 그의 음악은 가슴과 함께 머리로써 들을 필요가 있다.

베에토펜 음악의 출발점은 "인간의 드라마를 묘사한 것으로서, 곧 정신과 자연, 이상과 현실의 충돌로서 이해되는 인간의 음악으로서 나타난다. 그 목표는 그러나 형평, 화해, 조화이며 이 조화는 상반된 힘들의 화합적인 공동작업 속에서(im einträchtigen Zusammenwirken gegensätzlicher Kräfte) 이루어진다. 베에토펜 음악이 보여주는 영웅적이고 열정적인 투쟁은 이 조화의 회복을 위한 것이다. … 베에토펜의 교향곡들에서는 인간이 중심에 서있다. 거기에 인간은 자유로운 존재로 나타나고 그(녀)는 그때까지는 알려지지 않은, 모든 것을 이겨내는 의지의 힘(Energie)을 지니고 있다. 자유에는 책임성이 맞서고 이 긴장관계의 결과로서 본질적으로 의식을 구성하는 양심이 존재하며 인간을 도덕적 존재(moralisches Wesen)로 정의한다. 그의 교향곡들은 행위주체가 공동체와의 형평을 추구하는 드라마를 체현한다. 완전한 통합은 주어진 것이 아니라 부과된 것(Aufgetragenes)으로서 체험된다. 이 목표를 달성하기 위하여 의지의 힘늘을 농원하게 된다. 여기에 바로 베에토벤 음악의 투쟁석이고 명웅석인 면모의 핵심이 있다"(August Gerstmeier, 위의 Ulm 2002: 269-70).

그의 음악은 무엇보다도 자유정신의 투철한 표현이며 억압과 불의와 어둠으로부터 자유와 정의와 빛에로의 해방을 위한 영웅적 투쟁을 묘사하고 있다. 이것이 그의 음악을 듣는 이들에게 주는 그의 메시지이다. 이러한 자유인의 러셀은 젊은 시절에 '한 자유인의 숭배'(A Free Man's Worship, Russell 1917: 40-7)라는 유명한 에세이를 썼는데 이 에세이는 1902년에 씌어졌고 New Quarterly, 1907년 11월호에 실렸었다고 이 책의 머리말에 서술되어 있다: 거기에 그는 '한 자유인의 숭배'에서 표명된 이론적 윤리학에 있어서의 견해, 특히 선과 악의 객관성에 관한 견해에 있어서 1917년 당시와는 다르지만 거기에 표현된 '삶에 대한 일반적 태도'는 변함이 없으며 '교조주의적 종교적 신념을 갖지 않은 이들에게 곤경에 처하여 채택되지 않으면 안될 인생관일 것'이라고 설명하고 있다. 이 에세이이 번역이 '종교는 필요한가'(Why I am not a Christian, 이재황 옮김, 범우사, 1999) 속에 '자유인의 신앙'(191-201쪽)이라는 제목으로 들어있다. 그 에세이에 쓰기를 "사적인 행복을 위한 투쟁을 그만두는 것, 일시적 욕망을 채우기 위한 온갖 열의를 떨쳐버리는 것, 영원한 것들을 위한 열정을 불태우는 것-이것이 해방이요, 자유인의 숭배이다. 그리고 이 해방은 운명에 대한 명상으로써 이루어진다. 왜냐하면 운명 그 자체는 시간이라는 정화의 불에 의해 정화되어야 할 어떤 것도 남김없이 청산된다는 정신에 의해서 굴복되기 때문이다."("To abandon the struggle for private happiness, to expel all eagerness of temporary desire, to burn with passion for eternal things-this is emancipation, and this is the free man's worship. And this liberation is effected by a contemplation of Fate; for Fate itself is subdued by the mind which leaves nothing to be purged by the purifying fire of Time."[Russell 1917: 46, 필자 옮김])라고 밝힌다.

이는 그가 그 이후에도 여기저기에 '비개인적 이해관심'(impersonal interest)을 강조하는 것과도 일맥상통하는 생각이다. 나는 그것이 바로 '인간해방'의 한 주요측면이라고 정의했다(배동인 1997: 31-40, 특히 37-8). 이런 점이 베에토펜의 정신과 공통된다: "생활의 하잘것없는 노릇을 항상 너의 예술에 희생하라! …"라고 그는 썼다. "…그는 자기에게 지워진 의무에 관하여 이야기하는 일이 많았다. 그것은 자기의 예술을 통해서 '가련한 인류를 위하여', '미래의 인류를 위하여' 행동하고, 인류에게 선을 행하고 북돋워 주고, 인류의 잠을 흔들어 깨우쳐 주고, 그 비겁함을 채찍질 해준다는 의무였다."(롤랑 1998: 77, 79-80). 베에토펜은 1792년에 다음과 같이 썼다: "할 수 있는 모든 선을 행하고, 자유를 무엇보다 사랑하고, 비록 왕좌의 편을 들어서라도 절대로 진리를 배반하지 말아야 할 것이다."("Wohltuen, wo man kann,/ Freiheit über alles lieben,/ Wahrheit nie, auch sogar am Throne nicht verleugnen."[롤랑 1998: 15]).

러셀은 제1차 세계대전 중 반전운동에 참여한 연유로 6개월 동안 감옥살이를 하면서 그의 연인 오톨라인 모렐(Ottoline Morrell)에게 1918년 8월 31일 다음과 같은 편지를 썼다(러셀 2003: 553, 원문은 Russell 1968: 93-4. 그의 자서전 제2권에 인용된 이 편지의 서두에는 '누구든지 관심있는 사람을 위하여'[For any one whom it may interest]라는 제목을 괄호 안에 표시하고 있다):

"온갖 장면을 끌어모으고 싶다면 감옥만한 곳이 없소. 여기서는 하나씩

차례차례 떠오르니까. 알프스의 이른 아침, 향긋한 소나무 향과 이슬 반짝이는 고산 지대 목장들, 산에서 내려오다 멀리 산밑을 훑어보면 맨 처음 눈에 들어오는 가르다 호수, 미친 듯 깔깔대는 에스파냐 집시의 눈빛처럼 햇빛 속에 춤추며 반짝이는 물, 짙은 보랏빛 바다 지중해에 몰아치는 천둥번개, 멀리 햇빛 속에 드러나는 코르시카 섬의 산들, 실물이라곤 믿어지지 않는 시칠리아 섬의 일몰, 너무나 매혹적이어서 이 세상 사는 동안에는 결코 볼 수 없을 듯한 저 천국의 섬들처럼 다가가면 눈앞에서 사라져버릴 듯한 그 장관, 스카이 섬 습지에 감도는 은매화 향기, 오래 전 어린 시절에 보았던 일몰의 기억들, 24년 전 파리의 거리에서 하루 종일 '아름다운 녹색 꽃'을 외치고 다니던 행상의 목소리가 어제 일처럼 귓가에 쟁쟁하오. 비온 뒤 줄지어 늘어선 낙엽송 가지마다 물방울이 매달려 있던 어린 시절의 풍경이 떠오르고, 여름날 한밤중에 숲 속 나무 꼭대기를 스치던 바람소리가 들리는 듯하고-자유롭고 아름다운 모든 것들이 휙휙 스쳐 지나가오. 정신이 이렇게 자유로운데 몸을 가둬놓은들 무슨 소용이 있겠소? 또한 나는 이곳에 있으면서 나의 삶을 벗어나 브라질, 중국, 티베트에서 살았고, 프랑스 혁명을 겪었고, 가장 저급한 것까지 포함해 동물들의 영혼 속에서 살아보았소. 그와 같은 모험들 속에서 지금 세상이 스스로를 가둬놓고 있는 감옥을 잊어버리니, 나는 자유로우며 세상도 그렇게 될 것이오."

과연 자유인의 기상이다! 그는 무엇보다도 인간의 자유를 위해 싸웠다. 자유로운 삶은 평화와 정의와 진실이 깃든 사회를 필요로 하기에 그는 또한 그러한 가치들의 실현을 위해 싸웠다. 반전 반핵 평화운동에 참여했고 많은 정치적 양심수들의 석방을 위해 노력했다.

"베에토펜은 특히 모차르트와 대조적이다. 모차르트의 음악이 천상에서 지상으로 내려오는 순수무구성과 완벽성의 음악이라면 베에토펜의 음악은 땅에서 하늘로 올라가는 형식의 음악으로서 고난과 고독 속에서의 고통어린 삶의 해방에의 투쟁과 긴장이 조성하는 힘으로 채워져 있고 마침 내 이 힘의 자기실현, 곧 해방된 삶의 자유를 끈질긴 투쟁의 열매인 승리로 서 구가하고 누리는 것이다."(배동인 1997: 223). '땅에서 하늘로 올라가 기'의 음악은 달리 표현하면 '존재론적 그리움'의 음악이라고도 볼 수 있을 것이다. 투쟁하는 영웅의 그리움이 잘 표현된 것을 우리는 그의 '영웅'과 '운명' 교향곡들에서, 그리고 해방된 자유인의 환희를 그의 '합창' 교향곡 에서 들을 수 있다.

특히 그의 작품들의 느린 악장들에서 그의 고유한 '그리움'의 이미지를 엿볼 수 있다. 가령 그의 마지막 32번 피아노 소나타(작품 111) 제2악장 (Arietta: Adagio molto semplice e cantabile), 교향곡 제9번('합창') 3악장(Adagio molto e cantabile), 현악4중주곡들의 느린 악장들, 특히 작품 59의 2번 2악장(Molto Adagio), 작품 59의 3번 2악장(Andante con moto quasi allegretto), 작품 127의 2악장(Adagio ma non troppo e molto cantabile), 작품 131의 4악장(Andante ma non troppo e molto cantabile), 작품 132의 3악장(Molto adagio: Heiliger Dankgesang eines Genesenden an die Gottheit, in der lydischen Tonart[A convalescent's hymn of thanksgiving, in the Lydian mode]), 작품 135의 3악장(Lento assai e cantante tranquillo), 그의 피아노 협주곡 제5번('황제') 2악장, 제3번 2악장 등이다.

베에토펜의 피아노협주곡 제5번 '황제'(작품 73)는 베에토펜의 간판곡 중의 하나라고 볼 수 있는데 그 제1악장은 베에토펜의 디오니소스적인 특성을 뚜렷이 보여준다면 제2악장에선 그의 아폴로적인 측면을 가슴미어 지게 감지할 수 있다. 앞엣것은 이 지상에서의 영웅의 위풍당당하게 거침없는 나아감을, 뒤엣것은 영웅의 정신의 천상에서의 초월성을 보여주는 듯하다. 2악장 서두의 조용하고 느린 오케스트라의 흐름에 이어 나오는 피아노 선율은 가슴을 울렁거리게 하고 드디어 감동어린 눈물의 강물을 억제할 수 없게 만든다. 정말 눈물겹게 아름다운, 장엄하고 숭고한 음악이다.

제2악장이 주는 감동은 유별나다: 별들이 말없이, 그러나 서로 반짝임으로만 정겨운 얘기를 나누는 동트기 직전의 새벽하늘에 드리운, 칠흑처럼 어두운 적막, 절대적막의 밤하늘에, 마치 신들의 성전에 들어서고 있는 영웅의 산책길, 꿈결의 하늘 나들이를 상상한다: 그 적막함이 하도 깊어 그윽하기 이를 데 없다. 숨막힐 정도로 가슴을 조여드는 그윽한 적막의 성전에 들어서는 영웅은 하염없이 사색에 잠겨든다. 하늘바다를 유유히 거닐다가 영웅은 다시 지상으로 내려온다: 꿈을 깬다: 이 순간이 바로 제3악장으로 이어지는 대목이다. 1악장의 위풍당당한 영웅의 행진과 2악장의 지어성찰과 님을 향한 그리움을 가슴에 안고 3악장에서 지상으로 내려온 영웅은 마침내 찬란한 해돋이와 함께 새 날을 맞는 가슴 벅참과 승리와 환희의 도도한 물결을 타고 황홀감에 젖어 흘러간다. 영웅은 자연과 만인과 하나가 된다.(2007.03.12 추가)

이들 그의 작품들의 느린 부분들에서 어떤 사사로운 일에 사로잡히지 않고 세상사를 초월한 경지, 그래서 자연과 온 인류와 '하나됨'(배동인 1997: 36; 조수철 1997)의 정신적 통일상태, 곧 '해방'의 실존상황에 있는 자유인의 삶의 분위기, 해방된 삶의 여유로운 정경을 느낄 수 있다. 이러한 자유인 또는 초월자의 정신적 태도와 분위기를 표현해주고 있는 음악을 우리는 또한 우리 국악의 하나인 '청성곡(淸聲曲)'에서 확인할 수 있다. 청성곡은 대금독주로 연주되는 고결하고 청아한 곡이다. 자유인 또는 구도자가 유유자적하며 자연 속에 거니는 모습이 떠오른다. 선인(仙人)이 세상사를 달관하며 하늘의 구름바다를 유유히 걸으면서 명상에 잠기는 모습을 상상할 수도 있다. 지상에서 온갖 불의와 고난과 비참에 대해 저항하며 싸운 영웅이 마침내 모든 역경을 극복하고 승리의 월계관을 쓰고 하늘의 자유공간을 거니는 모습, 과거를 되돌아보고 성찰하고 명상하는 외로운 산책자의 모습을 본다. 그러나 그/그녀의 외로움은 다른 삶의 주체들로부터 동떨어져 있는 데서 오는 쓸쓸함을 뜻하는 것이 아니며 서로 떨어져 있음에도 불구하고 함께 있음과 하나 됨을 의식한다. 자유인은 인간사회 속에서 갈등을 껴안으며 자연 속에서 평화의 기를 얻고 산다. 그/그녀는 '노래의 날개 위에' 온 천지 우주를 자유롭게 오간다. 자유로움은 곧 자연스러움이기도 하다. 그/그녀는 숲과 나무, 화초와 동물 등, 생물체들을 사랑할 뿐만 아니라 돌과 바위와 흙과 물을 또한 사랑한다.

베에토펜의 자연사랑은 얼마나 지극했던가! 그는 숲에서 나무들과 한없는 대화를 나눴다. 그는 항상 자연에의 그리움 속에서 살았고 자연이 곧 그의 고향이었다. 자연에 대한 그의 태도가 직설적으로 표현된 것이 바로 그의 '전원' 교향곡이다.

그의 음악은 자연 속에서 들려오는 우주의 소리, 자연과 인간의 만남과 인간들 사이의 만남과 이 만남에의 그리움, 이들 만남이 빚어내는 소리를 표현한 본보기이다.

5. 베에토펜 음악의 해석: 언어와 메시지로서의 음악

여기서 나는 베에토펜과 러셀의 공통점은 러셀이 항상 강조하는 '명확한 생각하기와 친절한 감정'(clear thinking and kindly feeling)에 있다고 생각한다. 특히 '명확한 생각하기'에 베에토펜도 온 정신을 집중했던 것이다. 그는 그의 음악을 작곡함에 있어서 명확한 악상을 포착하여 악보에 그대로 정확히 표현하고자 여러 번 수정하는 작업을 게을리하지 않았다.

그러면 베에토펜은 가령 그의 교향곡들을 통해서 무엇을 표현하려고 했을까? 베에토펜이 스스로 명시적으로 이름을 붙인 것은 제3번 '영웅'(Sinfonia Eroica)과 제6번 '전원'(Sinfonie Pastorale)이다. 제5번은 1악장 시작의 네 음에 관하여 베에토펜이 '그렇게 운명이 문을 두드린다'(So pocht das Schicksal an die Pforte)라고 말했다는 데서 '운명'이라는 이름이 붙어있지만 베에토펜이 그렇게 명시적으로 붙인 것은 아니다. 제9번은 제4악장에 쉴러(Friedrich Schiller)의 '환희에의 송가'(Ode an die Freude)에 독창, 중창, 합창 등 성악곡을 붙인 연유로 흔히 '합창'이라는 별명이 붙어있다. 나머지 다섯 개의 교향곡들에는 아직도 아무런 이름이 붙여져 있지 않고 그래서인지 그 성격들에 관해서 모호하다는 느낌을 주고 다양한 해석이 가능한 것으로 여겨져 왔다.

그는 일반적으로 작곡할 때 어떤 느낌이나 정신적 분위기를 표현하고자 했음을 우리는 그의 평전이나 어록을 통해서 확인할 수 있다. 베에토펜은 "왜 나는 작곡하는가?-나의 마음속에 지니고 있는 것이 밖으로 나와야만 하기 때문에 나는 작곡을 한다."(롤랑 1998: 130)라고 썼다. 그는 이들 이름 붙여지지 않은 교향곡들을 작곡할 때도 분명히 어떤 의미나 메시지를 염두에 두고 이를 표현하고자 했으리라고 추정된다. 그의 '마음속에 지니고 있는 것'이 무엇이었는가를 탐색하기 위해서 명확한 해석이 필요하다.

어떤 음악에 대한 해석, 곧 작곡자가 '의도한 내용에 대한 물음은 특히 베에토펜의 음악을 이해하는 데에 있어서 본질적으로 중요하다'(TELDEC 1991: 50, Hartmut Krones의 말)고 생각된다. 이에 대해 유명한 지휘자아르농쿠르는 "나는 가령 문학적 내용이 음악적으로 소개되어야 한다고는 결코 생각하지 않지만 대개 작곡자는-우리의 논의대상인 베에토펜의 경우에-문학적 영감을 통해서 음악적 진술에 이르렀다고(durch literarische Inspirationen zu musikalischen Aussagen gelangte) 생각한다"고 말한다. 사람들은 예전의 음악에 있어서도 "음악을 우선적으로 언어로서 볼 때"(wenn man sie[die Musik] primär als Sprache sieht) 그것을 잘 이해할 수 있었다는 것이다. 가령 쉐링(Arnold Schering)은 베에토펜 교향곡 3번 '에로이카'(영웅)를 트로아(Troja) 전쟁의 전설의 일부분을 음악으로 옮긴 것으로, 곧 '호머 교향곡'(Homer-Symphonie)으로 해석하거나 플로로스(Constantin Floros)나 슐로이닝(Peter Schleuning)의 새로운 분석적 연구에 따르면 '에로이카'는 프로메테우스 신화(Prometheus-Mythos)에 기초한다고 본다. 아르농쿠르는 아무튼 베에토펜이 작곡할 때 일정한 내용과 무대 위의 몸짓에 관한 구상을 갖고 있었다고 생각한다는 것이다(TELDEC 1991: 49-55).

다른 한편 나는 그의 각 교향곡에 반드시 이름이 붙여져야 한다고 생각하지는 않는다. 어떤 곡에 대한 이름붙이기는 그 곡을 일정한 언어적 틀 속에 가두어놓는 결과를 가져올 수도 있기 때문이다. 그러나 나는 그의 음악을 더 잘 이해하기 위해서 그의 이름 붙여지지 않은 교향곡들에 이름붙이기를 시도해본다. 이름붙이기는 의미부여의 한 시도이기도 하다.

6. 베에토펜의 교향곡 다섯 개에 대한 이름붙이기

무릇 음악듣기에서 가장 중요한 것은 듣는 이가 특정 음악을 듣고 무엇을 느끼는가, 어떤 감흥을 느끼는가에 있다고 생각된다. 일상생활 속에서 음악듣기를 즐기고자 하는 사람에게는 여러 가지 음악학적, 기술적 분석

모디는 어떤 음악을 들을 때 그 음악에서 어떤 느낌과 생각을 떠올리게
되는가가 더 긴요한 물음이라고 생각된다. 물론 같은 곡이라도 듣는 이에
따라서 다양한 느낌을 떠올릴 수 있을 것이다. 또 그 듣는 이가 다른 시간
과 공간에서 같은 곡을 들을 때 느낌이 각각 다를 수 있다. 그러나 항상
그 음악이 어떤 느낌이나 이미지 또는 메시지를 전달해주는가에 음악감상
의 초점이 있음은 틀림없는 것 같다.

그래서 가령 그의 이름 붙여지지 않은 교향곡들(1, 2, 4, 7, 8번)을 나는
다음과 같은 느낌으로써 들었고 그런 느낌을 여러 번의 듣기에서 재확인할
수 있었다. 다른 이들은 이 교향곡들을 어떻게 들었으며 듣고 있을까?
매우 궁금한 일이다. 우리가 서로 각자의 느낌을 교환해보는 것은 흥미
있고 유익한 일일 것이다.

1) 베에토펜 교향곡 제1번(작품 21): '새벽'(여명)

이 교향곡의 구상은 1785년까지 거슬러 올라간다고 추정되지만 초연은
1800년 4월 2일 빈의 부륵테아터(Burgtheater)에서 '음악 아카데미'의
한 프로그램으로서 이루어졌다. 베에토펜의 초기 작품에 해당되는 이 곡
은 흔히 모차르트와 하이든의 영향을 받은 것으로 평가되지만 이 곡에는
이미 베에토펜의 진정한 고유특성이 드러나고 있음도 인정된다. 그래서
그의 이후 작품들의 주요면모들을 예견할 수 있게 해준다. 그의 첫 교향곡
의 내용은 베에토펜이 당시 프로메테우스 신화에 관심이 집중되었던 것에
영향을 받아 구성된 것으로 해석되는데 그것은 곧 살바토레 비가노
(Salvatore Vigano)의 발레에 붙인 "프로메테우스의 피조물들"(작품 43
번)을 작곡하게 된 것으로 미루어 짐작할 수 있다. 그래서 마침내 본격적인
'프로메테우스 교향곡'이라고도 일컬을 수 있는 제3번 '영웅' 교향곡(작품

55번)에서 그 성숙된 모습을 보게 된다.

나는 이 교향곡을 '새벽'이라고 이름 붙여 본다. 1악장 서두 도입부의 느린 부분은 먼동이 트이기 직전의 상황, 아직 완전히 걷히지 않은 어슴푸레한 어둠과 적막의 정경을 상상하게 한다. 마침내 해가 동쪽 먼 산 위로 솟아오르면서 분위기는 확 바뀐다. 어둠을 내쫓고 광명이 천하를 포용한다. 이런 반전의 전개는 제4번 교향곡의 1악장과 비슷하다. 새벽은 시작과 창조의 시간이다. 그래서 프로메테우스의 창조신화의 드라마를 연상하는 것도 내용적으로 새벽이라는 시간과 연관지어질 수 있다고 생각한다.

교향곡 제1번은 새벽으로 시작되는 하루의 삶을 묘사하고 있다고 해석할 수 있다. 하루의 삶을 우리 인간의 일생의 축소판이라고 본다면 베에토펜은 이 곡을 통해 하루라는 우리 인간의 삶의 시간적 단위의 전개과정을 창조의 관점에서 그려 보여주고 있다고 풀이할 수 있겠다.

제1악장: Adagio molto-Allegro con brio

새벽에 먼동이 트기 시작할 때 어둠과 밝음이 공존하듯이 서두에 불협화음이 동시에 울려 퍼진다. 곧 밝은 해가 솟아오르고 우리의 삶은 활기차게 펼쳐져나간다. 상쾌한 아침에 신바람 나게 새로운 날의 새 삶을 시작한다. 삶은 곧 창조의 드라마이기도 하다.

제2악장: Andante cantabile con moto

하루의 삶은 항상 밝고 기쁜 시간으로만 채워지지는 않는다. 때로는 고통스럽고 고달프기도 하다. 가족이나 친구, 친지로부터 슬픈 소식을 듣기도 한다. 그리고 우리는 스스로 내면적 고뇌나 밖에서 오는 어려움에 직면하기도 한다. 그럴 때 우리가 느끼는 우울함, 슬픔, 아픔, 고뇌, 고민, 걱정 등을 이 악장은 표현하고 있고 그런 역경을 극복할 의지와 힘을 암시

힌다. '하늘과 바람과 별'은 우리에게 위로와 깊숙이 희망을 전해주며 새로운 힘을 다짐하고 용기를 북돋아준다: "죽는 날까지 하늘을 우러러/ 한 점 부끄럼이 없기를./ 잎새에 이는 바람에도/ 나는 괴로워했다./ 별을 노래하는 마음으로/ 모든 죽어가는 것을 사랑해야지/ 그리고 나한테 주어진 길을/ 걸어가야겠다.// 오늘밤에도 별이 바람에 스치운다."(윤동주 시인의 '서시').

제3악장: Menuetto: Allegro molto e vivace

모든 생명의 주체는 확신에 넘치는 삶의 행진을 박력 있게 밀고 나간다. 만물은 서로를 격려하며 돕는다. 공동체적 삶의 흥겨움에 서로 얽혀 춤추며 기쁨을 나눈다. 삶을 억압하는 문제들을 해결했을 때 우리가 느끼는 해방과 승리의 기쁨도 맛본다. 해방의 기쁨은 온 땅과 하늘을 뒤흔들고 온 자연을 껴안는다.

제4악장: Finale: Adagio-Allegro molto e vivace

저기 서산에 하늘을 붉게 물들이는 저녁노을을 보라. 해질 무렵 황혼으로 우리를 초대한다. 만족과 불만족이 교차하는 시간이다. 참회와 반성과 회한과 함께 내일에의 희망찬 기대와 새로운 각오를 다짐한다. 새로운 삶의 환희가 벌써 가슴 속 깊이에서부터 조용히 솟아오른다. 우리의 용기와 힘을 아무 것도 꺾지 못한다. 더 나은 새로운 삶, 새 날, 내일을 향한 전진만이 있을 뿐이다.

2) 베에토펜 교향곡 제2번(작품 36): '자유와 정의를 위한 투쟁 행진곡'

베에토펜은 이 교향곡의 창작작업을 1801년에 시작하여 1802년 여름과 가을에 하일리겐슈타트(Heiligenstadt)에서 대부분의 작업이 이루어졌고 그 해 10월에 완성되었다고 한다. 그 뒤에 곧 그의 유명한 '하일리겐슈

타트 유서'가 씌어졌다. 이 교향곡은 1803년 4월 5일 '테아터 안 데어 빈'(Theater an der Wien, '빈 극장')에서 그의 제1번 교향곡, 피아노협주곡 제3번(작품 37), 그의 오라토리오 '감람산의 그리스도'(Christus am Oelberge, 작품 85)와 함께 초연되었다.

나는 이 교향곡을 '자유와 정의를 위한 투쟁행진곡'이라고 이름붙이고 싶다. 특히 제1악장의 이미지 때문에 그렇다. 많은 사람들이 초연 뒤 2년경에도 이 곡은 너무 길고 너무 인위적인 장식부분들이 많다는 느낌을 표명했지만 한 긍정적 비평은 이 교향곡이 지니고 있는 '불같은 정신으로써'(with a fiery spirit) 오래 살아남을 것이라고 주장했다고 전한다 (TELDEC 1991).

제1악장: Adagio molto. Allegro con brio

처음의 느린 부분은 투쟁에의 결단을 숙고하는 긴장된 분위기를 보여주지만 곧 투쟁에의 전진으로 나아가면서 정정당당한 자유와 정의의 깃발을 나부끼며 의기양양하게, 위풍당당하게 거침없이 돌진하는 투사들의 행진을 그려낸다.

제2악장: Larghetto

과거에의 성찰과 더 나은 미래에의 그리움이 주제다. 때로는 이미 되어진 것과는 달리 생각하고 행동했으면 좋았지 않았을까 하고 과거의 일을 후회하는 회한의 심정이 묘사된다. 쓰라리고 아픈 상처를 어루만져주고 쓰다듬으며 위로한다. 더 나은 미래를 향한 그리움을 일깨우며 용기와 힘을 북돋운다. 감격적인 만남도 눈물이요, 그지없이 아쉬운 헤어짐도 눈물이다. 그리고 세상사에서 자주 관찰되는 불의, 비참, 가난, 고난 등의 슬픈 상황으로부터의 해방에 대한 한없는 그리움이 가슴 저리게 우리의 심금을

울린나.

제3악장: Scherzo: Allegro

불의와 비참한 현실에 대한 가차없는 비판과 응징, 그리고 해학의 몸짓이 표현된다. 베에토펜은 병마와 싸우며 자기의 죽음(1827. 3. 26)을 예감하면서 3월 23일 쉰들러(Anton Schindler)와 브로이닝(Gerhard von Breuning)에게 다음과 같이 말했다고 한다: "갈채를 보내라, 친구들이여, 희극은 끝났다!"(Plaudite, amici, comoedia finita est!)(Applaud, friends, the comedy is ended!)(Solomon 1979: 292). 악성 베에토펜의 죽음은 인류의 역사에서 드물게 보는, 분명히 하나의 크나큰 비극이다. 그러나 그는 자신의 고난 어린, 이 세상에서의 삶을 '희극'이라고 보는 초월적인 정신을 지녔었다. 그래서 고난과 운명에 대항하여 투쟁하는 영웅을 그린 그의 음악 속에는 자주 해학곡(Scherzo)이 들어있다. 그의 음악은 곧 삶의 초월자, 영웅인 자신의 정신세계와 생활사를 표현한 것이었다.

제4악장: Allegro molto

다시금 억압과 불의에의 당당한 도전과 저항, 자유와 정의의 위풍당당한 승리를 격렬한 폭풍우와 파도처럼 웅장하게 노래한다.

3) 베에토펜 교향곡 제4번(작품 60): '봄'

이 교향곡은 1806년에 씌어졌고 1807년 3월에 빈의 롭코비츠 궁전(Palais Lobkowitz)에서 초연되었다. 로버트 슈만(Robert Schumann, 1810-56)은 이 교향곡을 두고 "두 거대한 북구의 거인들 사이에 서있는 가냘픈 그리스 처녀처럼 보인다"고 평했다고 전해진다. '두 거인'이란 제3번 '영웅'과 제5번 '운명'을 가리킨 것이다. 그러나 그의 소감은 다만 부분적으로만 타당하다. 이 교향곡을 나는 '봄'이라고 이름한다. 이 교향곡에서도 베에토펜 특유의 파토스와 열정적 정서를 비롯한 복합적 감성, 인간 관과 자연관, 존재주체들 사이의 변증법적 상호작용의 전개과정이 조화롭고 체계적으로 펼쳐져나가고 있음을 우리는 확인할 수 있다.

제1악장: Adagio-Allegro vivace

봄의 탄생: 부드러운 긴 문두드림과도 같은 첫 음으로 시작되는 느리고 무거운 분위기의 도입부가 매우 상징적이고 엄숙하다. 그것은 깊은 고요와 적막의 소리이다. 온 세상이 눈으로 뒤덮여 있고 어느 곳에서도 미세한 움직임을 볼 수 없는, 무겁게 가라앉은 절대 정적의 공간이 보여주는 소리이다. 그것은 역설적이게도 소리 없음의 소리라고도 말 할 수 있겠다. 눈 덮인 들판, 지평선이 보일 듯 말 듯 아스라이 펼쳐진 공간이 들려주는 소리이다. 거기에 추위가 만물을 움츠러들게 하는 시간이 지속되고 있다. 생명체들은 깊은 동면에 잠들어 있고 숨만 쉬고 있을 뿐이다. 겨울 추위의 억압만이 온 세상을 지배하고 있다.

그러나 어느 순간에 봄은 탄생한다. 이 봄의 탄생은 그냥 탄생하는 것이 아니라 오랜 긴장의 두꺼운 껍질을 뚫고 폭발하듯이 나타난다. 봇물 터지듯이, 온 천지를 뒤흔들며 봄은 온다! 추위에 억눌린 고난어린 겨울 세월 속에 간직해온 봄에의 그리움은 마침내 생명의 분출 또는 폭발이라고 일컬을 만큼 강렬하게 봄 하늘의 따스한 태양을 향해 치솟는다. 베에토펜 음악에서는 이러한 긴장과 그것이 내포하는 끈질긴 인내와 투쟁의 과정을 거쳐 마침내 그리움의 승리, 곧 해방의 폭발이 자주 그 고유의 특징으로 나타난다. 해방에의 그리움 속에 축적된 긴장의 힘은 생명을 잉태하고 마침내 활기차게 세상에 탄생시킨다. 태어난 생명은 고난을 뚫고 환희에로 나아가는 투쟁의 역정을 거치며 때로는 슬픔 속에 때로는 기쁨에 겨워 춤추며 노래인나.

따스한 햇볕과 봄기운은 얼어붙은 땅을 어루만져 녹인다. 생명이 여기 저기서 움트기 시작하고 움직이기를 시도한다. 풀과 나무의 새싹들이 겨울의 껍질을 벗고 생명의 모습들을 드러낸다. 온갖 생명은 약동한다. 새 생명의 활기는 어느새 온 지구 위에 퍼져나가고 맹렬한 군대처럼 돌진한다. 드넓은 들과 산으로 끝없이, 거침없이 전진해나간다. 봄의 숲 속에 밝은 햇빛줄기가 나뭇가지들 사이로 쏟아져 내리고 여기 저기 어두운 초록빛 그늘호수들이 따스한 바람에 일렁이는 가운데 요정들, 다람쥐와 토끼와 새들과 온갖 풀들과 꽃들이 서로 제멋을 뽐내며 춤추는 정경을 연상해 볼 수 있다. 거기에 우리 인간들도 어울려 뛰놀며 춤춘다.

따스한 봄볕이 온 땅위를 감싸 안으며 한없이 퍼져나간다. 삶의 활력이 겨울을 격퇴하고 봄의 생명력은 디오니소스적 춤으로 열광하며 만물을 껴안는다.

제2악장: Adagio

지난겨울에 대한 회상: 겨울에의 회상이 주제다. 우리가 지난 겨울 추위의 억압을 견뎌냈음을 되돌아본다. 우리는 얼마나 힘겨운 인내로써 고통스러운 날들을 지내왔는가! 억압의 계절, 겨울에 우리는 해방의 봄에의 그리움을 안고 살아왔다. 봄은 오고야 말리라는 희망찬 그리움, 그것은 또한 눈물겨운 그리움이기도 했다.

베에토펜에게서는 '그리움'의 모티브가 그의 음악의 생명력으로서 도처에서 감지된다: 사랑에의 그리움, 영웅의 승리에의 그리움, 어둠 속에서 빛에의 그리움, 고난으로부터의 해방과 환희에의 그리움. 앙세르메 (Ernest Ansermet)는 이 악장에서 "의심할 여지없이 하나의 자연관조"(zweifelsohne eine Naturbetrachtung)를 인지하고자 하며 쉐링

(Arnold Schering)은 베에토펜이 여기에 표제적인(programmatische),
그러나 암묵적인 생각으로서 쉴러(Friedrich von Schiller, 1759-1805)
의 시 '그리움'(Sehnsucht)을 음악으로 표현한 것으로 해석한다는 것이다
(쉐링의 글, 'Zur Sinndeutung der 4. und 5. Symphonie von
Beethoven', in: Zeitschrift für Musikwissenschaft 16[1934], S. 73;
Wolf-Dieter Seiffert, in: Ulm 2002: 133). 쉴러의 시는 다음과 같다:
그리움 / 프리드리히 폰 쉴러/ (배동인 옮김)//

"아, 차가운 안개 깔린/ 이 골짜기의 밑바닥에서/ 빠져나갈 길을 내가
찾을 수 있다면/ 아, 얼마나 행복할까!/ 저기 나는 아름다운 언덕을 바라보
노니,/ 영원히 젊고 영원히 푸르른 곳!/ 내가 뜀틀을 가졌다면, 내가 날개
를 가졌다면./ 그 언덕으로 나는 가겠건만.// 화음이 울림을 나는 듣노
니,/ 달콤한 하늘 고요함의 소리로다./ 그리고 가벼운 바람이 나에게/ 향
기를 불어오고,/ 금빛 열매가 어두운 잎 사이로/ 눈짓하며 작열하고 있음
을 나는 보노니,/ 저기 피어나는 꽃들은/ 겨울도 빼앗아가지 못하리.//
아, 저기 영원한 햇빛 속에 머무른다면/ 얼마나 아름다울까./ 그리고 저
높은 곳에 공기는/ 얼마나 상쾌하리!/ 그러나 강물의 격동이 나를 막아/
그 사이에 휘몰아치며 분노하노니,/ 그 물결은 솟아오르고/ 그래서 나의
넋은 두려움에 떨고 있구나.// 작은 배가 흔들거리고 있음을 나는 보지
만,/ 그러나 아, 뱃사공이 없구나./ 곧장 그 안에 들어가 흔들림 없이/
돛을 올려 떠난다./ 너는 믿어야 하고 용기를 내야 한다./ 신들은 빚을
주지 않으니,/ 오로지 기적이 너를 옮겨갈 수 있으리라/ 아름다운 기적의
나라로."(원문은 다음과 같다: S e h n s u c h t // Friedrich von
Schiller // Ach, aus dieses Tales Gründen, / Die der kalte Nebel
drückt, / Könnt ich doch den Ausgang finden, / Ach wie fühlt

ich mich beglückt! / Dort erblick ich schöne Hügel, / Ewig jung und ewig grün! / Hätt ich Schwingen, hätt ich Flügel, / Nach den Hügeln zög ich hin. // Harmonien hör ich klingen, / Töne süsser Himmelsruh, / Und die leichten Winde bringen / Mir der Düfte Balsam zu, / Goldne Früchte seh ich glühen, / Winkend zwischen dunkelm Laub, / Und die Blumen, die dort blühen, / Werden keines Winters Raub. // Ach wie schön muss sich's ergehen / Dort im ew'gen Sonnenschein, / Und die Luft auf jenen Höhen, / O wie labend muss sie sein! / Doch mir wehrt des Stromes Toben, / Der ergrimmt dazwischen braust, / Seine Wellen sind gehoben, / Dass die Seele mir ergraust. // Einen Nachen sehe ich schwanken, / Aber ach! der Fährmann fehlt. / Frisch hinein und ohne Wanken, / Seine Segel sind beseelt. / Du musst glauben, du musst wagen, / Denn die Götter leihn kein Pfand, / Nur ein Wunder kann dich tragen / In das schöne Wunderland.).

이 시를 슈베르트는 가곡으로 작곡했다: Sehnsucht, D. 636).

우리는 어려운 겨울나기를 돌이켜보며 서로를 따뜻하게 위로한다. 표면적인 억압과 정적의 밑바닥에서는 무겁게나마 꿈틀거리는 봄기운의 저항을 확인할 수 있었다.

겨울 표면의 무거운 분위기와 그 내면세계와 밑바닥에서의 용트림을 준비하는 봄의 생명력의 모습은 대조적이다. 겉은 죽은 듯하나 그 속엔 생명이 움트고 있다. 사이퍼트(Wolf-Dieter Seiffert)는 "두 개의 서로 조건지으면서 관통하는 요소들이 그것들의 상반성(Gegensätzlichkeit)에 있어서 [이] 아다지오 악장 전체를 결정한다"고 해석한다(Ulm 2002:

133). 베에토펜은 상반성의 변증법을 터득한 나머지 이를 그의 음악에서 표현했다고 볼 수 있다. 겨울을 통하여 봄으로, 어둠을 통하여 빛으로, 이별을 통하여 재회의 기쁨으로, 고독과 고난을 통하여 하나 됨의 환희로, 억압을 통하여 자유로, 분단을 통하여 통일로 전개되어 가는 것을 우리는 자연현상과 사회현상에서 항상 관찰할 수 있다.

그러한 상반성의 변증법적 흐름이 줄곧 이어져 가는 것이 바로 역사라고 볼 수 있다. 거기에 작용하는 삶의 주체들 사이의 상호성에 기초한 연결망의 생성과 변화는 따라서 합리성과 해방을 지향하는 삶의 끊임없는 추구과정이다. 이처럼 우리는 베에토펜 음악에서도 해방사회학적 의미를 포착할 수 있다.

겨울의 환송행진곡이 이어진다: 죽음이 아닌 생명의 잉태자로서의 겨울에 대한 경외와 예찬의 거룩한 노래로써 마감한다.

제3악장: Allegro vivace

봄의 축제: 봄의 겨울에 대한 투쟁과 극복의 이야기가 전개된다. 봄과 겨울의 변증법이 역동적으로 펼쳐진다. 이따금 꽃샘추위가 기승을 부리며 봄기운과 싸움을 건다. 봄의 축제가 울려퍼진다.

제4악장: Allegro ma non troppo

봄의 개가와 행진: 봄의 승리와 개가가 우렁차게 들린다. 거침없이 봄은 전진하고 그 힘은 끝없이 확장된다. 봄은 드디어 온 지구를 껴안는다. 온 천하와 우주를 보듬은 봄의 품은 따스하고 드넓다.

4) 베에토펜 교향곡 제7번(작품 92): '생명'(생명예찬)

이 교향곡은 1813년 12월 8일 교향시 '웰링톤의 승리'(Wellingtons Sieg, 작품 91)와 함께 '옛 빈 대학'에서 초연되었다. 흔히 이 곡을 춤판의

낙관적 분위기, 가을의 포도 등 추수를 축하하는 축제, 술에 만취한 무리들의 향연 등을 묘사한 것으로 해석한다. 그러나 나는 이 곡은 생명을 주제로 하는 하나의 드라마를 표현한 것이라고 풀이한다.

제1악장: Poco sosutenuto. Vivace

생명의 탄생. 생명이 탄생할 때의 모체의 고통과 우주적 긴장: 그것은 투쟁과 창조의 순간이기도 하다. 생명의 태어난 기쁨과 한없는 감사의 노래. 생명의 해방과 활력의 표출.

제2악장: Allegretto

생명의 죽음. 생명체의 죽음을 애도함. "별을 노래하는 마음으로 모든 죽어가는 것을 사랑해야지."(윤동주의 '서시' 중에서). 생명의 죽음에 대한 장송행진곡.

제3악장: Presto

생명의 부활. 되살아난 생명들의 즐거운 만남. 생명을 다스리는 '신성'(Gottheit) 또는 자연의 힘에 대한 '거룩한 감사의 노래'(Heiliger Dankgesang): '생명 앞에서의 경외'(Ehrfurcht vor dem Leben, Albert Schweitzer)와 장엄함을 표현하는 장중한 음줄기의 도도한 흐름.

환희 속에 축제가 전개되고 생명의 찬가와 생명의 힘에 대한 '거룩한 감사의 노래'가 다시금 울려퍼진다. 그것은 죽음과 고난을 이긴 생명의 승리의 노래이기도 하다.

제4악장: Allegro con brio

생명의 축제. 생명들의 흥겨운 춤판과 행진: 한반도의 온 겨레는 물론 이 지구의 온 인류가 손에 손을 잡고 신바람나게 지구를 돌며 춤추는 전 지구적 강강수월래! 우리 가곡 '도래춤'(김안서 작시, 박태준 작곡. "어리얼사 도래춤을 주렁주렁 추울거나. 이 세상도 처자들이 모두 손을 쥔달시면 넓은 바다 빙빙 돌며 도래춤도 줄거외다. 빙빙빙빙 바다 돌며.// 어리얼사 도래춤을 주렁주렁 추울거나. 이 세상도 총각들이 뱃사람이 된달시면 바다에다 아름다운 배다리도 놓을거외다. 느럿느럿 바다 위에.")의 확대 재생산! 생명체의 위풍당당함. 개선장군 또는 영웅의 행진. 거침없이 전진하는 생명의 힘의 행진과 춤판. 하늘을 치솟는 생명공동체의 격동적 춤판. 모든 생명체는 저마다 고유한 삶의 영웅이다: 영웅들의 초월적 환희에 찬 우주적 춤판.

5) 베에토펜 교향곡 제8번(작품 93): '[초월자의 초월적] 기쁨의 춤'(2006.12.27 수정)

베에토펜은 1811년 가을과 1812년 가을 사이에 교향곡 7번과 8번을 작곡했지만 그 내용은 서로 다르다. 이처럼 그는 같은 시기에 서로 성격이 다른 여러 개의 곡들을 함께 작곡했다. 이 교향곡은 처음부터 끝까지 빠른 속도로 진행된다. 그래서 마치 술에 만취한 한 집단의 춤판을 연상할 수도 있으나 자세히 들으면 훨씬 장엄한 내용을 함축하고 있다.

'초월자'라 함은 산전수전 다 겪고 세상사의 온갖 불행, 고난, 고통을 견디고 극복한 삶의 승리자, 영웅을 뜻한다. 그래도 초월자는 살아있는 한 다시금 싸우지 않으면 안된다.

그러나 이 교향곡에서는 '영웅'(3번), '운명'(5번)이나 제2번('정의를 위한 투쟁행진곡') 교향곡에서처럼 영웅의 투쟁의 과정에 관한 진술이 생략되고 첫 악장의 시작부터 초월자의 불꽃같은 환희가 활화산의 폭발처럼 터져나오고 그 기쁨의 힘찬 흐름, 곧 기쁨의 흥거운 춤이 끝까지 이어진다. 어떠한 속박이나 감옥도 존재하지 않는 자유천지의 들판에서 펼쳐지는,

기쁨으로 충만한 자유인의 춤의 역동성을 감지할 수 있다.

제1악장: Allegro vivace e con brio
영웅적 투쟁을 통한 승리의 환희와 흥겨운 축제. 거침없이 흐르는 기쁨
의 강물이어, 영원히 흘러라. 그러나 회고컨대 이 기쁨의 물결 속에는 얼마
나 쓰라린 고뇌와 아픔과 눈물이 어린 운명에의 도전과 저항이, 힘겨운
결단의 순간들이 깃들어있느냐!

제2악장: Allegretto scherzando
슈만은 이 악장에서 '안정감과 행복감'(tranquility and happiness)을
느낄 수 있다고 말했다고 한다. 그러나 내가 듣기엔 초월자가 인간세상의
비극을 보고 희극이라고 해석하는 관조의 분위기를 보는 듯하다(그의 교
향곡 제2번[이 글의 6.2.] 3악장에 대한 해석 참조).

제3악장: Tempo di Menuetto
초월지의 여유로운 산책과 기쁨 속의 명상. 모든 것을 포용하는 드넓은
초월적 사랑의 포옹. 온 자연과 함께 하나가 되고 온 인류와 한데 얼려
서로 껴안아라.
베에토펜 음악의 구석구석에서는 그가 그의 현악 사중주곡 작품 132번
3악장(Molto adagio)에서 표기한 '병환에서 치유되어가는 이가 신성에게
드리는 거룩한 감사의 노래'(Heiliger Dankgesang eines Genesenden
an die Gottheit[A convalescent's hymn of thanksgiving to the
divinity])를 감지할 수 있다. 가령 여기에서도 그의 '거룩한 감사의 노래'
를 들을 수 있다고 느낀다(이 대목에서 그가 '하느님'[Gott]이라고 쓰지
않고 '신성'[Gottheit]라고 명기한 것에 주목한다).(2007.01.16일 추가)

제4악장: Allegro vivace

최후의 승리를 바라보며 전진하는 초월자는 희망찬 투쟁과 고뇌와 슬픔의 산을 넘어간다. 희망의 별빛을 따라 고뇌를 극복해나가는 초인적 인내와 투쟁에의 의지. 마침내 자기와의 싸움을 이겨낸 초월적 승리와 사랑의 환희.

7. 자연과 소리와 음악

자연은 인간사회와 동떨어져 있는 것이 아니고 그것을 포용하고 있다. 자연의 소리와 인간사회의 소리가 조화를 이루지 못하고 서로 모순되거나 갈등을 빚어낼 때 이를 소음이라고 한다. 소음은 우리의 건강을 해치고 생명을 질병과 죽음으로 이끈다. 자연의 만물이 자유로이 주고받는 삶의 과정에서 나오는 소리를 본받아 우리는 인간의 소리, 곧 음악을 창조해낸다.

우리의 무디어진 감각을 일깨워주는 역할을 베에토펜의 음악은 투철하게 해내고 있다. 그의 음악의 위대함과 거룩함이 바로 여기에 있다. 그의 음악은 자연과의 대화에서 들려온 소리들과 그의 내면에서 울려온 소리들의 재구성이라고 해도 과언이 아닐 것이다. 우리가 추구하는 아름다움은 근원적으로 자연 속에 있으며 따라서 자연스러움과 자유로움을 그 생명으로 지닌다.

우리는 베에토펜의 음악을 통해 최상의 아름다움의 세계를 감지하고 하염없이 부드러운 위로와 새로운 힘과 용기를 얻게 된다. 그래서 우리는 그의 음악을 들을 때마다 베에토펜에게 '거룩한 감사의 노래'를 마음 속 깊이에서부터 올리지 않을 수 없다.

참고문헌:

러셀, 버트란드(송은경 옮김). 2003. 자서전. 상권. 사회평론
롤랑, 로맹(이휘영 옮김). 1998. 베에토펜의 생애. 문예출판사
배동인. 1997. 인간해방의 사회이론. 전예원
조수철. 1997. Beethoven의 후기 현악4중주곡: 인격적 발달과 음악적 표현과의
관계. 정신의학, 22: 87-95쪽
최한기(손병욱 옮김). 2004. 기학. 통나무
틱낫한(진우기 옮김). 2003. 힘. 명진출판
Clark, Ronald W. 1975. The Life of Bertrand Russell. London: Jonathan
Cape and Weidenfeld & Nicolson
Moorhead, Caroline. 1992. Bertrand Russell: A Life. London:
Sinclair-Stevenson
Russell, Bertrand. 1917. Mysticism and Logic and other essays. London:
Unwin Books
Russell, Bertrand. 1935. In Praise of Idleness and other essays. London:
Unwin Books
Russell, Bertrand. 1968. Autobiography of Bertrand Russell, Vol.
II(1914-1944). London: Allen and Unwin
Solomon, Maynard. 1979. Beethoven. New York: Schirmer
Books(Simon & Schuster Macmillan)
TELDEC. 1991(CD 책자). Gerade Beethovens Musik ist in jedem
Moment Sprache(바로 베에토펜의 음악은 어느 순간에서도 언어다): Ein
Gespräch zwischen Nikolaus Harnoncourt und Hartmut Krones(아르농쿠
르와 크로네스 사이의 대화), in: Beethoven/Harnoncourt: 9 Symphonies,
The Chamber Orchestra of Europe(베에토펜/아르농쿠르: 9개의 교향곡들,
유럽실내교향악단)
Ulm, Renate(Hg.). 2002(1994). Die 9 Symphonien Beethovens. Kassel:
Bärenreiter (2003.11.21-2016.09.16)

인간해방의 메시지로서의 베에토펜 음악

1. '베에토펜적 소리'(der Beethovensche Ton)를 어떻게 특징화할 것

인가에 대한 한 연구에서 게르스트마이어(August Gerstmeier)는 많은 시사점을 주고 있다("Das moralische Gesetz in uns, und der gestirnte Himmel über uns": Versuch über den Beethovenschen Ton, in: Ulm 2002: 264-70). 다음(1.-4.)은 그의 글의 주요내용을 내가 옮긴 것이다.

그는 할름(August Halm)을 인용하면서 베에토펜 음악, 가령 그의 교향곡은 음악적인 것을 넘어서서 "하나의 특정한 인간형의 상징"(das Symbol einer bestimmten Art von Menschentum, A.H.)을 표현한다고 본다: 이 점은 모차르트나 하이든에게서는 전혀 볼 수 없는 베에토펜 고유의 특성이라는 것이다. 부소니(Ferruccio Busoni)에게서도 비슷한 의견을 발견하는데, "인간적인 것이 베에토펜과 더불어 처음으로 음악예술에서의 주요 쟁점으로 드러난다. 음악의 과제는 단순히 어떤 형식의 놀이(Formenspiel), 곧 아름답게 음들을 구성하는 것에 그치는 것이 아니라 인간적이어야 할 것임을 가리키는 물음을 제기한다"는 것이다. 한드쉰(Jacques Handschin)은 베에토펜 음악의 효과는 그의 음악에서 다른 예술가들에게서와는 달리 '구체적 인간 베에토펜'을 느끼게 된다는 데에 있다는 것이다.

이러한 의견들의 공통점은 베에토펜 음악에서는 개인적인 것, 인간적인 것, 주관적 표현영역을 감지할 수 있다는 것, 그의 음악은 단순히 소리울림의 놀이(klingendes Spiel)가 아니라 인간적 체험세계와 의사소통하며 어떤 '시적인 발상'(poetische Idee)에서 솟아나온 것이라는 데에 있다는 것이다.

베에토펜의 친구였고 최초의 베에토펜 전기 저자인 쉰들러(Anton Schindler)는 작곡자가 거기서 작곡을 이끌어간, 작품에 내재하는 '시적인 구상'(poetische Idee)을 표연하려는 베에토벤의 의노에 반해 모니아고 있다고 한다(Anton Schindler, Biographie von Ludwig van Beethoven, Münster 1860, Neudruck der 3. Auflage von 1860, Leipzig 1970: 451ff.). 쉐링(Arnold Schering)은 이러한 쉰들러와 같은 생각에서 베에토펜의 여러 가지 작품들의 근저에 놓여있다고 추정되는 많은 문학적 프로그램들을 제시한다. 이는 곧 베에토펜이 자극을 받아 작곡했을 것 같은 문학적 구상을 재구성하려는 시도를 가리키는데 쉐링은 '베에토펜의 주요 구상 또는 프로그램의 배후를 열 수 있는 열쇠를 찾고자' 한 것이라고 베커(Paul Bekker)는 해석한다. 베커는 베에토펜이 전통적 형식으로부터 벗어나서 작곡한 경우에 그건 일시적 기분에서 나온 것이 아니라 시적인 구상을 표현코자 하는 강제적 필연성 때문에 그렇게 할 수밖에 없었기에 그런 시적 구상이 그에겐 최우선적으로 형식을 빚어내는 원칙이라고 풀이한다는 것이다. 베커는 또한 베에토펜 음악을 통해서 매개되는 가치는 "예술가적, 정치적 및 개인적 견지에 있어서의 자유, 이지아 행위아 신념의 자유, 개인의 외면적 및 내면적 측면의 모든 활동에 있어서의 개인 전체의 자유"라고 요약한다는 것이다.

게르스트마이어도 베에토펜 음악에 내재하는 전체로서의 인간적인 것을 어떤 개념적이고 회화적인 틀에 고정시키는 것은 상상력의 폭을 좁히게 되고 또한 회화적이며 언어적인 범주를 뛰어넘는 것이 곧 음악이라는 것의 특성인데 이를 희생시키게 된다는 데에 우려를 표명한다.

2. 베에토펜의 소리는 인간적인 표현세계, 느낌의 세계의 담지자, 곧 '메시지의 담지자'(Träger einer Botschaft)가 된다. 그의 음악에서 우리는 '베에토펜이라는 인간의 중력'(Schwerkraft der Person), 그리고 이와 결부된 '하나의 윤리적 각성'(ein ethisches Moment)을 느낀다. 그의

소리는 당시의 다른 작곡가들의 소리보다 더 격정적(pathetischer)으로 들린다. 그의 소리는 울리는, 물건 같은 어떤 것으로부터 '하나의 주체적이고 혼이 깃든 존재'(ein subjektives, beseeltes Wesen)로 변환된다. 그것은 '말하는 성격'(sprechenden Charakter)을 통해 강화된다. 베에토펜은 드라마틱한 몸짓을 표출하는 작곡가이지만 오직 하나의 가극('피델리오'[Fidelio])만을 완성시켰다. 그의 드라마의 전개마당은 교향곡, 현악4중주, 소나타 등 기악곡 형식들에 옮겨져서 인간적인 표현세계를 보여준다.

3. 새로운 소리언어(Tonsprache)가 출현하게 된 다른 원인은 작곡가의 사회적 지위가 달라진 데에 있다. 이전에는 작곡가는 궁정이나 교회에 속한 봉직자여서 주문생산의 형식으로 작곡행위를 했었지만 베에토펜에 이르러서는 그러한 복속관계가 해지되었다. 따라서 음악의 기능적 구속성이 지양되었다. 이전에 작곡가는 주로 특정 집단이나 공동체에 봉사하는 데에 그의 작품의 기능이 한정되었었으나 이제는 그는 독립된 인격적 주체로서 공동체 앞에 서게 되었다. 이러한 변화가 음악에 있어서도 반영되었다. 베에토펜의 경우에는 과도기적 위치에 있었다고 볼 수 있다. 한편으로 그의 작곡활동은 당시 빈의 예술애호가인 귀족들의 재정적 지원 아래 이루어지기도 했으나, 다른 한편으론 그는 혁명기 이후 폭넓게 형성된 시민계층을 위해 작곡했다. 귀족계층에의 봉직기능 대신에 작곡가의 자기고백적인, 시적 또는 윤리적 의도가 작곡동기로서 작용하게 되었다.

그래서 하이든과 모차르트는 아직 구체제인 '궁정문화권'(höfische Kultur)에 속해 있었고 그들의 음악은 표현의 열정에 있어서 항상 숙련의 한계, 곧 '궁정순응적'(höfisch)인 범위 안에 머무를 수밖에 없었다. 베에토펜은 그의 교향곡 제3번과 더불어, 아니 이미 제2번 마지막 주제에서

...에 안세는 ...써졌다. ...는 1820년 ...의 회화섭에 ...써 삭...는 다음과 같이 쓰고 있다: "세상은 하나의 왕이다. 그래서 유리하게 보이기 위해 아첨받기를 원한다. 그러나 참된 예술은 고집불통이어서(eigensinnig) 아첨하는 형식 속에 강제로 가두어둘 수는 없다." 윤리적인 것이 심미적인 것에 반대하여 등장하고 참된 것이 아름다운 것보다 더 높은 범주에 속한 것으로 나타난다.

베에토펜의 교향곡들은 개인과 공동체의 맞섬에서 태어났다. 주체성으로 채색된 소리가 악보의 여러 군데에서의 긴장관계 속에 등장한다. 그 한 예가 교향곡 제5번 1악장의 반복부 뒤에 나오는 오보에 독주이다: 전체의 침묵 속에 말하는 존재로서의 개인이 등장하는 것이다. 이 짧은, 탄식하는 듯한 노래의 힘은 놀랍다. 개인의 발언에 전체 오케스트라는 조용히 귀기울인다. 공동체로부터 벗어져나오는 자기결정의 주체가 치루는 값은 고독이다.

4. 그이 음악 속에는 거친 것과 함께 정교하게 다듬어진 것이, 딱딱한 것과 함께 부드러운 것이 나란히 존재한다. 출발점은 내재적으로 드라마적인 것이다. 그의 작품은 인간의 드라마의 표현으로서, 정신과 자연, 이상과 현실의 충돌로서 이해되는 '인간적 음악'(musica humana)으로 나타난다. 그 목표는 그러나 형평, 화해, 조화(harmonia)이며 이 조화는 상반된 힘들의 통합적 공동작용 속에서(im einträchtigen Zusammenwirken gegensätzlicher Kräfte) 일어난다. 베에토펜 음악의 특징인, 자주 영웅적으로 보여지는, 열정적인 투쟁은 그러한 조화의 회복을 위한 것이다. 이로써 음악이라는 개념이 결부되어 있는데 이는 베에토벤에게서는 주어진 것이 아니라 비로소 부과된 것으로서(als erst Aufgetragenes) 드러난다.

베에토펜의 교향곡들에서는 인간이 중심에 서있다. 그 소리가 인간을 증언한다. 음악적인 것이 따로 언급되어지지 않고 오히려 자유로운 존재로서의 인간이 등장하며 이는 그때까지 알려져 있지 않은, 아마도 모든 것을 강제하는 의지의 힘을 지니고 등장한다. 자유에는 책임, 그리고-이 긴장관계의 결과로서-본질적으로 의식을 구성하고 인간을 도덕적 존재로서 정의하는 양심이 따른다. 교향곡들은 드라마를 체현하는데 드라마 속에서 주체는 공동체와의 형평을 찾는다. 완전한 통합은 미리 주어진 것으로서가 아니라 부과된 것으로서 체험된다. 이 목표에 도달하기 위하여 의지의 힘들을 동원할 필요가 있게 된다. 여기에 바로 베에토펜적 음악의 투쟁가적-영웅적 면모에 대한 주요 추동력이 있다.

베에토펜 음악에 있어서의 소리는 인간을 놀이하는, 느끼는, 그러나 또한 도덕적으로 행동하는 존재로서 체현한다. 그 인간은 그의 자연적 존재가 갖는 법칙성에 있어서 인간의 주관적 표현세계와 결부되어 있고 이는 다시금 객관적 세계질서에 지향되어 있다. 인간(표현)의 영역과 자연(소리의 놀이)의 영역의 두 영역이 칸트의 한 문장, 곧 "나의 위에 있는 별들로써 차있는 하늘과 나의 안에 있는 도덕적 법칙"(der bestirnte Himmel über mir und das moralische Gesetz in mir)(그의 '실천이성 비판') 속에 상호보완적으로 대조된다. 이 문장을 베에토펜은 1820년에 약간 변형시켜서 그의 회화첩에 기록했다: "우리들 안에 있는 도덕적 법칙, 그리고 우리들 위에 있는 별들로써 가득찬 하늘"(das moralische Gesetz in uns, und der gestirnte Himmel über uns).

5. 베에토펜이 주의 깊게 본 칸트의 '하늘'과 인간의 '도덕률'은 세계관(Weltanschauung)과 인생관(Lebensanschauung)의 문제를 상징적으로 가리킨 것이라고 생각된다. 베에토펜도 이 두 차원의 주제의 중요성을 인식

했기에 그의 음악 속에 그려진 인식론적 관심과 문제의식이 표현될 수밖에 없었으리라.

우리들 인간의 삶의 궁극적인 물음은 결국 세계관과 인생관의 문제로 귀결된다. 이 둘은 서로 밀접한 연관관계에 있다. 칸트의 '나의 위에 있는 별들로써 차있는 하늘'은 세계관의 대상을 상징화한 것이고 '나의 안에 있는 도덕적 법칙'은 인생관의 그것이다. 인간이 마주 보고있는 세계는 우주인데 이 우주는 그 관찰주체인 인간을 포함한다. 그리고 우주는 곧 자연의 다른 이름이다. 그러나 역사적으로 인간은 동서를 막론하고 자기가 속한 우주(자연)를 자기존재와 분리시키거나 구별지어 객체화해왔다. 그러나 실질적으로 인간과 우주는 분리될 수 없으며 다만 분석적으로 구별지어질 수 있을 뿐이다. 종교적 세계관은 인간중심적 관점에서 우주를 의인화하는 경향이 짙다. 가령 우주의 생성근원을 인간과 비슷한 어떤 초자연적 존재, 곧 신에 귀속시킨다든지, 죽음 이후의 세계를 천당, 연옥 또는 지옥으로 구성한다든지, 윤회질서를 상정한다든지 하는 등의 가공적 우주관을 상상하여 그려본다. 이러한 종교적 세계관은 따라서 오로지 임의적이고 일방적인 주관적 '믿음'의 대상일 수 있을 뿐이며 과학적 '앎'에 근거한 것이 아니다. 러셀(Bertrand Russell)이 경고하듯이 "참되다는 증거가 없는 어떤 명제를 믿는다는 것은 바람직스럽지 않다"(Russell 1970: 9).

인생관(인간관)에 있어서는 서구에서는 대체로 몸과 마음의 이원론(dualism)이 지배적이었고 중국에서는 세계관의 두 기둥인 기(氣)와 리(理)에 상응하는 심(心)과 성(性)의 이원론이 역시 지배적이었다. 여기서 제기되는 물음은 '인간의 몸은 어디에 있는가' 이다. 몸도 자연의 일부로서 기로써 구성된 것이라면 심이 그 안에 자리잡고 있다고 해석될 수 있다. 서구에서는, 심의 세계에는 마음(심, mind), 정신(넋, spirit), 영혼(soul)

의 세 차원이 있다고 흔히 생각되었다.

우주를 가시적 존재로만 본다면 그 우주는 하나의 거대한 몸이라고 볼 수 있고 그 다른 이름인 자연 역시 하나의 거대한 몸인 것이다. 원시사회에서는 이 거대한 몸인 자연 속에는 영(들)(soul 또는 spirit)이 내재한다고 생각했는데 이것도 의인화된 자연관이다(정령주의, animism). 마음(심)은 다시금 생각하는 기능과 느끼는 기능으로 나누어진다. 앞엣것은 이성(reason, thinking)이고 뒤엣것은 감성(emotion, feeling)이다. 이 둘은 인간의 몸, 자세히는 두뇌와 오관에 자리하는데 궁극적으로는 두뇌에 그 근거지를 두고 있다고 볼 수 있다. 이런 기능들은 생명체인 몸의 존재가 전제될 때에만 가능하다. 다시 말하면 몸을 떠나서는 생각하기와 느끼기를 확인할 수 없고 마음이나 정신이나 영혼의 존재를 확인하기 어렵다. 그러나 지금까지 동서양을 막론하고 영혼은 몸으로부터 분리되어 존재할 수 있는 것으로 상정되었다. 그러한 인간관이 종교적 신념체계 안에 온존되어 왔고 아직도 그 진리성 여부가 논란되고 있다.

아무튼 생명체인 몸을 가진 인간을 비롯하여 모든 생명체는 그 살아있음의 증거로서 욕구(needs, Bedürfnisse)를 들 수 있다. 이와 관련하여 나는 두 가지 '전략적 욕구'를 중심으로 하는 욕구체계와 그에 상응하는 합리성체계를 구상했다(배동인 1997: 20-78). 그리고 거기서 몸을 중심으로 하는 일원론적 인간관을 시사했다. 거기서 아울러 인간 또는 인간의 삶의 해방지향성과 권력지향성이 강조되고 있음도 확인된다.

베에토펜 음악은 인간이 태생적으로 감지하는 두 가지 '전략적 욕구', 곧 실재를 알고자하는 욕구(칸트의 '하늘'에의 관심)와 기존의 실재를 더 나은 실재로 변경시키고자 하는 욕구(칸트의 '도덕률'에의 관심)의 조화로운 통일, 곧 인간해방에의 메시지를 표현하고 있다고 해석된다. 객체의 세계에 맞서 있는 주제인 인간의 삶을 베에토펜은 사유와 새빔을 시앙아는 드라마로 보고 이를 그의 고유한 소리의 구성과 다양한 형식으로써 표현하고 있다.

6. "1830년까지는 모차르트가 음악계를 지배하고 있었기에 베에토펜은 일반적인 인정을 받지 못했었다. 그러나 그 이후의 혁명운동들은 혁명가로서의 베에토펜을 왕좌에 올려놓았다"고 브렌델(Franz Brendel)은 1845년 초에 '음악을 위한 새로운 잡지'(Neue Zeitschrift für Musik)의 한 글에서 이 잡지의 운영자인 슈만(Robert Schumann)의 후임자로서 갈파했다. 이미 1843/44년 겨울 드레스덴(Dresden)에서의 강연에서 브렌델은 강조하기를 "베에토펜은 공화주의적 신념과 정신을 갖고 있었다"고 했고 그 이후에도 베에토펜을 "자유와 평등의 새로운 사상, 곧 민족과 신분과 개인의 해방"의 작곡가로서 평가하기에 지칠 줄 몰랐다. 분명히 말하여 베에토펜의 아홉 번째 교향곡을 그는 "시대의 모든 물음들과" 연관지어질 수 있다고 믿었는데 "미래의 이상은 인류에의 거침없는, 무조건적인 이러한 헌신, 곧 이 진정한 사회주의이며" 베에토펜은 "현 세기가 그것을 지향해서 싸우고 있는 것, 곧 지상에 하늘나라를 일구어나가기를 예언자답게 외쳤다"고 말했다는 것이다(Wolfgang Stähr, in: Ulm 2002: 258-9).

브렌델은 하나의 음악미학적인 지향성을 가진 '진보당'(Fortschrittspartei)의 대표로서 예술을 "시대의 욕구표현과 거울"로서 그 존재이유를 인정하고 작곡가는 "낡은 귀족주의적 정서"를 청산하고 그의 작품을 "인류의 형제자매화"와 "민주주의"에 헌정할 것을 요구했다. 이에 대한 비판도 없지 않았다. 그러나 브렌델과 그의 동조자들은 베에토펜을 "혁명가"로서 고백하기를 개의치 않았다. 1849년 5월의 시가지 투쟁이 터지기 몇 주전에 바그너(Richard Wagner)는 드레스덴에서 베에토펜 교향곡 제9번을 연습하고 있었다. 3월 31일의 총연습의 청중 가운데는 러시아 무정부주의자 바쿠닌(Michail Bakunin)도 있었는데 그는 연습이 끝났을 때 무대 위에 올라와서 교향악단과 지휘자를 격려하면서 임박한 세계화재시에 모든 음악이 분실된다고 할지라도 이 교향곡의 보존을 위해서 목숨을 걸어야 할 것이라고 말했다고 한다. 5월 6일 교전 중에 '옛 드레스덴 오페라극장' 이 불타고 있을 때 바그너에게 한 투쟁봉기자가 외치기를 "지휘자님, '아름다운 신들의 불꽃의 기쁨'에 불이 붙어 썩은 건물이 온통 불타고 있습니다"라고 말하는 것을 그는 체험했는데 이 예기치 못한 파토스가 그에게 "드물게 힘을 북돋아주고 해방시켜주는" 데에 영향을 미쳤다고 회고하면서 그의 자서전에서 토로했다고 한다(위의 같은 곳: 259-60).

작곡가 아이슬러(Hanns Eisler)는 베에토펜 해석의 오랜 전통에 따라서 베에토펜 사망 100주기에 즈음하여 베에토펜 음악을 "고조되어가는 노동자계급"의 정신적 자산으로서 평가했다. 1927년 3월호의 '붉은 깃발'(Rote Fahne)에 아이슬러는 쓰기를, "이 환희에의 힘찬 송가가 울려퍼질 때 모든 계급의식이 투철한 노동자는 힘과 확신에 가득차서 다음과 같이 말할 수 있고 말하지 않으면 안된다: 이미 지금 우리에게, 아직 싸우고 있는 노동자들에게 힘을 불어넣어주고 있는 이 소리는, 우리가 지금의 지배계급을 이기고 그때까지 억압당한 수백만 민중들에게 '백만인이여, 서로 껴안아라!'(Seid umschlungen, Millionen!)라고 베에토펜의 승전가를 환호하게 될 때에, 비로소 진정 우리의 것이 될 것이다"라고 했다. 노동자 음악운동은 제9번 교향곡을 그들의 음악회 활동의 중심에 놓았다. 바로 1927년 베에토펜 사망 100주년 기념의 해에 제9번 교향곡의 많은 연주회가 노동자 합창단을 통해 개최되었다. 라이프찌히 노동자 교육연구소의 발의로

"번파와 사범의 속세"로서 제9번 교향곡이 1918/19년 해기 비꿔는 시기에 연습되었고 1918년 12월 31일 니키쉬(Arthur Nikisch)는 게반트하우스 교향악단과 합창단을 지휘했다. 그 뒤로 연말에 제9번 교향곡 연주가 관례로 되었다(위의 같은 곳: 260-1).

음악사학자인 아버트(Hermann Abert)는 제9번 교향곡을 베에토펜의 "투쟁 및 영웅 교향곡들" 중의 하나라고 주장했다. 나치의 정권장악과 더불어 베에토펜은 강압적으로 "독일적 자기주장의 상징"이라고, "독일적 인간형의 원초적 힘에서 태어난", "게르만적 이정표 인간"이라고 선언되었다. 제9번과 함께 전선에서 싸웠고 제9번과 함께 새해를 맞이했으며 제9번과 함께 국제친선 관계가 체결되고 제9번과 함께 독일국가 정체성을 강화시켰으며 제9번의 환희 멜로디는 1972년에 유럽연합의 국가(Europahymne)가 되었다. 드비시(Claude Debussy)는 1901년에 쓰기를 "사람들은 아홉 번째 교향곡을 고매한 말과 수식어의 안개로 포장했다"고 했다(위이 같은 곳: 261-3).

이처럼 베에토펜의 제9번 교향곡은 시대에 따라 집단적 행위주체에 의해 저마다 정치적 의미부여의 상징으로서 아전인수 격으로 이용되어왔다. 문제는 역사적 행위주체의 목표와 행위사실과 이 교향곡에 결부시킨 상징적 의미의 정합성 여부에 있다. 그런데 어느 경우에나 저마다 추구하는 궁극적 '인간해방'에의 메시지로서 베에토펜 음악을 해석해온 것만은 변함없는 사실이다.

참고문헌:

배동인. 1997. 인간해방의 사회이론. 서울: 전예원
Russell, Bertrand. 1970[1935]. Sceptical Essays. London: Unwin Books
Ulm, Renate(Hg.). 2002[1994]. Die 9 Symphonien Beethovens. Kassel:

Bärenreiter Verlag(2004.08.26-2007.02.26)

베에토펜의 피아노협주곡 제 5번 '황제'를 다시 듣는다

제 1악장은 위풍당당하면서도 여유로운 영웅의 자태를 잘 묘사해냈고, 조용하게 시작하는 제 2악장에서는 마치 천상의 구름바다를 산책하는 듯한, 사색에 잠긴 영웅의 눈물겹도록 아름다운 모습을 감명깊게 그려내는 데 그 자연스러운 흐름 속에 무아지경으로 빠져들게 만들었다.

나는 나의 블로그 어딘가에 '황제'에 관해 다음과 같이 썼다: "이 '황제'는 베에토벤의 간판곡 중의 하나라고 볼 수 있는데 그 제 1악장은 베에토펜의 디오니소스적인 특성을 뚜렷이 보여준다면 제 2악장에선 그의 아폴로적인 측면을 가슴미어지게 감지할 수 있습니다. 앞엣것은 이 지상에서의 영웅의 위풍당당하게 거침없는 나아감을, 뒤엣것은 영웅의 정신의 천상에서의 초월성을 보여주는 듯합니다. 2악장 서두의 조용하고 느린 오케스트라의 흐름에 이어 나오는 피아노 선율은 깊은 긴장 속에 가슴을 울렁거리게 하고 드디어 감동어린 눈물의 강물을 억제할 수 없게 만듭니다. 정말 눈물겹게 아름다운, 장엄하고 숭고한 음악입니다."

"… 이런 음악을 듣는다는 것은 예술의 거룩함을 접하는 고귀한 사건입니다. 무릇 음악예술의 거룩함은 그 재현자인 연주자(이 경우엔 오케스트라, 협연자, 지휘자)가 그 연주곡을 작곡자의 뜻에 맞게 온 몸과 마음의 힘과 정성을 최대한 집중하여 재창조하려는 모습에서 드러납니다."

"… 저는 제 2악장에 더 주목합니다: 별들이 말없이, 그러나 서로 반짝임으로만 정겨운 얘기를 나누는 동트기 직전의 새벽하늘에 드리운, 칠흑

서림 어누운 적막, 절대적막의 밤하늘에, 마치 신들의 성전에 들어서고 있는 영웅의 산책길, 꿈결의 하늘 나들이를 상상합니다: 그 적막함이 하도 깊어 그윽하기 이를 데 없습니다.

숨막힐 정도로 가슴을 조여드는 그윽한 적막의 성전에 들어서는 영웅은 하염없이 사색에 잠겨듭니다. 하늘바다를 유유히 거닐다가 영웅은 다시 지상으로 내려옵니다: 꿈을 깹니다: 이 순간이 바로 제 3악장으로 이어지는 대목입니다. 1악장의 위풍당당한 영웅의 행진과 2악장의 자아성찰과 님을 향한 그리움을 가슴에 안고 3악장에서 지상으로 내려온 영웅은 마침내 찬란한 해돋이와 함께 새 날을 맞는 가슴벅참과 승리와 환희의 도도한 물결을 타고 황홀감에 젖어 흘러갑니다. 영웅은 자연과 만인과 하나가 됩니다.

위에 쓴 나의 감상소감은 아마 다른 때엔 달리 느껴질 수도 있을 것이다. 그래서 더욱 깊이 음미해 볼 여지가 있다고 생각한다.(2018)

온전한 예술의 창조

온전한 예술은 온전한 삶에 대한 성찰에서 나온다.

온전한 삶이란 흠이 없는 총체적인 삶을 뜻한다. 인간이라는 생명체의 삶은 인간이 감지하는 욕구를 충족시키고자 하는 추구과정이다. 우리가 순간마다 감지하는 여러 가지 구체적 욕구들을 충족시키려다 보면 결국엔 두 가지의 추상적이고 보편적인 욕구들, 곧 실재를 알고자 하는 욕구(인지적-과학적 욕구)와 실재를 변경시키고자 하는 욕구(규범적-정치적 욕구)의 충족문제로 귀결된다. 이들을 나는 '전략적 욕구'라고 개념화했다.

그런데 인간은 흔히 육체와 정신으로써 구성되어 있다고 말한다. 미리 밝혀두지만 나는 정신주의자도, 물질주의자도 아니다. 정신과 육체(또는 물질)의 이원론자도 아니다. 중립적 일원론자라고 말할 수 있다. 우리의 정신(마음)은 우리 몸속에 있고 몸은 마음이 깃들고 있는 집이기 때문이다.

그리고 삶은 인간사회와 자연이라는 장 속에서 영위된다. 그래서 제도화된 분업적 영역들, 곧 정치, 경제, 문화라는 큰 세 가지의 사회적 삶의 영역들과 이들 영역들 사이의 관계망 속에서 우리들 인간의 삶은 진행된다. 인간사회는 원래 자연 속에서 나왔음에도 불구하고 한 동안 그런 사실을 망각하고 있다가 현대의 고도로 공업화된 사회에 이르러 비로소 인간사회의 뿌리가 자연에 있음을 다시금 더욱 분명히 깨닫게 되었다.

이렇게 삶을 둘러싼 몇 가지 차원들을 살펴보면 총체적 삶은 삶의 주체, 곧 우리 각자가 인식하는 우주관(또는 세계관)과 인생관에 따라 다양한 모습을 갖게 된다. 이를 달리 표현하면 삶을 사는 우리 각자의 자기정체성이 어떤 것인가에 따라 우리 각자의 삶의 방향과 내용이 결정된다고 볼 수 있다(졸저 '인간해방의 사회이론'[전예원, 1997] 참조).

총체적 삶에 대한 성찰을 음악으로써 투철하게 표현한 대표적 음악가는 베에토펜이다. 아직도 음미할 여지가 많다고 보는 그의 예술세계는 그의 작품으로써 표현되었고 그의 작품들은 그의 삶에 대한 태도의 표현방식이었다.

흔히 연주가는 연주악기를 잘 다루면 되고 작곡가는 아름다운 멜로디와 화음을 잘 구성하면 된다고 생각하기 쉽다. 그러나 그렇게 되면 기껏해야 연주가는 연주기술자, 작곡가는 작곡기술자에 지나지 않아 그 생명력이 오래가지 못할 것이다. 두 경우 모두 온전한 음악가가 되지 못하고 반쪽짜리 음악기술자에 그치고 말 것이다.

그러면 온전한 음악가가 되기 위한 조건들은 무엇인가?

위에서 간략하게나마 살펴본 '삶의 구조'를 되새겨보면 그 해답을 알 수 있다. 우선 내가 살고있는 이 사회와 국가와 지구에 관해서 충분히 알아야 한다. 음악가를 넘어서서 예술가는 문화의 영역에서의 전문가이기 때문에 문화 이외의 다른 영역들, 가령 정치나 경제는 몰라도 된다고 생각하기 쉽다.

그러나 이런 생각은 아주 잘못된 것이다. 문화라는 삶의 영역이 독자적으로 존재하는 것이 아니라 다른 영역들과 서로 긴밀하게 연관되어 있기 때문이다. 이를 기능적 사회체계들 사이의 상호의존성이라고 일컫는다. 물론 문화체계는 사회의 한 기능적 하위체계로서 이른바 '상대적 자율성'을 지닌다.

정치나 경제의 경우도 마찬가지다. 그러나 그 자율성은 상호의존관계 안에서의 자율성이다. 무릇 세계의 모든 대상이나 현상은 서로 연결되어 있고 따라서 서로 영향을 주고받는 관계 속에서 생성, 변화한다. 실재의 현재 상황은 과거의 산물이므로 오늘의 실재를 이해하려면 어제의 실재와 그 변화과정을 알아야 한다. 곧 역사적 지식을 필요로 한다.

그래서 가령 인류역사와 한국의 현대사에 있어서 민주화과정을 이해하는 피아니스트의 피아노 연주는 그렇지 않은 피아니스트의 연주와는 다를 것이다. 같은 곡을 연주하는 경우에도 역사에 대한 이해에 따라 곡에 대한 해석이 다를 수 있을 것이다. 나아가 부연하자면 가령 도스토예프스키의 처녀작 '가난한 사람들'이나 막스 뮐러의 '독일인의 사랑'을 감명깊게 읽은 성악가나 연주가는 그런 것을 전혀 접하지 못한 성악가나 연주가의 재현예술의 성격이 다를 것이다. 작곡가의 경우도 마찬가지일 것이다.

다음으로 예술가는 주어진 실재를 더 바람직한 실재로 변경시키기를 바라는 가치관을 정립할 필요가 있다. 자유, 평화, 정의, 진, 선, 미 등의 가치들과 특정 상황에서의 그 우선순위에 대한 명확한 관점을 가져야 할 것이다. 예술가의 과제는 아름다움을 추구하는 데 있다. 그러면 아름다움이란 무엇인가에 대한 자기 나름의 분명한 관점을 지녀야 할 것이다. 가령 성형수술한 여성의 미모를 아름답다고 보는 예술가의 미적 관점은 천박할 수밖에 없다. 진정한 아름다움이라는 것이 무엇인지를 알지 못하기 때문이다.

내가 생각하기에 아름다움은 원래 자연 속에서 발견되었고 그래서 자연을 모방하기에서 그림이나 음악이나 건축에서의 아름다움의 창조가 이루어져 왔다고 본다. 아름다움은 곧 자연스러움과 통한다. 자연스럽지 못함은 추함으로 통한다. 인위적 꾸밈이 없는 자연스러운 조화가 아름다움의 가장 중요한 속성인 듯하다. 가령 현대 음악에서 너무 새로운 것을 추구하는 나머지 음의 배열을 너무 인위적으로 꾸미는 데서 귀에 거슬리고 난해한 음악이 나오는 것으로 보인다.

다시금 베에토펜 음악을 들으면 그 아름다움이 얼마나 자연스러움에서 비롯되는가를 느낄 수 있다. 나는 베에토펜 음악을 대체로 '구원의 그리움의 음악'이라고 특징화하고 싶다. 가령 그가 여러 번 적용하기를 서슴지 않은 이른바 '영웅 주제'가 곧 그 대표적 사례일 것이다. 그것을 음미해 보면 그 멜로디는 베에토펜 특유의 '그리움'의 감정을 표현한 것으로 느껴진다.

음악의 위대성은 우선 주제의 선택에서부터 실마리를 찾을 수 있다. 우리 예술가곡에 있어서도 주제에 대한 관심이 중요하다고 생각한다. 남녀 사이의 사랑과 그리움을 넘어서서 공동체의 평화, 일상성의 배후에 숨어있는 삶과 세계의 보편성에 대한 새로운 관점, 대자연과 우주를 바라보는 초월적 시각 등에서 새로운 가곡세계를 만날 수 있을 것이다.

니는 베에도펜을 스승으로서, 영웅으로서 존경하는 음악애호가의 한 사람으로서 그의 우주적 보듬음의 정신을 못내 그리워한다: "만인들이여, 서로 껴안아라! 모든 사람들은 형제자매가 되도다!"라고 쉴러의 시 "환희에의 송가"를 합창으로 우렁차게 울려퍼지게 한 그의 드높게 거룩하고 아름다운 마음이 우리 가곡의 세계에서도 힘차게 살아 움직이고 가곡이나 다른 음악형식으로서 뚜렷한 모습을 드러내기를 기원한다.('음악저널', 2005년 2월호, 38-9쪽)

한반도 통일에 대한 접근

한반도 통일문제에 대한 자연사적, 체계이론적, 해방사회
학적 접근

1. 통일에 대한 기본 인식
먼저 통일을 자연사적 관점에서 바라볼 필요가 있다.

1) 한반도의 통일은 자연스러운 일이다. 따라서 당연하고 반드시 이뤄져야 할 일이다.

자연사, 곧 자연의 역사는 자연의 구성원들이 저마다 행하는 일들의
총화로서 이를 자연현상이라고도 일컫는다. 자연현상의 배후에는 그렇게
자연적으로 이뤄지도록 하는 이치 또는 원리가 숨어있다. 무엇보다도 기
본적인 원리는 상호성이다. 곧 상호작용이 원리다. 존재 주체가 서로 주고
받는 관계를 뜻한다. 서로 자원을 주고받는다. 저마다 추구하는 욕구의
충족을 위해서다.

그런데 한반도의 남과 북은 70년 동안 서로 분리돼 있어 심지어 적대관
계로 맞서온 측면이 많다. 원래 하나였던 배달민족, 한 겨레가 둘로 갈라져
서 오랜 세월을 견뎌왔으니 이것처럼 부자연스러운 일이 또 있을까?! 한반
도의 인위적 분단의 책임은 당시의 소련과 미국에 있다. 그들의 잘못에

내한 책임은 이세라노 수궁냬아 한나.

자연스러운 삶이 좋은 삶의 첫째가는 요소다. 통일은 한반도의 동포가 다시 하나 되는 일이니 이것이야말로 자연스러운 삶의 회복이다.

2) 한반도의 통일은 평화로운 하나 됨이다. 이는 폭력의 거부를 뜻한다.

6.25 한국전쟁의 비극은 어느 한쪽이 폭력으로써 통일을 이루려는 데 있었다. 한반도의 남북 주민들은 역사적으로 하나의 겨레로서 인위적인 분단상태를 벗어나서 다시 하나가 되기를 열망하고 있다. 이 열망이 평화적으로 이뤄지기를 바라는 것도 의문의 여지가 없다. 자연생태계에서는 약육강식의 일들이 벌어진다. 그러나 같은 종의 생명체들 안에서는 서로 도우며 평화적으로 삶을 살아간다. 따라서 한반도의 통일이 평화적으로 이뤄지는 것도 자연스러운 자연의 역사와 부합되는 일이다.

3) 한반도의 통일은 한 겨레의 자유의지의 실현이다. 남북으로 갈리져 있는 겨레가 자발적으로 자유의사로써 하나 되기를 원하는 것이 통일의 기초인 것이다. 무릇 인간의 존엄성은 자유에 있다. 자유로이 생각하고 말하고 행동하는 것이 인간 존엄성의 기본 요건이다. 통일된 한반도의 새로운 국가도 이러한 인간의 자유권을 보장하는 것을 근본으로 삼아야 마땅하다.

4) 한반도의 통일은 자연사적인 관점에서 자연스러울 뿐만 아니라 인류 역사의 관점에서도 보편적으로 성취된 합리적 정치이념인 민주주의와도 부합되는 일이다. 따라서 통일에의 과정과 통일국가의 재구성 과정은 민주주의 원칙에 따라 진행되어야 한다. 그것이 또한 자연스럽고 합리적이

기 때문이다. 다양한 민주주의 국가제도의 공통점은 주권재민이라는 국가권력의 근거인식, 인간 존엄성의 인정, 개인의 자유와 평등의 권리보장, 그리고 홍익인간과 박애의 가치실현에 있다.

한반도의 통일은 갈라져 있던 민족이 다시 하나가 되는 지극히 자연스러운 일로서 합리적이며 좋은 공동체적 삶의 시발점이라고 볼 수 있다. 통일된 한반도의 단일국가는 세계평화와 인류번영에 기여하는 지구적 인류공동체의 구성원으로서 거듭나기를 기대한다.

(이 1.의 글은 "자연사적 관점에서 바라본 통일"이라는 제목의 나의 글[블로그 '새벽', 2015.06.06]을 약간 수정한 것이다.)

2. 통일문제에의 체계이론적 접근

내가 생각하는 '체계이론'(system theory)은 다음과 같은 가설들을 기초로 하여 사회현상을 인식하는 관점이다:

- 모든 현상이나 대상은 구조와 과정을 지니고 있다: 사회적 유기체에서는 존재/사실과 당위/가치의 구별, 에너지의 투입과 산출이 중요하다.
- 구조는 저마다 특정 기능을 수행하는 체계들로써 결합돼 있다.
- 사회체계에서는 정치체계, 경제체계, 문화체계로써 구성돼 있다: 국가도 하나의 조직이며 사회체계라고 볼 수 있다. 연방제 국가에서 사회체계적 구조를 볼 수 있다.
- 사회체계가 제도화된 경우에 이를 '사회체제'라고 일컫는다.

1) 한반도의 통일문제는 체계이론적 관점에서 세 가지 측면에서 접근할 수 있다.

① 정치적 통일은 한반도에 현존하는 남쪽의 '대한민국'(이하 '남한'으

노 약칭)과 북쪽의 '조선민주주의인민공화국'(이하 '북한'으로 약칭)이 하나의 새로운 국가(이하 '통일한국'으로 가칭)를 형성함을 의미한다. 현재의 북한은 극단적 형태의 폭력지배체제로서 한 사회의 법적 구성체로서의 국가의 항구적 존속요건인 상호성과 합리성을 결여하고 있다: 그것은 거대한 군대조직으로서 이름만 인민민주주의체제일 뿐 3대 세습 독재체제다. 북한의 내부 갈등의 심화로 인한 북한체제의 변화가 없는 한 북한의 자율적 변화를 기대하기는 어렵다. 따라서 현 상태에서 통일은 남한의 힘의 우위로 인한 북한의 남한에의 흡수통일이 될 가능성이 크다. 독일의 경우와 비슷하다.

② 경제적 통일은 통일한국이 체계적 일관성을 지닌 단일 경제체제를 형성함을 뜻한다.

③ 사회-문화적 통일은 통일한국이 문화적 동질성을 기초로 하는 사회구조적 및 사회제도적 통합체계를 구성함을 의미한다. 현존하는 두 국가들의 통일한국으로의 통일은 형식적인 국가적 통일, 곧 정치체계적 및 경제체계적 통일에 그치는 것이 아니라 실질적인 민족적 통일, 곧 사회문화체계적 통합으로써 완성된다고 볼 수 있다.

통일의 과정은 정치적 통일 -> 경제적 통일 -> 문화적 통일의 점진적 과정을 거치는 것이 정상적이며 논리적 합리성을 띤다고 볼 수 있겠으나 경제적 통일 -> 정치적 통일 -> 문화적 통일의 과정을 생각해볼 수도 있다. 현실적으로는 정치적 통일은 경제적 통일을 수반할 가능성이 많고 문화적 통일은 다소간 시간적 지체를 감내할 수밖에 없을 것이다.

정치체제와 경제체제에 있어서 서로 이질적인 남한과 북한이라는 두 국가가 통일되는 과정을 상정하여 흔히 '2국가의 평화공존의 단계', '1국가 2체제의 병존단계', '1국가 1체제의 통일단계' 등 단계론을 생각해 볼 수는 있겠으나 이것은 어디까지나 하나의 사고실험에 그칠 뿐 특히 '1국가 2체제'의 국가형태가 실제로 존재할 수 있을지는 매우 회의적이다. 왜냐하면 이 경우의 '국가'라는 것을 대내외적으로 대표하는 정부가 서로 다른 체제를 유지하려면 하나가 아니고 둘이지 않으면 안될 것이며 그럼에도 불구하고 하나의 국가적 주권을 어느 쪽의 정부가 담지할 것인가를 결정하는 문제는 쉽게 풀리지 않을 것이기 때문이다. 따라서 그런 사변적 단계론은 통일정국의 실제적 상황에서 나타날 수 있는 여러 가지 우연적 요인들이 남북한 세력들 사이의 교섭과정에서 복합적으로 작용하게 될 것이라는 점을 고려하면 현실적합성이 희박하게 될 가능성이 높다고 볼 수 있다.

반면에 남한 정부의 '한민족공동체 통일방안'의 주요내용은 너무나 당연하나 추상적이다. 이 방안의 근저에는 크게 보아 남북한 민족의 역사적, 문화적 동질성의 강조의도가 깔려있고 이를 토대로 하여 남한의 힘의 우위에 의한 자유민주주의 정치체제로의 평화적 통일을 지향하고 있다고 해석된다. 이 방안이 통일정국에서 직면하게 될 문제는 1) 남북한의 경제발전 수준의 격차 극복과 2) 분단 이후 반세기 동안의 '문화적 동질성'의 성격을 어떻게 인식하고 그 동안 형성되었을 것으로 추정되는 정치문화적 이질성을 어떻게 신속히 극복하여 통합적 문화공동체를 재구성할 수 있는가에 있다고 예견된다.

2) 통일의 이념적 지향성에 있어서 정치적 통일은 자유민주주의를 기본 이념으로 하는 연방제적 공화국체제로 이루어지는 것이 바람직할 것이며 이는 또한 세계사적 조류와 현재의 남한의 힘의 상대적 우위에 비추어 실제로 가능할 것이다.

한반도의 통일을 내다보면서 현재 남한의 대통령중심제는 내각책임제로 개혁되어야 한다고 생각된다. 그 주요이유는 현행 제도에서 초래되는 국가권력창출의 이원성과 이로 인한 사회적 비용의 막대함에 있다. 내각 책임제로의 개혁을 통해 단 한번의 선거로써 의회구성과 행정부의 수반이 결정되고 정당의 풀뿌리 조직으로의 민주적 합리화가 유인될 수 있다.

경제적 통일도 현실적 여건에 비추어 남한의 자본주의체제를 채택하는 방향으로 이루어질 가능성이 크다고 전망된다. 남한의 자본주의체제는 이미 자유방임적 시장경제체제는 아니며 국가적 개입(계획적 규제)과 사회복지제도의 도입과 같은 사회주의적 요소를 내포하는 혼합경제체제이므로 여기에 북한이 지녀온 사회주의체제의 장점의 수용가능성은, 그 체제의 어떤 장점이 확인된다면, 통일과정에서 검토될 수 있을 것이다. 문화적 통일은 '문화'의 보편적 특성에 따라 다원적 자유주의를 지향하되 한민족의 역사적 전통문화를 계승, 발전시켜나가기를 기조로 삼아 실현될 수 있을 것이다.

3) 통일한국의 실현과정과 통일 이후 지탱가능한 발전을 위해서는 적어도 ① 평화, ② 자유, ③ 정의의 보장이 필수적 조건으로 충족되어야 할 것이다. '평화'는 소극적으로는 폭력의 부재를 의미하며 적극적으로는 사회구성원들 사이의 자유로운 상호작용(상호성)이 일상화되는 상태를 뜻한다. 곧 평화는 상호성의 현실화로부터 도출된다. '자유'는 인간의 사회적 및 국가적 삶의 기본조건이자 궁극적 목표라고 볼 수 있다. '정의'는 욕구충족의 수단이 되는 자원의 배분 문제를 해결함에 있어서 당사자들이 수락할 수 있는 근거의 인정에 기초한다는 의미에서 사회관계적 합리성의 문제로 귀결된다고 보여진다. 이 세 가지 조건을 충족시킬 수 있는 정치체제로서 역사적으로 고안된 것이 바로 민주주의체제인 것이다. 달리 말하면 이

세 조건의 실현정도가 한 국가의 민주주의의 성숙도 또는 발전수준을 가늠케 해준다고 볼 수 있다.

4) 통일한국의 정치체제가 자유민주주의를 근간으로 하여 구성되어야 한다면 정치적 통일에 대한 준비는 무엇보다도 남한에서의 자유민주주의의 확립으로부터 출발하는 것이 바람직하다. 이런 시각에서 정치적 통일에의 지름길은 남한에서의 정치적 민주화의 수준을 최대한으로 높이는 데에 있다고 결론지을 수 있다. 그렇다면 오늘의 한국 현실은 어떠한가를 냉철히 점검해볼 필요가 있다. 만일 지금 통일정국으로 들어간다면 남한의 민주화의 저열한 수준 때문에 큰 혼란이 초래될 위험성이 짙다고 보여진다. 오늘의 남한의 민주주의적 토대는 허약하다. 무엇보다도 먼저 인간 기본권 체계가 일관성과 명료성을 결여하고 있다(가령 헌법 제21조[언론, 출판, 집회, 결사의 자유]와 제33조[노동3권의 제한] 사이의 모순, 제19조[양심의 자유], 제22조[학문, 예술의 자유]와 국가보안법 사이의 모순, 제31조[교육권, 특히 대학의 자율성보장]와 교육관계법의 모순 등). 또한 사법부, 특히 검찰의 정치적 중립성이 보장되어 있지 않다. 그리고 지방자치제의 실시는 연방제를 전제함에도 불구하고 이를 국가조직의 원칙으로서 명확히 규정하지 않았기 때문에 실효를 거두지 못하고 있다. 가령 중앙정부와 지방자치단체(지방정부) 사이의 권한과 관할 업무영역의 조정, 제반 정책의 수립과 실시과정에서의 상호교섭과 협의 등이 체계적, 합리적으로 조직화되어 있다고 보기 어렵다.

5) 민주주의는 사회구성원들이 서로 다름을 인정하고 존중하는 데서 출발한다. 다른 의견을 가질 자유와 다른 의견에 대한 존중과 관용의 정신

은 민주적 기본질서라는 동진이 인면에 길나. 진지지 이념이 나방성을 민주사회에서는 따라서 자연스럽고 당연한 것으로 여겨진다. 이러한 인식, 곧 민주주의 의식이 제도화된 것이 바로 민주주의 정치체제이며 그것은 또한 상호성의 규범화라고 말할 수 있다. 이 인식이 특히 통일정국에서 중요하다. 왜냐하면 통일정국에서 나타날 가능성이 많은 이념적 갈등을 비롯한 의견의 충돌과 혼란은 서로 다름에 대한 관용의 생활화를 통해서 극복될 수 있기 때문이다. 그렇지 않으면 정부는 법과 질서의 유지라는 명분 아래 물리적 강제력을 발동할 것이며 이는 다시금 국가권력의 폭력화와 독재체제의 재현으로 악화되기 쉽다.

사회통합으로서의 문화적 통일은 결국 우리 한민족 모두가 상호존중과 관용이라는 의미에서의 상호성의 규범적 내면화와 일상화를 통해서 실현될 수 있을 것이다. 이를 위해서 특히 정치적 지도력과 사회 각 계층의 엘리트들의 각성과 실천이 요망된다.

6) 경제적 통일에 있어서는 모든 자원의 상품화와 시장교환기제를 중심으로 하는 자본주의 경제체제의 합리적 운영을 근간으로 하여 추진되겠지만 남북한의 경제발전 수준의 큰 격차를 좁혀나가기 위해서 다소간 탈상품화(decommodification) 정책(사회복지정책)의 도입이 필요할 것으로 전망된다. 북한 주민의 생활수준이 남한의 그것과 어느 정도 평준화되기까지는 상당한 시일이 걸릴 것이므로 그들이 경제적 곤경을 감내하면서 희망을 갖고 노력할 수 있도록 실질적 지원책을 강구해야 할 것이다.

그러나 기본적으로는 정직, 성실, 공정성 등 윤리적 가치관의 확립과 함께 경제적 합리성이 투명하게 관철되는 경제질서가 제도화되어야 할 것이다. 이를 위해서도 물론 우선 남한에서 통일을 대비하여 경제질서의 합리화가 높은 수준으로 이루어지는 것이 급선무이다.

7) 경제적 및 문화적 통일의 실현과정에서 정치적 통일이 중추적 역할을 수행하게 되리라는 것은 분명하다. 한반도에서 새로운 국가를 건설하는 일이나 다름없는 통일한국의 탄생에 있어서 정치체계(실질적으로 그 공식적 기능수행자인 정부)가 주도적 역할을 담당하지 않으면 안되며 특히 통일과정의 조종(steering)과 조정(coordination)의 과제를 합리적으로 완수해야 한다. 이 과제는 대내적 및 대외적(외교적) 관계에 있어서 전반적으로 해당된다. 주변국들과의 관계개선과 통일에의 협력유도는 정부의 대내적 힘의 결집과 목표지향적 조종에 있어서의 주체적 역량에 의존할 것이다.

(이 2. 부분은 1997년 10월 29일 강원대 사회과학연구소가 주최한 '통일문제 논의의 재검토'를 주제로 한 학술세미나에서 사회과학연구소장으로서 필자가 발표한 것을 수정보완한 것이다.)

3. 통일문제에의 해방사회학적 접근

(이 3.의 글은 졸저 '그리움의 횃불' [2012년 개정증보판] 445쪽 이하의 같은 제목의 글을 수정한 것이다.)

한반도의 분단상황은 우리 한민족에게 지워진 하나의 억압체계이다. 분단의 원인은 외생적 및 내생적 요인들에 있고 특히 그 내생적 요인의 극복을 위해서 우리들 한민족의 뼈저린 자기성찰이 필요하다. 통일은 곧 분단이라는 억압구조로부터의 해방을 뜻한다.

통일을 실현하고자 하는 데에 있어서 몇 가지 반드시 고려되어야 할 측면들이 있다.

1) '통일'은 한반도에 현존하고 있는 두 국가와 사회가 하나되는 것을

뜻한다. 두 국가가 하나로 된다는 것은 기존의 두 국가의 지양과 종합으로서의 하나의 새로운 국가가 건설된다는 것이다. 새로운 국가는 물론 새로운 헌법을 필요로 하고 그에 근거한 새로운 정부의 수립으로써 그 모습을 드러낸다. 무엇보다도 중요한 것은 조직으로서의 국가의 목표, 곧 정치적 이념의 설정인데 그것은 국가의 구성원인 국민의 민주적 의사형성과 결정을 통하여 작성되어야 할 것이다. 이처럼 국가적 통일은 형식적 또는 체계적 통일이어서 일정한 절차를 거쳐 비교적 신속히 이루어질 수 있는 반면에 두 사회가 하나로 된다는 것은 실질적 사회구조적 통합을 뜻하므로 단시일 안에 이루어지기 어렵다: 체계통합과 사회통합의 문제가 제기된다. 독일의 경우가 이 사회통합의 어려운 문제상황을 잘 보여준다. 옛 동독이 서독에 흡수됨으로써 서독의 기본법(헌법) 아래 평화적 국가통일이 1998-99년에 이루어졌으나 특히 경제적 불평등과 문화적 부적응 때문에 동서독의 사회적 통합은 아직도 진행 중에 있다.

2) 한반도의 통일의 당위성은 아무리 강조해도 지나치지 않을 것이다: 위에 이미 언급한 자연사적 관점에서 보았듯이 통일은 자연스럽고 당연한 것이다. 민족의 문화적 동질성의 회복은 당연한 역사적 요청이며 그동안 반세기 이상의 타율적 분리로 말미암아 초래된 생명과 재산과 자원의 손실, 고통과 원한과 비원의 사무침, 정치적, 군사적 갈등의 잠재적 불안상황('휴전상태')의 일상화, 심리적 긴장의 지속 등의 해악이 끼친 부정적 효과는 이루 헤아릴 수 없다. 이 분단상황을 더 이상 지속시키는 것은 누구에게도 이롭지 못하다. 한반도의 통일은 한민족 내재적 갈등해소와 함께 인접국가와 전 지구적 인류사회의 안전과 평화의 구축에도 도움이 될 것이다. 통일한국은 한반도라는 지리적 제약을 넘어서서 북쪽으로 중국과 러시아

와의 인접을 통해 유럽에까지 연결됨으로써 삶의 지평이 다각적으로 확장될 수 있을 것이다.

3) 한반도의 국가적 통일은 민주주의적 원칙과 절차를 거쳐서 실현되어야 하며 통일국가의 정치적 기본질서는 자유민주주의적 이념을 토대로 구축되는 것이 바람직하다. 통일국가의 경제체제의 이념적 지향을 어떻게 설정할 것인가? 곧 현재의 남한의 자본주의적 시장경제체제를 그대로 견지할 것인지, 아니면 거기에 북한적 사회주의체제의 요소들을 수용하여 혼합체제를 지향할 것인지는 민주정치적 절차와 과정을 거쳐서 선택되어야 할 것이다.

여기서 우리는 '민주주의'가 어떤 실질적 내용을 가진 정치적 프로그램이 아니라 모든 국가적 문제의 해결을 위한 방법론적 절차의 체계에 지나지 않음을 재인식할 필요가 있다: 여기서 '형식적' 및 '실질적' 민주주의 개념의 허구성을 거론하지는 않겠다. 달리 말하면, 민주주의라는 형식과 절차를 통해서 어떤 문제의 해결, 파기 또는 유보라는 내용이 산출된다고 볼 수 있다. 이는 체계이론에서의 투입(input)과 산출(output)과 환류(feedback)의 기제가 그대로 적용됨을 뜻한다.

남한의 지금까지의 헌정사는 자유민주주의의 현실화, 생활화를 지향해 왔다고 요약할 수 있고 북한은 그 국가명칭을 '조선민주주의인민공화국'이라고 하여 양쪽이 '민주주의'를 지향한다는 데에 있어서는 이의가 없다고 볼 수 있는데 다만 문제는 각각 말하는 '민주주의'의 의미를 어떻게 해석하고 있느냐에 있다. 북한의 민주주의공화국이 '인민'의 공화국이라면 이 '인민'을 구성하는 것은 무엇인가라는 물음부터 생각을 정리해 나가자면, 그것은 행위주체로서 개인, 집단, 조직을 포함한다고밖에 달리 생각

알 수 없다. 그리고 어떤 민주주의든지 기본적 공통요소는 인간의 존엄성, 곧 행위주체의 자기운명 자기결정의 권리의 인정과 국가적 보장이라고 볼 수 있다. 이는 곧 개인을 비롯한 행위주체의 천부적 자유권이라고도 말할 수 있다. 만일 국가가 개인의 자유를 제한할 필요가 있다면 주권재민의 민주주의국가에서는 반드시 개인들, 곧 국민의 동의를 얻은 다음에 개인의 자유를 제한할 수 있을 것이다.

4) 위의 논의에서 우리는 통일의 실현은 곧 민주주의의 성숙화와 불가분리의 관계에 있음을 확인하게 된다. 민주주의는 통일문제의 해결에 있어서만 그 방법론적 원칙인 것이 아니라 실은 모든 국가적, 사회적 문제의 합리적 해결을 위한 필수적 방도가 된다.

민주주의는 이런 맥락에서 다음과 같은 사실과 규범을 행위주체들이 인식하는 데서 살아 움직이게 된다:

① 당사자들은 여러 측면, 곧 상황인식, 이해관심, 가치관 등에 있어서 흔히 서로 다르다(토론거리: 삶의 정의, 두 가지 전략적 욕구. 졸저 '인간해방의 사회이론'[1997] 참조).

② 다른 사람이 나와는 다르다는 사실을 인정하고 서로 존중해야 한다.

③ 당사자들은 공통의 관심사인 문제해결을 위해 자유롭고 평화적인 의사소통에 적극적으로 참여해야 한다(토론거리: 권력과 폭력의 구별).

④ 상대방의 욕구와 이해관심과 현상인식 방식을 이해하는 것이 나의 욕구충족과 문제해결을 위해 도움이 된다(토론거리: 계몽된 자기이해관심[enlightened self-interest]의 추구, 자기해방과 해방된 삶의 추구).

⑤ 문제해결의 합리성은 상호성, 곧 의사소통적 상호작용의 결과물이다(토론거리: 상호성과 합리성의 원칙).

위 글은 2015.11.27(금) 16:00 통일협회(시민사회단체)에서 발표됐고 통일협회의 기관지 '우리의 소원은 통일' 제 5집(2016.03.01. 발행) 35-44쪽에 실려있음.

2015.10.23일 제가 페이스북에 올린 댓글입니다:

가족이 60년만에 한번, 그것도 사흘 동안만 만나고 다시 헤어져야 하는 나라가 과연 누구를 위한 나라인가요? 북한도, 남한도 나라다운 나라가 아님을 남북한 이산가족의 현실이 보여주고 있습니다. 양쪽의 정치지도자들은 무책임하고 정신 나갔다고밖에 달리 평가할 수가 없습니다. 말로만 통일을 되뇌고 통일에의 의지가 있는지 의문입니다. 진정 평화통일을 원한다면 남북한 정치지도자들과 당국자들이 한 자리에 모여 통일을 선언하고 통일방식을 의논하면 될 겁니다.

그런데 2018.04.27. 문재인 대통령과 김정은 국무위원회 위원장의 남북정상회담에서 합의, 발표된 '판문점 선언'이 한반도 통일로 이어지는 길이 되기를 간절히 바란다.(2018.05.07.)

제4부

삶에 대한 짧은 시 형식의 성찰

 삶과 인간

산다는 것

산다는 것은 대개
살아있음이 아니라
죽어있음이나 다름없다.

습관의 노예로서
움직이기 때문이다.
생각하기의 습관과
행동하기의 버릇에
얽매여 있기 때문이다.

참된 삶은 따라서
습관으로부터의 해방에서
비로소 새로이 태어난다.

인간은 먼지 한 톨

인간은 먼지 한 톨,
이 우주에 보일락 말락 하는 지구라는 별에 있는 먼지 한 톨이다.
그러나 살아있고 생각하는 먼지 한 톨이다.

사는 동안, 살기 위해 생각하며 괴로워하며 슬퍼하며
즐거워하며 기뻐하며 그리워하며 다시 생각하며
그 생각과 느낌을 글로써 노래로써 그림으로써 조각으로써 형상화한다.

이렇듯 자연에서 나와 생각하는 먼지로서 바람처럼 떠돌다가
물 흐르듯 노닐다가 어느덧
다시 자연으로 돌아가는 먼지로다, 인간은.(2015.05.04)

자연스럽고 단순한 삶

자연스럽고 단순한 삶이 좋은 삶이다.
좋은 삶은 아름답다.
부자연스럽고 복잡한 삶은 추하다.
하이힐은 부자연스럽다.
성형수술은 부자연스럽다.
담배피우기는 부자연스럽고 삶을 복잡하게 만든다:

그것은 자연적 욕구에서 나온 것이 아니기 때문이다.
커피마시기도 부자연스럽고 삶을 그만큼 어수선하게 만든다:
그것은 자연적 욕구에서 나온 것이 아니기 때문이다.
머리카락에 물들임은 거짓과 추함의 표상이다: 그건 가식이기 때문이다.

자연의 아름다움은 단순한 데 있다.
매니큐어 바른 손은 부자연스럽고 추하다.
패디큐어 바른 발도 부자연스럽고 추하다.
있는 그대로의 몸은 아름답고 거룩하다.
아름다움은 자연스러움과 깨끗함과 조화로움에 있다.(2012.05.26.)

인간의 위대함

인간의 위대함은
자연의 거룩함을 알고 느끼는 데 있다.

자연의 거룩함은
그 아름다움과 현묘함에 있나니

늘 자연 안에 있어
자연과 함께 흘러갈지어다.(2015.05.29)

베에토펜의 위대함

베에토펜은 쓰기를 숲에 가면 나무들이 '거룩하다! 거룩하다!'하며 말을 건네는 듯하다고 했다.

그의 위대함은 이처럼 자연의 거룩함을 느끼며 이를 음악으로써 표현한 데 있다. 그의 음악은 거룩하다! 눈물겹게 아름답다! (2015.05.29.)

이와 관련하여 조병화 시인의 시 '예술의 뿌리'를 여기에 옮겨온다:

예술의 뿌리

조병화

자연은 인간생명의 고향이며
에로스는 인간영혼의 고향이어라

인간이 두 고향에서
제한된 생명을 살아야 하는
그 위안으로서
끊임없이 예술행위를 계속하는 것이다.

출처: 조병화, 사랑이 가기 전에, 한국대표 명시선 100, 경기 양평: 시인생각, 2013, 84쪽

나의 시 감상소감: 위의 시집을 저는 2015.03.13(금) 16:00에 혜화동 자치회관 2층 혜화홀에서 열린 (사)조병화시인기념사업회 제 9차 정기총회에서 받았습니다. 감사드립니다. 조병화 시인의 태어나고 돌아가신 날은 1921.5.2-2003.3.8 입니다.

이 시를 위 시집 속에서 저는 처음으로 보고 읽고 나서 평소에 제가 조병화 시인의 시를 좋아하는 이유를 다시금 확인했습니다: 그는 산문을 쓰듯이 시를 씁니다. 그래서 누구나 그 뜻을 쉽게 이해할 수 있습니다. 이 시에서도 시인은 예술이라는 것이 어디에서 나오는가를, 그 근원을 짧은 두세 마디로 명쾌하게 말해주고 있습니다. 인간은 자연과 사랑을 떠나서는 그 존재이유를 알 수 없는 존재임을, 그래서 그 삶의 의미가 예술이라는 가치창조 행위에서 드러남을 보여줍니다. - 새벽.

The Root of Arts

The nature is the home of human life, and
Eros is the home of human soul.

As a consolation for us human beings who ought to live
the limited life at both homes,
we do incessantly actions of arts.

Byung-wha Cho

(Translation by Dongin Bae)

오! 늘

늘 처음 마음으로

새벽에 깨서 마신을 맞는다.

자연에서 나온 나는
우주에 하나뿐인 생명체다.

그러니 자연스럽게 살다가
자연으로 다시 돌아갈 것이다.

오늘, 새 날은 장엄한 기적의 시간이다.
오늘의 내 생명은 거룩한 기적이다.(2016.01.27)

삶의 정수

삶의 정수는 우리의 일상생활에서 멀리 떨어져 있지 않다.
그것은 가령 숲의 정적 속에 있다.
그것은 또한 베에토펜의 정신화된 음악 속에서도 느낄 수 있다.
그것은 당장 해내야될 일에 정신 집중하여 몰두하는 고독한 자세에도
있다.

숲으로 달려가기에 부쳐

우리는 다시금 숲으로 달려간다.

거기엔 아름다운 생각들과 느낌들의 유연한 샘들이 흐르고
거기서 자연의 아이들인 우리는 자연의 성전에서
그 정신을 온통 받아들이고
새로운 생명력을 얻으니
그러면서 우리는 우리의 에너지를 내어준다.

달리면서 우리는 에너지를 잃고
동시에 우리의 세포들과 기관들을 힘차게 가동시키고
움직임으로써 힘을 얻는다.
그것은 그러니 에너지의 들어옴과 나감의 한 과정이다.
따라서 달리면서 몸의 에너지의 균형을 유지하는 데 주의해야 할 것이다.
몸에서 에너지가 너무 많이 나가면 피로와 무력함을 가져온다.

평화에서 평화까지

평화는 부를 만들고,
부는 교만을 만들고,
교만은 전쟁을 만들고,
전쟁은 가난을 만들고,
가난은 겸손을 만들고,
겸손은 평화를 만든다.

- 아라비아 격언, 15세기

(Friede macht Reichtum, Reichtum macht Uebermut, Uebermut macht Krieg, Krieg macht Armut, Armut macht Demut, Demut macht Frieden.-Arabisch / 15. Jahrhundert. Unter dem Bild 'Heimkehr', Oel, Fussgemalt von P. Moleveld)(그림 제목: '귀가', 발로 그린 유화, 화가: 몰레벨드) (번역: 배동인)

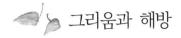 그리움과 해방

그리움은 속박이요, 사랑은 해방이다

그리워하는 동안 나는 그 그리움의 동아줄에 묶여있다.
그리워하던 님을 만나는 순간 나는 해방된다.
그러나 이 해방은 반쪽짜리일 뿐이다.
님이 나를 보듬어주어야 비로소 나는 온전히 해방된다.

무릇 모든 욕구는 그걸 감지하는 순간부터 나를 속박한다.
욕구가 충족될 때 나는 비로소 해방된다.
욕구 자체를 감지하지 않는다면 그러나 나는 죽은 거나 다름 없다.
문제는 욕구의 선택에 있다.

그리움의 해방에는 님과의 만남이 필요하듯이
모든 욕구의 충족을 위해서는 자원이 필요하다.
그러나 자원은 제한되어 있다.
그러니 욕구충족의 수준을 선택해야 한다. (2008.06.23)

새벽하늘 아래

동트는 새벽
파아란 하늘의 찬란한 빛 아래
온 누리는 해맑은 미소를 짓고 있나니

너는 나에게 다가와
손을 내밀고
나는 너의 손을 가슴에 안았다.

두 시간 반 계곡의 속삭임은
한 순간에 흘러가고
설레는 그리움의 파도가 숨가쁘게 밀려온다.
(2015.09.07)

저녁노을 속에

장엄한 저녁노을을 바라보며
오늘 하루의 삶을 되돌아보노라니

경이로운 만남에서 움트는
사랑의 꽃향기에 취하여
복된 시간의 파도에 몸을 싣고

새벽별을 좇아 노저어 가노라.(2010.03.07.)

Franz Peter Schubert (1797-1828) / Im Abendrot, D799 (저녁노을 안에서)

O wie schön ist deine Welt
Vater, wenn sie golden strahlet
Wenn dein Glanz hernieder fällt
Und den Staub mit Schimmer malet
Wenn das Rot, das in der Wolke blinkt
In mein stilles Fenster sinkt
Könnt' ich klagen, könnt' ich zagen
Irre sein an Dir und mir?
Nein, ich will im Busen tragen
Deinen Himmel schon allhier
Und dies Herz, eh' es zusammenbricht
Trinkt noch Glut und schlürft noch Licht

오 얼마나 아름다운가 당신의 세상
아버지여, 그것이 금빛으로 번쩍일 때
당신의 광채가 아래로 떨어질 때
그리고 먼지를 미광으로 채색할 때
붉은 색이 구름 속에서 빛날 때
(그것은) 나의 고요한 창으로 내려온다
내가 불평을 할 수 있겠는가, 겁을 낼 수 있겠는가
당신과 나에 대해 어찌할 바를 모르는 것을?
아니야, 나는 가슴에 지니겠다
당신의 하늘을 심지어 여기에서
그리고 이 심장은, 그것이 부서지기 전에
들이킨다 아직 열정을 그리고 빛을 맛본다
http://cafe.daum.net/0one0one/3ojv/8614?docid=TcUP|3ojv|8614|2
0100304120043&q=Im%20Abendrot&srchid=CCBTcUP|3ojv|8614|2010
0304120043 에서 옮겨온 것입니다: 감사드립니다.

유월의 성성

선린계곡에 물은 여전히 흐르고
- 그 속에 나는 다시 알몸을 담그고 -
산들은 온통 푸르르고
하늘은 파아랗고
때때로 구름 장막을 덮고
바람은 훈훈한 기운을 몰고 오고
아침저녁으로 솔솔 살랑거리고
인동초 은금화는 그윽한 향기를 내뿜고
새들은 흥겨이 노래 부르며 오가고
그 안에 나는 아무 생각 없이 앉아
그리움의 날개를 펴고 날아가노라.

베에토펜의 첼로소나타를 들으며(2009.06.09.)

라일락이 그리워

지구가 태양에 가까이 다가가니
폭염과 열대야가 오고
시원한 소나기가 쏟아지기도 하는 요즘

문득 라일락 꽃 향기가 그리워지는데

이 그리움이 이루어지려면 이 여름이 가고
가을이 오고 그 가을이 가고
겨울이 오고 그 겨울이 또 가고
꽃샘추위가 왔다갔다 하다가
훈훈한 봄바람이 불어와야 하거늘
기나긴 세월의 흐름을 기다려야 하는
이 가슴타는 기다림이여-! -

그리움은 기다림 속에 더 크게 자라고
더 깊고 강해지기도 하련마는
기다림이 길어짐에 따라 야위어지기도 하리라.(2010.08.06.)

그리움의 산책

길 따라 바람 따라
때로는 깊은 산 속 숲길을,
때로는 파란 하늘 허공을,
온 우주를 헤매고 다녀도
내 마음 함께 나눌
그리운 님은 아니 보이네 -!-(2008.07.18.)

하염없는 그리움

도도하게 흐르는 시간의 강물에
내 몸과 마음을 실어
두둥실 흘러가노라니

선선한 바람결에
나의 넋은 날로 새로이
그대를 그리워하노라!

미미한 존재, 그대 인간이여,
너는 너의 하염없는 그리움을
어찌 그리도 놓지 못하는가?(2009.02.20)

하염없는 그리움: 슈베르트의 즉흥곡을 들으며

네가 떠나간 뒤에
넌 어찌 그리도 소식이 없느냐?
난 너를 마냥 그리워하며
애타게 기다리는데
넌 어찌 그리도 무심하냐?

그리워, 그리워, 네가 그리워

나는 바람이 되어 너에게 날아간다.
새벽 별이 되어 너의 눈에 박힌다.
우리가 다시 만나면 얼마나 기쁠까!
해방의 순간에 나는 다시 태어나리라.(2008.10.27.)

http://youtu.be/wwJNjzEAYSg   http://youtu.be/3N-gKKxHeAU

겨울연가

소슬한 가을바람이 지나가고
살 에이는 엄동삭풍이 불어닥치니

옥빛 맑고 고운님의 살결에
행여 서릿발이 돋게 하련마는

자욱이 싸인 새벽안개를 헤치고
먼 곳에 있는 님을 찾아 달려가노라.(2009.12.17.)

입춘

오늘이 입춘, 봄이 시작하는 날이다.
추위와 움추림으로부터 해방되는 날이다.

새 생명이 솟아오르는 날,
풀과 나무와 숲이 춤추기 시작한다.

사랑에의 그리움이 하늘 높이 용솟음치고
그대를 향한 열정이 들판을 달려간다.

봄빛이 해방의 날개를 펴고 황홀하게 날아간다.
새 삶의 강물이 흥겨워 흘러간다. (2016.02.04)

핀 봄

성춘이라는 이름의 오묘함이여-
봄이 ㄴ 뜻을 이룸을 핀 꽃에서 보노라니
꽃은 자연이 연출하는 예술작품이어라.

봄의 향기. 성춘향이는 님이 그리워
그네 뛰는 바람결에 그윽한 향기를 산천에 흩날리니
마침내 이도령의 눈길에 들어오도다. (2012.08.11.)

사랑이란 무엇인가?

다음은 '가곡사랑'의 '애청가곡' 방에 조경옥 님의 글 "영원한 사랑" (이중창 가곡: 오숙자 시, 오숙자 곡) 속에 올린 저의 댓글 중 일부입니다:

사랑

사랑은 그리움을 먹고사는 불사조라
새벽마다 자신의 잿더미에서 새로이 깨어나
날마다 새 삶을 살아가누나.

사랑은 또한 순간의 만남을 영원으로 이어주는 강물이로다.
그러나 때로는 바람처럼 왔다가
바람처럼 사라지는 속삭임의 넋이어라.

기쁨과 슬픔, 절망과 희망의 바다 가운데
너와 나는 사랑과 앎으로 세워진 이정표를 따라
헤엄쳐 나아가노니

서로를 주고받으며 하나됨을 향하여
동녘새벽 큰 별을 좇아
날아오르는 힘이러라.(2006.02.15 ; 04.15)

Love

Love is a phoenix living on the yearning,
Awaken newly out of the ashes of its body at every dawn,
Lives a new life everyday.

Love is also the river connecting the encounter of a moment
with the eternity;
However, it is a spirit of whisper at sometimes coming like a
wind
And disappearing like a breeze.

In the midst of the sea of joy and sorrow, of despair and hope,
You and I swim forward along the mileposts
Erected by love and knowledge.

Love is the power soaring up,
Chasing after the great star shining at the Eastern dawn,
Giving and taking each other towards becoming one.

(옮김: 배동인)

그리움과 정치: 지난날의 단상

슈베르트의 즉흥곡 작품 142의 2번(Schubert, Impromptu Op. 142, No. 2)을
듣는다: http://youtu.be/wwJNjzEAYSg
1984.11.25일 일요일 아침, 봉의산에 갔다와서 식사를 하며 전혜경 교수님의 위
연주를 듣는다:

- 그리움을 노래하는 곡이다:
너는 가고 없고 보이지 않는데
나는 너를 얼마나 그리워하고 있는지 모르느냐?

그래, 너는 가고 아무 소식 없이 나의 가슴을 조이게 한다.

- 무릇 정치는 이 그리움의 마음에서 비롯된다:
그리움이 한이 되고 한이 정치에의 의지로 조직되는 것이
민중의 보이지 않는 정치의식이다.
그 한은 또한 억압 속에, 체념 속에 흩어지고 사라져 흘러가버릴 수도
있다.

- 그리움은 새로운 날과 세계를 바라본다.
새 날과 새 세계를 실현시키고자 하는 바람이, 욕구가 그리움의 원천,
이것이 정치의 원초적 씨앗이다.(2015.05.01.)

 밤과 고녹

밤

밤은 적막, 침묵의 시간이다.
그래서 모든 생각과 말을 품고 있다.

밤은 어둠의 시간이다.
그래서 모든 빛을 잉태하고 있다.

밤은 무(無)의 공간이다.
그래서 모든 유(有)를 안고 있다.

밤은 창조의 시공간이다.
그래서 모든 역사와 변화의 터전이다.

밤은 음(여성)의 세계다.
그래서 양(남성)을 부른다.

밤은 새벽을 향해 흐른다.

그래서 낮을 품고 있다. (2015.12.26.)

고독한 산책자

하루 종일 거실에 있다가
오후 늦게 밖으로 나왔다.

바람이 차다.
저녁노을은 서산에 걸려있다.

마을길을 걸으며
시간이 어둠으로 흐르고 있음을 본다.

건너편 마을의 개가 짖는다.
어느 누구도 보이지 않는다.

하루가 저물어간다.
나의 삶도 돌아가고 있다.

말동무가 그립다.
나는 나의 또 다른 나와 대화한다.
적막 속에 이야기는 끝이 없다. (2016.01.07.)

날 아래 금은화 향기

휘영청 밝은 달빛을 맞아 '노자의 뜰'에 나섰더니
달콤 그윽한 향기가 나의 몸을 감싸안아
놓아주지 않는구나.

어디서 오는 향기일까?
그건 보리수 가지를 타고 오른
인동초 금은화에서 풍겨나오고 있었네.

고개를 들어 밤하늘을 보니
달님은 둥근 얼굴에 흐뭇한 미소를
환하게 발하고 있었네.(2011.06.16.)

새벽의 여정

새벽에 하늘빛이 들어오니
아침으로 옷 갈아입고
하늘 해는 구름바다 위로
찬란히 빛을 쏟아낸다.

낮이 밤을 보듬어 안고
바람 타고 흘러가니

저녁노을의 타오르는 하늘 속에
밤의 적막이 새벽으로 번진다.(2016.11.03.)

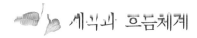

계곡에 흐르는 물

아침에 일어나 맨 먼저 선린계곡으로 간다.
맑게 흐르는 계곡물로 얼굴을 씻는다.

살아있는 계곡물을 손바닥으로 네 모금 떠 마신다.
우렁차게 흐르는 물소리, 계곡의 노래를 듣는다.

흐르는 물은 가장 낮은 곳을 찾아가고
웅덩이를 평평하게 채워 수평선을 만든다.

흐르는 물은 가로막는 바위를 돌아가고
높은 둑을 넘어 제 갈 길을 흘러간다.

흐르는 물은 더러움을 깨끗이 씻어낸다.
물은 모든 생명이 태어나는 어머니의 품이다.

물은 노자님의 말씀 '상선약수' 대로
세상에서 가장 좋은 벗, 나의 스승이다.

계곡 물의 노래

'상선약수 …': '가장 훌륭한 덕은 물과 같다.'
'곡신불사 …': '계곡의 신은 죽지 않는다.'-노자, 도덕경

계곡 물은 낮은 곳으로, 낮은 곳으로 흐른다.
물은 흐르면서도 어느 곳에서나 수평을 이루려고 한다.
물은 있는 그 자리를 빈틈없이 채우려고 한다.
물은 스며들지 않는 곳이 없다.

흐르는 계곡 물은 끊임없이 소리를 낸다:
쏴쏴쏴, 수수수, 쉬쉬쉬, 소소소, 콸콸, 콰알콸.
흐르는 물은 속삭인다, 쉼없이 노래한다.
물은 거침없이 흐르며 노래 부른다.

새들이 지저귄다. 바람이 살랑거린다.
흐르는 물은 신바람 나게 노래한다.
흐르는 계곡 물소리는 자연의 교향악이다.
계곡 물은 흐르며 노래한다.

어름나기

한여름 낮 뙤약볕 아래
복더위를 보듬고
나는 계곡으로 간다.

옷을 훌랑 벗고
맑게 흐르는 물속에
나는 알몸을 담근다.

물속에서 누워 하늘을 바라본다:
나뭇잎들이 바람결에 속삭인다.
천국이 내게로 온다.

여름은 사라지고
이내 가을이 왔다가
금방 초겨울이 온다.

물에서 나와 나는 옷을 입는다.
자연과 하나 되어 새로 태어난
나는 다시 집으로 돌아온다. (2008.07.08.)

계곡물 속에 알몸담그기

알몸은 자연스럽다.
알몸은 하나의 자연이다.
계곡물 속에 알몸담그기는 신바람 나게 즐겁다.

맑게 흐르는 계곡물 속에 내 알몸을 담그는 순간
여름은 사라지고 가을이 온다.
그건 마치 하늘로 오르는 듯하다.
(2012.07.21.)

....

요한 세바스챤 바하, 브란덴부르그 협주곡 제5번을 듣는다.

계곡물 속 알몸담그기에서의 깨달음

나의 몸은 자연의 일부분이다. 따라서 나는 자연과 하나다.
이 계곡물 속에 알몸담그기는 내가 자연과 하나임과 하나됨을 재확인하
는 체험적 의식(儀式)이다.

평소에 우리는 흔히 우리가 자연과 하나라는 사실을 망각하거나 의식하
지 못하면서
살고 있다. 우리가 인위적 도시라는 삶의 장에 크게 의존하는 도시화
현상이 가져온 병폐다.

우리 인간은 자연에서 나왔고 언젠가는 저마다 자연으로 다시 돌아갈
것이다:
그것이 인간존재의 운명이다. (2013.07.26.)

절로 부는 봄바람

절로 절로 봄은 오고
바람도 절로 불고
사람들의 가슴에도 바람이 절로 나고
꽃바람에 절로 춤바람이 일고
세월은 절로 흘러가고
나도 그 바람결에 안겨 절로 놀고지고… -!-(2009.03.25.)

흐름체계

바람이 분다.
나뭇가지 사이로
산과 들로 바람이 흐른다.

강물과 함께
바다로 흐른다.
바람과 물이 흐른다.

지구는 돈다.
태양계 안에서
지구는 달과 함께 흐른다.

은하수는 흐른다.
나의 몸도 흐른다.
나의 몸은, 우주도, 하나의 흐름체계다.(2016.01.09)

연리목 사랑의 풍류도(風流圖)

우리는 따로 태어나
현묘한 눈빛으로 만나
사랑의 한 몸으로 다시 태어났네.

때로는 그리움에 겨워
하늘 높이 구름바다 위에
하염없이 거닐곤 하네.

그대가 부르는 소리에
번개치듯 땅 위로 내려와
그대와 다시 한 몸되어 사랑하며 흘러가네.(2016.07.01)

'천상천하 유아독존(天上天下 唯我獨尊)'의 의미

온종일 비가 내렸다.
가뭄을 적셔주는 단비였다.
새벽은 집 바로 옆에 있는 선린계곡으로 갔다.

계곡물이 그저께보다 세 배쯤 불어 세차게 흐르고 있었다.
그것도 아주 맑은 물이었다.
그에게는 도도히 흐르는 물의 소리가 어서 들어오라는 속삭임으로 들렸다.

그는 옷을 홀랑 벗어 바위 위에 던지고 물속으로 들어갔다.
그는 상쾌함과 황홀감에 젖어들었다.
자연과 하나 됨의 느낌이었다.

자연과 하나 되어 자연 속에 홀로 깨어있음을 느꼈다.
차가운 물결은 그의 몸을 부드럽게 어루만져 주고 있었다.
그는 홀로 해방되어 무아지경의 환희에 전율했다.

그는 자연 속에 홀로 존귀함을 깨달았다.
그의 홀로 존귀함은 만물과 함께 있음이었다. (2016.07.17)

우리도 흐른다-1

계곡 물은 끊임없이 흐른다.
생명도 흐르고 죽음도 흐른다.
사랑도 흐르고 그리움도 흐른다.
지구도 흐르고 우주도 흐른다.
그 중에 우리도 흐른다.(2016.07.28)

우리도 흐른다-2

시간은 쉼 없이 흐른다.
더위도 흐르고 매미 소리도 흐른다.
생각도 흐르고 착각도 흐른다.
좋아함도 흐르고 미움도 흐른다.
기쁨도 흐르고 슬픔도 흐른다.
그 중에 우리도 흐른다.(2016.07.28.)

풍류도(風流道)

3년 전 8월 첫 날에 어느 누리꾼이 보내온 글의 일부를 여기에 옮겨온다:
"… 동트는 새벽빛 따라 불꽃같은 사랑을 나눔은 인연법에 따름이요,
풍류도이니라."

풍류도란 무엇인가?

그대로 옮기면 그건 '바람의 흐름의 길'이다.
바람은 공기 또는 대기의 움직임이다.
바람은 여기서 대자연을 대표하는 그 구성원이다.

바람의 흐름은 자유롭다. 그래서 자연스럽다.
자연스러운 몸짓이 사랑으로 표현된다.
아니, 사랑은 자연스럽고 자유로운 마음과 몸의 오감이다.

이 우주는 서로 오가고 주고받는 자연의 구성원들 사이의 관계로써
이뤄져 있고 그것은 사랑이라는 흐름으로 흘러간다.
그 중에 우리도 서로 사랑하며 흘러간다.

이것이 풍류라는 삶의 길이다.
풍류도는 자연의 이치에 따라 살아가는 삶의 길이다.
순리의 자연스러운 삶을 표현한 옛 시조가 있다:
"청산도 절로절로 녹수도 절로절로
산 절로 수 절로 산수 간에 나도 절로
그 중에 절로 자란 몸이 늙기도 절로 하리라."(2016.08.04)

🍃 맺음말

그동안 나를 좋아해주고 호의를 베풀어준 이들에게 감사드린다.

우리들 인간의 세상살이는 끼리끼리의 만남과 모임에서 이뤄진다.
사는 동안 우리는 서로 기대와 희망에서 착각하고는 나중에 후회한다.

착각 속에 서로 좋아하고 사랑하다가 - 이게 꿈꾸는 것이다 -
서로에 대한 참된 인식 - 이게 꿈에서 깨어나는 것이다 - 에서 실망한다.

인간은 결국엔 혼자다: 세상에 홀로 태어나서 언젠가는 홀로 떠난다.
자연이 인간의 돌아갈 마지막 고향이다.

이제 새로운 시대가 열리고 있다. 하나의 미신적 신념체계인 종교의 시대는
가고 참된 실재인식을 추구하는 과학하는 삶과 바람직한 가치실현을 지향하
는 정치하는 삶이 체계적으로 전개되어간다.

지금껏 혼돈과 불투명과 암흑의 시대는 가고 분명한 질서와 빛의 시대가 오고

있다. 우리들의 일상생활은 비뚤어진 현실인식을 중심으로 하는 악습과정과 바람직한 가치체계의 설정과 가치실현을 중심으로 하는 교섭과정으로써 이루어진다. 거기서 평화와 정의와 사랑이 꽃피고 좋은 삶이라는 열매를 맺어 나아갈 것이다.

삶살이의 한 사회학적 분석 (영문)-부록: '자본주의의 미래' (독일어)

A Sociological Analysis of Living a Life

Dong-in Bae, Dr. rer. pol., Retired Professor of Sociology(at Kangwon National University, Chunchon, Republic of Korea). Email: dibae4u@hanmail.net

1. Preliminary definition of living a life

Living a life can be defined as an incessant process of pursuit for satisfaction of needs perceived by a living being. Perceiving needs signifies the 'atomic' fact or 'event' (Russell 1972) of living a life; it is the basic symptom that an organism is living.

1.1. Living a life, just like the general fact that any phenomenon has a certain structure and process, has also a structure as a spatial concept consisting of subject, needs, resources, life-fields, etc. Its process as a temporal concept consists in the ongoing effort of a living subject to satisfy needs(Bae 1997: 20ff.). Similar thought is expressed in a very significant work by Malinowski to lay down a solid foundation of the humanist science of anthropology around the crucial concepts of 'needs', 'organization', and 'culture', etc. where 'culture' is understood as the 'instrumental apparatus' for satisfaction of human needs(Malinowski 1944). Malinowski defines "the concept of basic needs as the environmental and biological conditions which must be fulfilled for the survival of the individual and the group"(Malinowski 1944: 75) what I think acceptable also for the context of this discourse.

1.2. The concept of needs comprises desire, want, wish, impulse, etc. which is to be realized. There are perceived, conscious needs, whereas there might be unperceived, unconscious ones among which there would be also those called by Sigmund Freud as subconsciousness. The former primarily comes into consideration here, as they are seen as sociologically relevant.

Needs can be distinguished 1) according to their genesis as the ones such as the natural, physiological needs, e.g. need to drink, to eat and to take on clothes, to sleep and rest, to love and to have sexual relationship with others, and as the socially derived ones such as the need for respect and recognition by others, for honour, prestige and power, 2) according to their subject as the individual needs and the societal ones, i.e. the collective needs of a social group or organization, 3) according to their object as the psychic and the spiritual, immaterial needs and the material ones, and 4) according to the mechanism of need-satisfaction as the 'strategic needs' which play such centrally important roles as axes in living a life(Bae 1997: 23).

1.3. The effort for satisfying concrete needs leads ultimately to the two 'strategic needs', i.e. the need to know the reality and the need to change the given reality into the more desirable one; the former can be conceptualized as 'cognitive-scientific need'(SN1) and the latter as 'normative-political need'(SN2). Both strategic needs are analogically axes around which the living a life dialectically proceeds or develops what could therefore be conceptualized as the life-axisiality of the two strategic needs; it can be shown as the following simple equation:

LL = f (SN1 ⟨-⟩ SN2), in which LL is described as abbreviation of "Living a life', and the sign ⟨-⟩ as meaning the interactive and dialectical relationship between SN1 and SN2. Reflecting on the Asian philosophy of Yin and Yang, SN1 can be understood as belonging to Yin and SN2 to Yang, because Yin characterizes the passiveness such as the scientific observation and theorizing, while Yang the activeness such as the political conduct and praxis-orientatedness. Taken the activeness and the passiveness of action as distinguishing criteria of Yang and Yin, 'thinking', 'coming' or 'giving' could be regarded as belonging to Yang and 'feeling', 'waiting' or 'taking' to Yin respectively.

The need to know the reality(SN1) has led to the institutionalization of science, and the need to change or transform the reality(SN2) let emerge the institutionalization of politics in a wide sense.

1.4. Living a life as a process comprises two interactive processes corresponding to the 'stategic needs', i.e. the learning process relating to the cognitive need and the negotiation process concerning the normative need. And the content of 'self-identity' of a certain living subject is the outcome of his/her learning and negotiation processes around both strategic needs at every moment in living his/her life.

1.5. Human needs are diverse and unlimited. In contrast to these characteristics of needs the resources or means for need-satisfaction are scarce and limited. For living a life the subject should have resources for satisfying his/her needs; striving for acquisition of resources results in the formation of power relations among the members of society. Therefore, there emerge conflict and struggle and also cooperation between the life-subjects in the fields of life. There is a complex network of power relations formed around the acquisition and disposal of resources in any society.

1.6. Life-field is the playing ground of living subjects. It includes Nature, Society, State, and Globality. Nature is the life-originating place, consists of the organic and inorganic beings, is therefore a complex concept: Nature signifies the Universe including Earth, solar system, milky ways and other stars and groups of stars. Nature comprises all existing worlds including human societies, organic and inorganic existences.

Society is the human field emerged naturally from nature, whereas the state is an organized form of society initiated by the members of a particular society.

State is a super-organization organized by the members of a society; it is a form of self-organization of society. State is therefore an agent of action just like any other organization in a society. An organization is a kind of formalization of a social group.

Globality is a subconcept of Nature, signifying the whole Earth as the living field of all societies and states of human beings, constituting a member of stars of the solar system in the Universe.

These four constituents of life-field are interconnected and interactive.

2. Every object or phenomenon has a structure and its changing process. A society is constructed by a structural principle of social interaction among the social members, that is, the principle of Reciprocity, and also by a processual principle of finding out efficiency and effectivity in the course of need-satisfaction, that is, the principle of Rationality.

2.1. The concept of 'social structure' is the other expression of the construct formed by social interaction networks in the way of seeking after need-satisfaction among the members of society. Social structure becomes 'social institution' when the patterns of social interaction have been normativized. Here come forth the economic, the political and the cultural institutions in the historical transformation process of a society: They are the three main functional systems of any society, which can be further differentiated along the historical development of a social system as analysed in terms of 'AGIL-functional prerequisites' by Talcott Parsons.

2.2. The conceptualization of 'duality of social structure' (Giddens 1984), that is, a social structure is the medium and the outcome of any agent's social action, is pertinent to this context, although there is hardly to find any explanation on how a human society is constituted in his mentioned work.

In my view the human society is constituted by 1) interaction networks of social actors(individuals, groups and organizations), which is the structural principle of reciprocity, and 2) pursuit of need-satisfaction of social actors, which is the processual principle of rationality.

2.3. Social interaction is a give-and-take relationship bilateral or multilateral of material and immaterial resources of actors, which results a state of peace. In contrast to this reciprocal relationship any unilateral action represents violence which is repressive, generates therefore conflict situation. Besides this unilaterality of action, other four elements of violence are to be indicated: the exemption of lingual communication, the coerciveness of demand, the verticality of social relationship, and the destructiveness of action. Social life represents a dynamic system of 'trial and error', 'critical discussion' and 'self-criticism' (Popper 2002).

3. System of Rationality:

In this section is reintroduced the table of a system of Rationality described in my article on a critical review of the rationality concept of Max Weber(Bae 1995: 54).

Rationality of action has two aspects: the rationality of ends and that of means.

The rationality of any belief or action consists in meeting the following requirements: 1) an actor's ends-orientation of action, 2) efficiency of means chosen for goal-attainment, 3) consciousness and planning of an actor on the ends and means of an action, 4) logical consistency of a belief, 5) veracity of a belief, 6) general social acceptance of a belief(Bae 1997: 67, in review of Lukes 1970: 207-8).

3.1. There are two sets of rationality, i.e. 'cognitive-scientific rationality' and 'normative-political rationality' corresponding to the two 'strategic needs' of 'need to know the reality'(SN1) and 'need to change the reality'(SN2).

The first type of rationality coincides with the Kantian concept of 'pure reason' and the second one with his concept of 'practical reason'.

3.2. The cognitive-scientific rationality is subdivided into 'the pure-cognitive rationality' and 'the means rationality', and the normative-political rationality is also subdivided into 'the organizational-political rationality', 'the ethical rationality' and 'the aesthetic rationality.'

3.3. The functional sphere of the pure-cognitive rationality is the pure, basic science, and literature, whereas that of the means rationality is the applied sciences, policy science, economic system, and technology. The functional sphere of organizational-political rationality is the political system, especially its ideological system, while that of the ethical rationality is moral system, and religion, and that of the aesthetic rationality is arts and literature.

3.4. The common value to be sought in all kind of rationality is freedom. The value of freedom has at least two aspects: 1) as a prerequisite condition for realization of all kind of rationality, 2) as an emancipated state of life which is, for example, described in the essay 'A Free Man's Worship' by Bertrand Russell and to be imagined as depicted in the third movement(Adagio molto e cantabile) of Beethoven's Symphony No. 9, wandering freely on a sea of clouds and stars high in the sky, having become one with the Universe.

The particular value to be sought in the sphere of pure-cognitive rationality is only truth, while that in the sphere of means rationality is effectivity and efficiency. The particular value to be sought in the sphere of organizational-political rationality is peace, justice, and equality, while that in the sphere of ethical rationality is goodness, and that in the sphere of aesthetic rationality is beauty.

3.5. The nature of interest in the sphere of cognitive-scientific rationality is neutrality, while that in the sphere of normative-political rationality is partiality.

3.6. The action-related variables in the sphere of cognitive-scientific rationality are 'to be'('Sein'), factum, and cognitive theory, while that in the sphere of normative-political rationality are 'ought to be'('Sollen'), normative theory, decision-making, and practice.

3.7. The type of power in the sphere of cognitive-scientific rationality is the power derived from the provision of means such as knowledge, technology, etc., while that in the sphere of normative-political rationality is the power based on the goal-determination.

3.8. Categorical Problematique of the Rationality Concept:

Rationality is usually understood as the intellectual ability to discover knowledge, grounded on reason, the human faculty of thinking, while passion and emotion determine the value system, the goal, or the moral standard of action, based on feeling. Therefore, the dualism of reason and passion has been taken for granted, even in the writings of Russell as it is shown in emphasizing 'clear thinking' and 'kindly feeling' as most important features of a desirable personality.

However, when it is cold, which expression is correct?: 1) "I feel it is cold", or 2) "I think it is cold." Where is the subject or location of the judgment of coldness? Is it in the brain or in the skin? Another example: Where do tears come from?-From feeling, or from thinking, or from both?

The center of the nerve-system in our body is located in the brain. Then, the faculty of thinking and feeling is concentrated in our brain. Therefore, our traditional understanding that our 'head' has the faculty of thinking and 'reason', while our 'heart' has the faculty of feeling and 'passion' is incorrect. Although 'head' and 'heart' are only symbolic expression!, they are still separated from each other.

As a corollary, therefore, monistic outlook of human being would be more acceptable than the dualistic one. Our mind has its residence in our body, and the body is the house of the mind. Our mind, our consciousness cannot be separated from our body, a matter; both can only be distinguished from each other by means of linguistic analysis. In this sense, Russell seems to have inclined to take a viewpoint of 'Neutral Monism' in his writings, e.g. 'The Analysis of Matter' (Russell 1954: 382-93). In his essay 'What is the soul?' he writes: "The world consists of events, not of things that endure for a long time and have changing properties. Events can be collected into groups by their causal relations. If the causal relations are of one sort, the resulting group of events may be called a physical object, and if the causal relations are of another sort, the resulting group may be called a mind. Any event that occurs inside a man's head will belong to groups of both kinds: considered as belonging to a group of one kind, it is a constituent of his brain, and considered as belonging to a group of the other kind, it is a constituent of his mind. Thus both mind and matter are merely convenient ways of organizing events." (Russell 1973[1935]: 142-3).

Bertrand Russell's Neutral Monism can be a good starting point towards reconceptualization of Rationality. The concept of rationality is based on Reason. However, in the Western way of thinking Dualism of Reason and Emotion/Passion has been dominated until now; therefore, Reason has been understood as competent for only Means Rationality/Instrumental Rationality, while Passion as dominating in the determination of Ends in the context of human action. So, Reason has been given an indulgence from undertaking responsibility for choosing Ends.

But Reason should be also responsible for Ends as well as for Means: as a corollary Ends Rationality is to be recognized together with Means

Rationality. The concept of Rationality should be now UNIFIED under the sovereignty of Reason. Passion/Emotion is not an independent agent; it is to be understood as a subunit of Reason. The last resort responsible for Action in its totality, namely in the choice of Ends and Means, is Reason which is located in the brain, human nerve system, as expressed an article of mine(Bae 1995) as a contribution to the book "Disputes on Max Weber's Sociology" by several Korean sociologists.

Rationality based on reason should be now understood as responsible not only for thinking, but also for feeling. Rationality is therefore to be recognized as a unified concept for both faculties of thinking and feeling. In this way, the concept of rationality implicates a complex content including two qualitatively different categories of science and politics, both of which can be only distinguished, however not separated from each other, because they constitute the functional whole of living a life.

I would interpret Kant's 'pure reason' as relating to science(truth, knowledge) and his 'practical reason' to politics(morality, justice, love).

4. Life striving toward Power and Emancipation:
As mentioned above, the crucial characteristic of living a life consists in the pursuit of need-satisfaction, which leads to its orientation toward the acquisition of power and the achievement of emancipation.

4.1. The concept of power is here to be understood as the ability to produce, attain, distribute, and/or dispose the resources necessary for need-satisfaction. Therefore, 'power' comprises the political, the economic and the cultural power.

4.2. The concept of emancipation has three aspects: 1) the realization of any need-satisfaction, 2) becoming oneness with other beings, ultimately with the Nature, and 3) "widening of horizon" of "impersonal interest" of a living subject(Bertrand Russell). The second aspect of emancipation afiliates with the concept of the common species of human being('Mensch als Gattungswesen') of Karl Marx(Bae 1997: 31ff.). However, the Marxian thinking has a fatal error of inconsistency and ignorance of the principle of Reciprocity in the formation of a society: He maintained in the book 'German Ideology' (Deutsche Ideologie) that the life, i.e. the material condition of human being determines his/her consciousness and not vice versa(Marx 1971: 349). This idea as the foundation of his materialist outlook of history represents the unilateral determination of economic base in the societal formation, which could be also understood as a position of materialist monism. Russell criticized Marx mainly in the respect of his 'muddle-headedness' and his thinking "almost entirely inspired by hatred" in the essay 'Why I am not a Communist' (Russell 1956: 211).

4.3. Living a life comprises therefore double orientations to power and emancipation.

5. Russell and Emancipation:

In his essay 'A Free Man's Worship' Russell writes: "To abandon the struggle for private happiness, to expel all eagerness of temporary desire, to burn with passion for eternal things-this is emancipation, and this is the free man's worship. And this liberation is effected by a contemplation of Fate; for Fate itself is subdued by the mind which leaves nothing to be purged by the purifying fire of Time." (Russell 1917: 46). In this concept of emancipation is already embedded his concept of 'impersonal interest' which appears very often in his writings afterwards. In his essay 'How Grow to Old' he emphasizes "impersonal interests" for "a successful old age" (Russell 1956: 51, 52).

His concept of emancipation seems to consist in the 'impersonal' orientation of thinking and feeling, viewing in such expressions as "impersonal outlook" (166), "impersonal thinking" (167), "impersonal kind of feeling" (170) in his essay 'A Philosophy for Our Time' (Russell 1956: 165-70). In the same essay his idea of emancipation seems to be summarized in the following 'maxim': "Ethics, like science, should be general and should be emancipated, as far as this is humanly possible, from tyranny of the here and now." (Russell 1956: 168).

In his essay 'Knowledge and Wisdom', after explaining the comprehensiveness of intellect and feeling and the "emancipation from personal prejudice" in choosing ends as constituents of wisdom, he emphasizes. "I think the essence of wisdom is emancipation, as far as possible, from the tyranny of the here and the now. We cannot help the egoism of our senses. Sight and sound and touch are bound up with our bodies and cannot be made impersonal. ⋯ It is this approach towards impartiality that constitutes growth in wisdom." (Russell 1956: 162).

Russell's idea of emancipation as examplified above is interpreted by Kenneth Blackwell as "impersonal self-enlargement" (Blackwell 1985). However, in order to avoid any possible misunderstanding, it should be made clear that the impersonalness of interests is meant not dimensional increase of self-interests, but their transcendental overcome toward impersonal universalization, what I understand Blackwell's interpretation also coincides with.

6. Religion in the scheme of the two strategic needs:
Any religion pretends to satisfy the two kinds of 'stategic needs': It gives a certain kind of answer for the questions of cosmology, that is, for 'knowing the reality' and also some guidance as to the moral, normative questions of 'how to live', that is, for 'changing the reality'.

6.1. Every religion can be regarded as a belief system of answers to the questions pertaining to the two strategic needs, pretends therefore to have solutions for the problems of living a life. As for the cognitive need it presents a world-outlook, a Weltanschauung, in which a narrative system on the genesis and the destiny of the Universe and humankind is shown in form of a scripture or a legend. As for the normative need it provides an ethical canon, a life-outlook, a Lebensanschauung, in which a narrative system on the moral standards of conduct and attitude of a living subject as a member of society is prescribed also in form of written document or in transmission of oral teaching. Both systems of narration are based on tradition, traditional tribal experiences and customs, which have no rational foundation. However, the answers to cognitive questions given by religions have no scientific evidence; they are only a unilateral belief based on imagination, a system of wishful thinking. And those relating to normative questions are not always satisfactory and mostly irrational.

6.2. Most world-religions are organized in their historical course of development. Therefore, religion as organization has double effects on social life: on the one hand, it leads to social integration owing to the common values and norms it internalize among the groups and nations which have the same religion and on the other hand, it generates many problems which affect the social life of individuals and groups mostly resulting in negative consequences such as inability to think critically one's own way of thinking, dogmatic closeness toward dissident opinions and narrow-mindedness, intolerance and cruelty.

Russell maintains that "[r]eligion is based ⋯ primarily and mainly upon fear" (Russell 1979: 25). I think, however, that religion is also originated, together with 'fear', from human curiosity about the genesis and destiny of the Universe including human life: as explained above, religion attempted to find answers to the curious questions not in the scientific way, but in a wishful-thinking way, a way of illusory fantastical speculation. There are two kinds of curiosity: one is satisfied by pure fantasy without confirming its truthfulness on the basis of evidence, and the other is resolved by the scientific research processes to arrive at the real truth sustained on rational evidence. Religious curiosity belongs to the former one. Therefore, it is an inevitable corollary that religion comes in conflict with science. Historically, religion has surrendered to science as to cognitive questions what came to light in the case of Galileo Galilei who doubted the unilaterally enforced belief of the geocentric world-view of the Catholic church in the seventeenth century.

Moreover in the capitalist societies, the organized religion become commercialized mainly in the two directions, 1) the immanent forfeiture and oppression of human soul, and 2) the casual engendering of financial disputes and power struggles around seizure of organizational hegemony, as it is often revealed in the Christian Protestant churches (and even though rarely in the Buddhist temples) in Korea.

6.3. Religion is founded on the fallacy of lingual expression, hence of thinking which is shown in the usage of the term 'God' or 'gods' whose existence is utmostly doubtful. In this way, religion is a fundamentally unreasonable product of human fantasy and vanity, a false belief-system, which has become a self-made prison of some credulous, 'muddle-headed' human beings.

Any religious belief system based on a supra-natural existence such as the Christian God as Creator of the Universe is self-contradictory, because the believers advocate God, whereas there is no evidence of His existence.

Therefore, "emancipation from religion is the necessary condition of enlightenment" (Bae 1997: 247), the first step toward enlightenment. The right attitude toward religion is that of an agnostic such as Bertrand Russell.

Religion as an organized social institution should be made obsolete in the public sphere of social life and be regarded as belonging to one of private interests at most, because it is the only one among other social institutions, which is harmful and has no justifiable ground for its further existence. However, freedom to have a personal religion and to practise its belief should be guaranteed.

Religion is unncessary for an autonomously living person with 'independence of mind.'

7. Two dimensions of 'stategic needs' and the definition of the 'good life' by Russell:

Russell's definition of the good life is well known: "The good life is one inspired by love and guided by knowledge." (Russell 1979: 48).

The 'love' in the definition of the 'good life' is related to the normative-political rationality and the 'knowledge' related to the cognitive-scientific rationality. It became also clear that 'love' belongs to the sphere of politics and 'knowledge' to the sphere of science, and that science and politics are the main spheres to solve the problems of satisfaction of two strategic needs, which leads to emancipation of a living subject. In the similar sense, the two axioms of 'clear thinking' and 'kindly feeling' often emphasized by Russell belong to the dimension of 'science' and 'politics', i.e. the sphere of cognitive-scientific rationality and that of normative-political rationality respectively.

7.1. To change any given reality what means 'doing politics' one needs some knowledge on the reality, which would be better if it has scientific foundations. For a meaningful 'love' it needs the guidance of 'knowledge' as Russell emphasizes often in his other essays on education. And 'politics' presupposes any value-system, any goal to reach, e.g. to preserve peace or to let justice prevail etc.

7.2. For a desirable politics to be accomplished just like a fruitful practice of love, some coherent system of scientific knowledge is needed as a prerequisite-although any system of scientific knowledge could be falsified when a better theory or better paradigm would appear, reminding of Karl Popper's theory of falsification-, because the knowledge about a reality is precondition for its change, but never vice versa, although a wise politics could indirectly promote the growth of knowledge on the institutional level. 'Desirable politics' is meant any politics which tries to realize some 'desirable' aim, i.e. to change the reality to one that is better than the given reality.

7.3. However, politics should remain outside the scientific system which ought to preserve its autonomy, however it might be difficult to sustain the integrity of science in the social reality which is easily to be politicized. The previous dictatorships in Germany and Russia for example steered their policy of science towards a certain ideologically determined directions. That was the negative side politics influenced, further distorted the development of science, which is the harm politics made in the collective respect.

7.4. In the scientific system, other value-systems except the values of freedom and truth are not essentially needed for doing scientific work, for implementation of any scientific work internal in scientific community. Rather, any intervention of subjective value-preferences in the scientific research is harmful for the discovery of scientific truth. With that I mean the demand of keeping 'neutrality of value judgment' by Max Weber in the famous debate of 'Werturteilsstreit' (strife around value-judgment) among social scientists and economists in his era. The inherent logic of doing science includes exclusion of prejudice, i.e. pre-judgment which is 'Vorurteil' in German.

7.5. In summing up, Russell's definition of the 'good life' is an analytical articulation of his emancipatory philosophy of living a life comprising both dimensions of politics and science correspondent with the 'two strategic needs.'

8. Predicaments of modern society:
The crucial problems of modern society in its 21st century are focused on the universal hyper-industrialization and the globalization of capitalism.

8.1. Industrialization has two-fold effects: one is its positive aspect of making human life more convenient and comfortable than ever before, and the other one is its negative and dangerous aspect of exhaustion of scarce resources and pollution and destruction of ecological system resulting global warming and climate change.

The positive effect of industrialization is its emancipatory achievement enhancing the level of need-satisfaction which is however gained by paying its costs.

8.2. The effects of capitalism are 1) industrialization, 2) urbanization, 3) domination systems and alienation, 4) environmental pollution and destruction, 5) exhaustion of resources, and 6) ambivalent rationalization of the quality of life. These phenomena are only analytically distinguished from one another, however interconnected in reality in their contents and causation(Bae 2000).

8.3. Commodification of every kind of resource which can be exchanged in the market belongs to the capitalist mechanism and accelerates the cycle of the display and retreat of new products and their new models on the show-window of the market-place what results perceiving new needs for the consumers, intensifying the competition among the producers for more profits, and exhausting resources and increasing garbages and emission what again causes the warming of atmosphere and the climate change on the one hand and the widening of the gap between the rich and the poor(the socio-economic polarization in the social stratification) on the other.

8.4. These whole phenomena raise the ultimate question about the meaning of life in the global capitalist society: What is meant 'happiness' in this society? What is the real quality of life?

As for an earnest search for an answer to this crucial question I would like to recommend to read Peter Singer's book 'How Are We to Live?' (Singer, 1995).

A simple and frugal life as a remarkable way of good life was shown by Helen and Scott Nearing (Nearing, 2000).

9. What is to be done?

9.1. Revolutionary change of our lifestyle is needed for the preservation of the Nature, the Earth, and the species of humankind. Emancipation from our irrational habits is above all indispensible. Temperance of pursuit of our needs, e.g. vegetarianism is recommendable. Rationalization of our ways of living a life should be accelerated.

9.2. Technological innovation for anti-pollution and reduction of waste of resources in the use of energy and the discovery of new energy sources is to be promoted.

9.3. A global system-building for political governance, e.g. a federative world government is to be considered for the rationalization in the steering and coordination of nation-states. The short-sightedness of nationalist parochialism is to be overcome towards global enlightenment in our common self-awareness in the cosmic perspective.

References:

Bae, Dong-in. 1983. Arbeitsdesign ('Job Design'): Entwicklungskontext, Praxis, Perspektive. Unpublished doctoral dissertation at the University of Cologne, Germany [German]

-----. 1995. A Critical Review and Reconstruction of the Rationality Concept of Max Weber [Korean: 'Weber-eui Habriseong-gaenyeom-eui bipan-jeok Geomto-oa Jaegu-seong']. in: Song-U Chon et al.

1995. Disputes on Max Weber's Sociology[Korean: 'Max Weber Sahoehak-eui Jaeng-jeom-dl']. Seoul: Min-eum-sa(pp. 33-71)

-----. 1997. A Social Theory of Human Emancipation[Korean: 'Ingan-haebang-eui Sahoe-ieron']. Seoul: Jeon-yae-won. 297 pp.

-----. 2000. Die Zukunft des Kapitalismus. [German. Unpublished manuscript. As Appendix attached hereto]

Blackwell, Kenneth. 1985. The Spinozistic Ethics of Bertrand Russell. London: Allen &Unwin

Giddens, Anthony. 1984. The Constitution of Society: Outline of the Theory of Structuration. Cambridge: Polity Press

Lukes, Steven. 1970. Some Problems about Rationality, in: Bryan R. Wilson(ed.), 1970, Rationality, Oxford: Basil Blackwell, pp. 194-213

Malinowski, Bronislav. 1944. A Scientific Theory of Culture and other essays. Chapel Hill: The University of North California Press

Marx, Karl. 1971. Die Fruehschriften. Stuttgart: Kroener

Maslow, Abraham H. 1954. Motivation and Personality. 2nd edition. New York: Harper & Row

Nearing, Scott. 2000[1972]. The Making of a Radical: A Political Autobiography. White River Junction, Vermont: Chelsea Green Publishing Company

Russell, Bertrand. 1917. Mysticism and Logic and other essays. London: Unwin Books

-----. 1954. The Analysis of Matter. London: Allen & Unwin

-----. 1956. Portraits from Memory and other essays. London: Unwin and Allen

-----. 1972. The Philosophy of Logical Atomism(1918), Logical Atomism(1924), in: Davis Pears(ed.), Russell's Logical Atomism. London: Fontana/Collins. pp. 31-142, 143-65 respectively

-----. 1973[1935]. In Praise of Idleness and other essays. London: Unwin Books

-----. 1979. Why I Am Not a Christian, and other essays on religion and related subjects. London: Routledge

Popper, Karl. 2002(1994 in German['Alles Leben ist Problemloesen'], 1999, 2001). All Life Is Problem Solving(Translated by Patrick Camiller).

London: Routledge

Singer, Peter. 1995. How Are We to Live?: Ethics in an Age of Self-Interest. New York: Prometheus Books (06.02.2007, 05.11.2007)

Appendix:

Thesenpapier von Prof. Dr. Dong-in Bae, Kangwon University, Chunchon, Korea, vorgelegt fuer die 4. Deutsch-Koreanische Soziologenkonferenz vom 19. bis 24.6.2000 in Nuernberg und Magdeburg, Deutschland.

Die Zukunft des Kapitalismus

0. Zum Thema:

Von der 'Zukunft' von etwas zu sprechen ist ein riskantes Wagnis, weil niemand von heute aus dessen morgigen Zustand absolut genau wissen kann. Andererseits wird die Zukunft von etwas gerade das Ergebnis der Vergangenheit und der Gegenwart desselben Gegenstandes sein, auch wenn dabei die dazwischen intervenierenden Variablen und die Art und Weise der Bewegungen dieser Variablen sehr schwer oder fast unmoeglich festzustellen waeren. Es besteht auch erfahrungsgemaess die Traegheit der Dinge, naemlich die Gewohnheit der Dinge, die Eigenschaft von sich selbst fuer gewisse Zeit aufzubewahren. Dies betrifft auch den Kapitalismus. Und wir, die heutigen Menschen, leben in einer durch den Kapitalismus fast universalisierten Welt, m.a.W. in einer kapitalistisch globalisierenden Aera. In dieser Hinsicht ist die zukuenftige Entwicklung des Kapitalismus fuer uns in diesem postmodernen, sich schnell wandelnden Zeitalter von grossem Interesse. Daher wuerde es sinnvoll sein, die Zusammenhaenge von unserem sozialen Leben und dem Kapitalismus in einem relativ begrenzten Rahmen makrosoziologisch unter einem globalen Blickwinkel zu betrachten zu versuchen.

1. Entstehung des Kapitalismus

Der Kapitalismus ist eine sozio-oekonomische Institution. Es ist anzunehmen, dass sie im Zuge der historischen Entwicklung der sozialen Lebensbewaeltigung der Menschheit in natuerlicher Weise entstanden worden ist. Diese Annahme wird u.a. von Max Webers Studien ueber die Wirtschaftsgeschichte positiv und mehrfach unterstuetzt. Hier wird jedoch als eine logische Schlussfolgerung betont, dass der Kapitalismus als eine fast natuerliche Emergenz in der langen Geschichte der menschlichen Gesellschaft zu verstehen ist. Fuer die Entstehung des Kapitalismus als eine fundamentale sozio-oekonomische Institution muesste das Auftreten der Geldwirtschaft und des Marktes massgebend gewesen sein, was im Sinne der Weberschen Denkweise als ein Ergebnis des Rationalisierungsprozesses der sozialen Lebensorganisation der Menschheit zu bezeichnen ist. Der Markt ist der oekonomische Treffpunkt der Menschen, wo die lebensnotwendigen Ressourcen mittels Geldes gegenseitig getauscht werden.

Der Kapitalismus setzt schon die Existenz einer Gesellschaft voraus, wo die friedliche Interaktion und das alltaegliche Vertrauen zwischen den Menschen, d.h. die reziproken Verhaltensweisen zur Grundordnung gehoeren. Meine kritische Anerkennung von Webers "Die protestanische Ethik und der Geist des Kapitalismus" koennte in diesem Kontext so dargestellt werden, dass die 'protestantische Ethik' als Symbol fuer normative Komponente des sozialen Handelns wie Ideologie oder Wertsystem die Kapitalbildung und-akkumulation noch effektiver und effizienter gemacht haben koennte, daher ohne sie auch der Kapitalismus vielleicht noch langsamer oder unsystematischerweise jedoch seine Fortentwicklung durchgemacht haben muesste.

Weber betont die "Eigengesetzlichkeit", die "die Strukturformen des Gemeinschaftshandelns haben" (Weber 1968: 62). Nach meinem Verstaendnis von Webers Erklaerungen gibt es zweierlei 'Eigengesetzlichkeiten' in der Entstehung und der bisherigen Entwicklung des Kapitalismus: die eine ist das strukturelle Prinzip der Reziprozitaet und die andere das prozessuale Prinzip der Rationalitaet. 'Reziprozitaet' betrifft die interaktive Eigenschaft des sozialen Handelns und 'Rationalitaet' zeigt die zweidimensionale Handlungsorientierung nach Zweck und Mittel. In der Weberschen Begrifflichkeit der Rationalitaet besteht jedoch gewisse

Ambiguitaeten1).

Insofern besteht da eine Kongruenz bei den Eigengesetzlichkeiten in der Entstehung der Gesellschaft und des Kapitalismus, denn fuer die Entstehung einer Gesellschaft sind auch die beiden Prinzipien von Reziprozitaet und Rationalitaet konstitutiv.

Dieser Gedankengang fuehrt zu einer Frage von Grundfragen: 'Was bedeutet das Leben?' und zur Beantwortung dieser Frage. Nach meiner Auffassung ist das Leben 'ein ununterbrochener Versuchsprozess zur Befriedigung von Beduerfnissen des jeweiligen Lebenssubjekts.' Zur Beduerfnisbefriedigung braucht man Ressourcen als deren Mittel. Die relevanten Ressourcen sind meistens knapp. Daher zur Gewinnung der benoetigenden Ressourcen kommt man zur Interaktion(weil man in der Beziehung von Interdependenz und relativer Autonomie zueinander steht), woraus verschiedene Beziehungsarten wie Freundschaft, Koalition, Konkurrenz, Rivalitaet, Feindschaft usw. entstehen. Das Interaktionsnetzwerk ist gerade die Sozialstruktur. Wenn ein Interaktionsmodus den normativen Charakter bekommt, dann wird er eine soziale Institution wie es funktionell verschiedene Institutionen wie Familie, Religion, Wirtschaft, Politik, Kultur(z.B. Erziehung, Wissenschaft usw.) usw. gibt. Die Natur, die Gesellschaft und der Staat sind die Lebensfelder, die miteinander verknuepft und heute mit der Durchsetzungskraft des Kapitalismus globalisiert sind. Die Durchsetzungskraft des Kapitalismus liegt in dem instinktiven Egoismus des Menschen, d.h. in der natuerlichen Neigung zur Aufrechterhaltung der eigenen Existenz, noch konkreter gesprochen, des eigenen Koerpers; die Folge davon ist die 'Kommodifizierung' (commodification, nach Claus Offe) aller tauschbaren Ressourcen. Man kann aber auch den gegensaetzlichen Aspekt beobachten: die 'Entkommodifizierung' (decommodification, nach C. Offe) der Ressourcen, welche durch den Altruismus des Menschen ermoeglicht wird–der Altruismus entspringt aus dem Geist oder dem Herzen des Menschen–und die Basis fuer Sozialstaatlichkeit geworden ist. Hierin besteht auch die Modifizierbarkeit des Kapitalismus, wovon noch spaeter zu sprechen sein wird.

Aus jeder sozialen Lebenssituation erscheint das Machtphaenomen.

Macht ist die Faehigkeit, die Ressourcen zu produzieren, gewinnen, verteilen, oder disponieren2). Die Macht ist die intervenierende Variable in der Dynamik der Sozialstruktur. Die Folge davon ist die ungleiche Schichtung der Gesellschaft. Die soziale Macht wird in die politische, die oekonomische und die kulturelle Macht differenziert. Jede diese subsystemische Macht hat 'funktionale Autonomie.' D.h.: Sie hat jeweils ein bestimmtes Medium, wodurch sie entsteht, zu- oder abnimmt, oder verschwindet. Das politische Medium ist eine rationalere Meinung oder ein besserer Vorschlag fuer Problemloesung. Das oekonomische Medium ist das Geld. Und das kulturelle Medium hingegen ist die Kreativitaet oder die Faehigkeit der Wertrealisation. Diese Medien fungieren auch im sozialen Interaktionsprozess als wichtige Ressourcen.

Soweit sind die Grundelemente des sozialen Lebens im Zusammenhang mit der Entstehung und Funktionsweise des Kapitalismus dargelegt.

2. Folgen des Kapitalismus

Die Folgen des Kapitalismus sind 1) die Industrialisierung, 2) die Urbanisierung, 3) Herrschaftssysteme und Entfremdung, 4) Umweltverschmutzung und -zerstoerung, 5) Ressourcenvergeudung und 6) ambivalente Rationalisierung der Lebensqualitaet. Diese Folgenerscheinungen sind nur analytisch voneinander zu unterscheiden, jedoch als inhaltlich und kausal zusammenhaengend anzusehen.

Die Industrialisierung kann als eine der Folgen der Profitmaximierung als kapitalistische Motivation des oekonomischen Handelns angesehen werden. Denn eine Reihe von Kettenreaktionen wie die Geldwirtschaft -> Vermoegensbildung -> Investition in die Kapitalbildung -> Industrielle Produktion -> Kapitalakkumulation -> Hochindustrialisierung -> Globalisierung des Marktes und damit der kapitalistischen Wirtschaftensweise bilden sich zur Gleichsetzung des Kapitalismus mit dem Industrialismus als dem Grundstein der kapitalistischen Zivilisation, die auch mit Max Weber als Resultat der Okzidentalen Rationalisierung beurteilt werden kann.

Als Nebeneffekt der Industrialisierung wird die Verstaedterung resultiert, die wiederum die industrielle Produktion und

Massenkonsumption anregt und die kapitalistische Akkumulation beschleunigt. Waehrend dieses Vorgangs wird ein oekonomisches Herrschaftssytem herausgebildet, und zwar durch die ungleichen Schichtenbildung. So kann ein Laissez-faire-Kapitalismus leicht zur polarisierten Klassengesellschaft der Reichen auf der einen und der Armen auf der anderen Seite fuehren. Jede kommodifizierte Ressource kann ins Geld umgeformt werden. Letztlich wird das Geld Herrscher im sozialen Umgangsprozess. Hier in diesem Fluss des kapitalistischen Kreislaufes steckt eine Gefahr der Anomie, wenn die funktionale Autonomie des Subsystems ignoriert wird, wie z.B. Geld als oekonomisches Medium in die politische Machtbildung eingemischt wird oder umgekehrt, was als Korruption bezeichnet wird. Auch Entfremdung ist die unausweichliche Folge des kapitalistischen Lebensprozesses, insb. im Kapital-Lohnarbeit -Vehaeltnis wie Karl Marx es gezeigt hat. In den modernen Metropolen kann die soziale Beziehung alltaeglich zum Geld-Nexus entfremdet werden, wie Georg Simmel dies verdeutlicht.

Die Umweltverschmutzung und-zerstoerung sind die negativen, unbeabsichtigten Nebeneffekte der Industrialisierung und der Urbanisierung. Die Natur wird zur Quelle des Kapitals. Daher wird die Natur von Kapitalisten ausgebeutet und veraendert. Damit wird die Natur als das fundamentale Lebensfeld durch die Macht des Kapitals zerstoert. Die kapitalistisch-industrielle Produktionsweise verbraucht die begrenzten natuerlichen Ressourcen wie z.B. das Erdoel, -gas, Mineralien udg. "Der fundamentale Widerspruch der Interaktion zwischen Kapital und Natur liegt darin, dass waehrend zur Produktion die Appropriation der Natur (als Anbieter der Rohstoffe, Raum fuer Fabrikenlokalisation, Abfalldepot) benoetigt wird, die technische Prozesse, wodurch die Natur zu Produkten transformiert wird, die fuer zukuenftige Produktion notwendigen physischen und sozio-politischen Bedingungen ruinieren koennen." (Bridge 1998: 220. Uebersetzung von mir).

Auch wenn die neuen Materialien durch die technologische Innovation produziert werden, kann es nicht garantieren, dass solche Neuproduktion der Materialien nicht zusaetzliche Ressourcenvergeudung und Umweltzerstoerung hervorbringen wuerde.

Ob die kapitalistische Zivilisation unsere Lebenssituation verbessert hat oder nicht ist eine umstreitbare Frage. Denn sie hat die Doppelseiten. Einerseits hat sie das Leben noch bequemer gemacht. Aber anderersits hat sie gleichzeitig die negativen Effekte mit sich gebracht. Mit der gestellten Frage haengt auch das Beduerfnis-und Wertsystem der Menschheit zusammen. Zur Beantwortung dieser Frage ist ein Werturteil unvermeidlich und kann die Annaeherungsweise von 'policy science' nuetzlich sein. Weil die Frage die Gesamtbeurteilung des Kapitalismus in Betracht zieht, wird ihre Beantwortung auch die Zukunftsaussicht des Kapitalismus mitberuecksichtigt sein.

3. Die zukuenftige Entwicklungsperspektive des Kapitalismus

Zunaechst ist der Kapitalismus im Mittelpunkt der Globalisierung zu betrachten. Die Globalisierung ist der Beschleunigungsprozess der kapitalistischen Wirtschaftsentwicklung, die durch die Steigerung der Wandlungsgeschwindigkeit(Zeitdimension) und die Ausdehnung des Marktes auf die globale Gesellschaft (Raumdimension), naemlich durch "time-space compression" (Zusammenpressung von Zeit und Raum)(Harvey 1989: 240ff.) charakterisiert wird. Die neuen Terminologien wie 'dromocracy' (Herrschaft der Geschwindigkeit) und 'global flowmations' (strukturierte Ereignisse, bei denen die Informationen und Formierungen mit hoher Akzeleration fliessen. Uebertragung von mir) sind in den juengsten Diskursen zu finden(Luke et al. 1998: 73, 75). Die technologische Entwicklung, insb. im Bereich der Mikroelektronik, Computer-Technologie, Informationstechnologie u.ae. hat dazu beigetragen.

Die Kommodifizierung jeder auf dem Markt tauschbaren Ressource gehoert zum kapitalistischen Mechanismus. Immer wieder neue Produkte und neue Modelle des selben Produkts kommen auf die Maerkte, induzieren dadurch neue Beduerfnisse bei den Konsumenten, intensivieren Wettbewerb um die vorteilhafte Position zur Profiterzielung auf dem Markt bei den Produzenten; die Folge davon ist die Vergroesserung der Kluft zwischen den Staerkeren und den Schwaecheren und die Verschwendung von Energien und anderen

Ressourcen. Damit wird schliesslich die Qualitaet des Lebens verschlechtert: Umweltverschmutzung(insb. Luft, Wasser und Erde), Niedertraechtigkeit der Moralitaet, Zunahme von Stress, Veroedung der sozialen Atmosphaere und gegenseitige Entfremdung sind einige bemerkbare Symptome, die der moderne Mensch im Alltag wahrnehmen kann. Der Komfort wird kurz und der Pein lang sein, wenn die durch die forcierte Globalisierung des Kapitalismus entstandenen Folgeprobleme nicht rechtzeitig bewaeltigt oder geloest werden koennen.

Die Geschwindigkeit von Akkumulation und Kettenreaktion der negativen Nebeneffekte und der Probleme infolge der kapitalistischen Entwicklung wird auch immer groesser und gravierender. Irgendwelche Korrekturmassnahmen koennten von den beiden konstitutiven Prinzipien(Reziprozitaet und Rationalitaet) des Kapitalismus her untersucht werden. Im Hinblick auf die Reziprozitaet konnten wir schon beobachten, dass die international solidarischen Protestbewegungen von NGOs gegen die neoliberale Globalisierungspolitik der WTO(Welthandelsorganisation) zutage getreten waren. In der Geschichte gab es aehnliche Vorfaelle: die sog. 'Sozialisten'-Gesetze wurden im spaeten 19. Jahrhundert durch die Arbeiterbewegung von der Bismarck-Regierung proklamiert, was als ein Kompromiss-Ergebnis von reziproken sozio-politischen Verhandlungen zwischen den Starken und den Schwachen anzusehen ist und der Anfang der Institutionalisierung der Sozialstaatlichkeit(Wohlfahrtstaat), d.h. eine Revidierung der kapitalistischen Gesellschaftsformation war.

Solches Ereignis ist immer eine Erscheinung der Machtkaempfe unter den Beteiligten, die sich jeweils organisieren. Bei der Machtausuebung ist nicht nur die Staerke der Macht, sondern auch ihre Legitimitaet(gegenseitige Anerkennung und soziale Akzeptanz) fuer die positive Wirkung massgebend. Dieser Sachverhalt kann im Kontext der Rationalitaet so erklaert werden, dass nicht nur die Zwecke der Handlung, sondern auch die Mittel rational sein muessen. Die Rationalitaet des Zweckes einer Handlung betrifft die Eigenschaften von Beduerfnissen, Wertsystemen und Weltanschauungen des Handlungssubjekts, gehoert zum politischen Diskurs, wo nicht immer eine eindeutige Konklusion erwarten laesst. Dagegen ist die Rationalitaet des Mittels unter dem gegebenen Zweck der Gegenstand des wissenschaftlichen Diskurses, wo man relativ zu einem konkreten Ergebnis kommen kann. Zur Beantwortung einer politischen Frage(z.B. Zwecksetzung) braucht man die Weisheit, die intuitive Einsicht in die Tiefe und Weite des Lebens, waehrend zur Loesung einer wissenschaftlichen Frage(z.B. Mittelauswahl) gute Erkenntnisse und Informationen benoetigt werden. Diese Unterscheidung von Politik(=Veraendern der Realitaet) und Wissenschaft(=Erkennen der Realitaet) ist nur von einer theoretisch-analytischen Art. In der Wirklichkeit sind die beiden miteinander verknuepft und ineinander penetriert. Daher ist die Verwissenschaftlichung der Politik oder die Politisierung der Wissenschaft moeglich; die erstere ist wuenschenswert, waehrend die letztere jedoch zu vermeiden ist. Der Grund dafuer liegt darin, dass die Bewahrung der Wahrheit bei der Formulierung einer wissenschaftlichen Aussage notwendig ist.

Um die zukuenftige Entwicklung des Kapitalismus einschaetzen zu koennen, kommt die Steuerbarkeit oder Transformationsmoeglichkeit der kapitalistischen Gesellschaftsformation in Frage. Der Kapitalismus hat die Theorie und Praxis von Karl Marx zur Ueberwindung des Kapitalismus ueberlebt. Sein Hauptfehler lag in der Ignorierung des Prinzips Reziprozitaet, damit in seiner Auswerfung des historischen Entwicklungsgesetzes der Dialektik, die vereinfacht im Prozess von 'trial and error'(Versuch und Irrtum) besteht. Der freie Spielraum fuer die Steuerung des Kapitalismus wird sehr begrenzt sein, denn 1) die Beduerfnisse der Menschen als Kollektiv sind nur sehr schwer zu kontrollieren, 2) die instinktiv egozentrische Neigung(Suche nach Eigeninteresse in erster Prioritaet) kann nicht voellig ignoriert werden, und 3) die ideologischen Forderungen nach Freiheit und Egalitaet stehen zueinander in einem Konfliktverhaeltnis.

Die Staaten als Selbstorganisationen der Gesellschaften koennen eine Koalition bilden, wie z.B. die EU, um den Entwicklungskurs des Kapitalismus in die ihrerseits wuenschenswerte Richtung hin zu steuern. Dagegen kann eine andere Staatenkoalition entgegentreten. Wenn die beiden weise sind, koennen sie zu einem friedlichen Kompromiss kommen, ohne Kriege zu fuehren. Eventuell koennte man eine Weltbundesregierung konstruieren, um die globalen Probleme des Kapitalismus rationaler loesen zu koennen. Jedenfalls scheint es so, dass der Kapitalismus in seinen Grundzuegen weiter bleiben wird, auch wenn gewisse Regulierungsmassnahmen die Freiheitsspielraeume der einzelnen Akteure einschraenken werden und damit der Kapitalismus in einem gewissen Umfang transformiert werden kann.

Der Kapitalismus wird seine Bahn laufen, wie eine blinde Kuh ihre starke Energie in die Umgebung freilaesst. Er kennt keinen Zweck ausser dem, dass der Markt funktioniert, wo jeder Teilnehmer eigener Macht entsprechend Ressourcen gibt und nimmt. Er hat keine vorbestimmte Endstation, wonach er seinen Bahnlauf orientieren muss. Diese Ziellosigkeit des Kapitalismus ist aehnlich wie die der Demokratie. Die Demokratie als eine sozio-politische Institution hat auch kein konkretes Ziel, das vor der Volksentscheidung vorgegeben ist, ist nur eine Methodik, wodurch die organisierte Kollektivitaet der Menschen ihre Ziele determiniert und zu ihrer Verwirklichung optimale Mittel selektiert.

Zur Steuerung des Kapitalismus auf der globalen Ebene wird u.a. die Organisierungstechnik der Akteure(Individuen, Gruppen, Organisationen, Staaten) untereinander von zentraler Bedeutung sein, und zwar im Hinblick auf die soziale Konsensusbildung ueber die Kontrollierbarkeit der Beduerfnisse, ueber den Grad des Lebenskomforts, ueber die Erhaltung der oekologischen Umwelt und ueber die Mobilisierung der Menschen zur Erreichung der Ziele. Dabei setzt die Gunderkenntnis voraus, dass die Gesellschaft, die Erde und das ganze Oekosystem sich als ein vereinheitlichtes Fluss-System darstellen.

In welche Zielrichtung und mit welcher Mittelauswahl das global-kapitalistische Wirtschaftssystem gesteuert werden soll, haengt allein von der heutigen Menschheit, insb. von den Politikern im weiteren Sinne und auch von den Wissenschaftlern ab. Dabei zu beruecksichtigen ist die Zeit-Dimension aller Entscheidungen. Fuer eine rationale Entscheidung braucht man ausser Zeit Weisheit(z.B. 'freundliches Gefuehl', Offenheit des Herzens) und Erkenntnisse einschliesslich

Informationen(z.B. 'klares Denken').

Literaturhinweise:

Bae, Dong-in, 1995, Eine krirische Betrachtung von Max Webers Rationalitaetsbegriff und seine Rekonstruktion, in: Song-U Chon et al., 1995, Debatten um Max Webers Soziologie, Seoul: Min-eum-sa, S. 33-71 (Koreanisch)

Ders., 1987, Eine soziologische Betrachtung von Gewalt, in: Koreanische Soziologie(hrsg. von der Koreanischen Gesellschaft fuer Soziologie), Bd. 21(Sommer 1987), S. 187-213 (Koreanisch)

Bridge, Gavin, 1998, Excavating Nature: Environmental narratives and diskursive regulation in the mining industry, in: Andrew Herod et al.(eds.), 1998, An Unruly World?: Globalization, Governance and Geography, London: Routledge, pp. 219-43

Harvey, David, 1989, The Condition of Postmodernity: An Enquiry into the Origins of Cultural Change, Oxford: Blackwell

Luke, Timody W. and Gearoid O Tuathail, 1998, Global Flowmations, Local Fundamentalisms, and Fast Geopolitics: "America" in an accelerating world order, in: Andrew Herod et al.(cds.), 1998, An Unruly World?: Globalization, Governance and Geography, London: Routledge, pp. 72-94

Weber, Max, 1968, Soziologie, Weltgeschichtliche Analysen, Politik, Stuttgart: Alfred Kroener Verlag

Ders., 1972, Wirtschaft und Gesellschaft, Tuebingen: Mohr (Paul Siebeck)

Fussnoten:

1) Weber definiert die 'Zweckrationalitaet' wie folgt: "Zweckrational handelt, wer sein Handeln nach Zweck, Mitteln und Nebenfolgen orientiert und dabei sowohl die Mittel gegen die Zwecke, wie die Zwecke gegen die Nebenfolgen, wie endlich auch die verschiedenen moeglichen Zwecke gegen einander rational abwaegt: also jedenfalls weder affektuell (und insbesondere nicht emotional), noch traditional handelt."(Weber 1972:

13. Nachdruck von mir). Er unterscheidet nicht die Zweckbestimmung von der Mittelauswahl trotz der qualitativen Verschiedenartigkeit von Zweck versus Mittel. Eine Konfusion wird dadurch resultiert: Zwei verschiedene Sachen sind unter einem Begriff der Zweckrationalitaet konzipiert. Die Bestimmung eines Zweckes unter den denkbaren Zwecken ist eine dezisionistische, politische Entscheidung, waehrend die Mittelauswahl zur Verwirklichung des gegebenen Zwecks durch wissenschaftliche Analyse geloest werden kann. Und es ist irrealistisch, dass man bei einem bewussten Handeln "ohne Ruecksicht auf die vorauszusehenden Folgen" tut, wie er in seiner Definition der Wertrationalitaet annimmt(Weber 1972: 12-3). Es mag so scheinen, als ob man nicht an die Folgen eigenen Handelns denkt. Aber in einem solchen Fall muss man gewuenscht haben, dass die Handlungsabsicht irgendwie realisiert wird, wenn man bewusst handelt. Auch in der Begrifflichkeit von 'Wert' und 'Zweck' verstehe ich die beiden als zu einer gleichen Kategorie gehoerend, denn eine Zweckbestimmung liegt einem gewissen Wertsystem zugrunde(Bae 1995).

2) Macht und Gewalt sind voneinander zu unterscheiden, was jedoch weder bei Karl Marx noch bei Max Weber klar gemacht wird. Die Gewalt herrscht nach Thomas Hobbes im 'Naturzustand'. Im Gegensatz dazu herrscht in der 'Gesellschaft' die Macht. In der Gesellschaft kommt die Gewalt noch oft vor. Die Gewalt, eine Asozialitaet, existiert also mit der Macht nebeneinander in der sozialen Welt. Die Gewalt kann als eine Sonderart der Macht im weiteren Sinne(als Energie in der sozialen Welt) angesehen werden. Die Gewalt hat fuenf Eigenschaften: Exklusivitaet des Wortes, Einseitigkeit, Zwang, Vertikalitaet der Beziehung, und Destruktivitaet. Wenn die Gewalt durch soziale Akzeptanz legitimiert wird, so kann sie als Macht anerkannt werden. Und wenn die etablierte Macht ihre Legitimation verliert, dann wird sie zur Gewalt. Waehrend die Macht ein Ergebnis der sozialen Reziprozitaet ist, ist fuer die Gewalt die Reziprozitaet kein Wert(Bae 1987).

A Note In Bertrand Russell Forum:

Neutral Monism and the concept of Rationality
by Dongin Bae ≫ Tue Sep 29, 2009 6:54 am
I think BR's Neutral Monism can be a good starting point toward reconceptualization of Rationality. The concept of rationality is based on Reason. However, in the Western philosophy Dualism of Reason and Emotion/Passion has been dominated until now; therefore, Reason has been understood as competent for only Means Rationality/Instrumental Rationality, while Passion as dominating in the determination of Ends in the context of human action. So Reason has been given an indulgence from undertaking responsibility for choosing Ends.

But I think Reason should be also responsible for Ends as well as for Means: as a corollary Ends Rationality is to be recognized together with Means Rationality. The concept of Rationality should be now UNIFIED under the sovereignty of Reason. Passion/Emotion is not an independent agent; it is to be understood as a subunit of Reason. The last resort responsible for Action in its totality, namely in the choice of Ends and Means, is Reason which is located in the brain, human nerve system.

I expressed this idea in an article "A Critical Re-examination of Max Weber's Concept of Rationality and its Reconstruction" (Korean, 1995) as a contribution to the book "Disputes on Max Weber's Sociology" by several Korean sociologists.

버트란드 러셀의 '좋은 삶'에 대한 정의의 한 해석(영문)

An Interpretation of Russell's Definition of the 'Good Life'

Dong-in Bae, Dr. rer. pol., Retired Professor of Sociology (at Kangwon National University, Chunchon, Republic of Korea). Email: dibae4u@daum.net

An Abstract of the Paper:

It begins with a definition of 'life' or living a life which leads to an analysis of needs system and structure and process of living a life.

Two kinds of 'strategic needs' are of crucial importance: need to know the reality and need to change it. The need to know the reality came to institutionalization of science, the main task of which is to find the truth, that is, 'knowledge', and the need to change the reality resulted in an institutionalization of politics, the crucial aspect of which is to practise 'love'.

There are two principles of constitution of society: reciprocity and rationality. The former refers to the general fact of social interaction among members of society, which is the structural principle of constitution of society. The latter is the processual principle of constitution of society, that is, finding out an optimal ends and means of action in the social life. The conceptualization of rationality has to do with re-examination of the function of reason and also with the dualism and 'neutral monism' in the discussion on the outlook of humankind.

Russell's definition of the 'good life' comprises the two main dimensions of living a life, i.e. the scientific dimension of 'knowledge' and the political one of 'love'.

1

Bertrand Russell defined 'the good life' as follows:

"The good life is one inspired by love and guided by knowledge." (in 'What I Believe', in: Russell 1979: 48).

This sentence is chosen as motto of the Bertrand Russell Society, Inc. established in the United States of America in 1974.

However, Russell didn't seem to have attempted to define the 'life' in his writings. I myself would define the 'life' or 'living a life' as incessant pursuit of satisfaction of needs perceived by a living being.

Perceiving needs signifies the 'atomic' fact or 'event' (Russell 1972) of living a life; it is the basic symptom that an organism is living.

Living a life, just like the general fact that any phenomenon has a certain structure and process: Its structure as a spatial concept consists of subject, needs, resources, life-fields, etc., and its process as a temporal concept consists in the ongoing effort of a living subject to satisfy needs(Bae 1997: 20ff.). Similar thought is expressed in a very significant work by Malinowski to lay down a solid foundation of the humanist science of anthropology around the crucial concepts of 'needs', 'organization', and 'culture', etc. where 'culture' is understood as the 'instrumental apparatus' for satisfaction of human needs(Malinowski 1944). Malinowski defines "the concept of basic needs as the environmental and biological conditions which must be fulfilled for the survival of the individual and the group"(Malinowski 1944: 75) what I think acceptable also for the context of this discourse.

Russell in his relatively early years declared as follows: "All human activity springs from two sources: impulse and desire. ⋯ All desire involves an interval of time between the consciousness of a need and the opportunity for satisfying it. ⋯ Will, as a directing force, consists mainly in following desires for more or less distant objects, in spite of the painfulness of the acts involved and the solicitations of incompatible but more immediate desires and impulses."(Russell 1980: 11). He estimates that "political philosophy hitherto has been almost entirely based upon desire as the source of human actions."(op. cit. 11-2). However, he regarded 'impulse' as "the basis of our activity, much more than desire.", as emphasized that "[t]he only thought which is genuine is that which springs out of the intellectual impulse of curiosity, leading to the desire to know and understand."(op. cit. 13).

For my part, however, I would understand the concept of need as more basic than impulse, desire, wish, want, etc. which is to be realized. I think impulse presupposes some need, and is a kind of mode of need occurring in the mind.

There are perceived, conscious needs, whereas there might be unperceived, unconscious ones among which there would be also those called by Sigmund Freud as subconsciousness. The former primarily comes into consideration here, as they are seen as sociologically relevant.

Needs can be distinguished 1) according to their genesis as the ones such as the natural, physiological needs, e.g. need to drink, to eat and to take on clothes, to sleep and rest, to love and to have sexual relationship with others, and as the socially derived ones such as the need for respect and recognition by others, for honour, prestige and power, 2) according to their subject as the individual needs and the societal ones, i.e. the collective needs of a social group or organization, 3) according to their object as the material needs and the psychic and the spiritual, immaterial ones, and 4) according to the mechanism of need-satisfaction as the 'strategic needs' which play such centrally important roles as axes in living a life(Bae 1997: 23).

The effort for satisfying concrete needs leads ultimately to the two 'strategic needs', i.e. the need to know the reality and the need to change the given reality into a more desirable one; the former can be conceptualized as 'cognitive-scientific need'(SN1) and the latter as 'normative-political need'(SN2). 'Love' in the Russell's definition of good life relates to SN2, and the 'Knowledge' does to SN1.

In other words, 'love' belongs to the political dimension of life, as it tries to change the reality in a positive direction, whereas 'knowledge' represents true understanding of the reality which is the very task of science. Thus Russell suggests in his definition of good life that politics and science are the fundamental aspects of life.

Both strategic needs are analogically axes around which the living a life dialectically proceeds or develops what could therefore be conceptualized as the life-axiality of the two strategic needs; it can be shown as the following simple equation:

$LL = f (SN1 \langle - \rangle SN2)$, in which LL is described as abbreviation of 'Living a life', and the sign $\langle - \rangle$ as meaning the interactive and dialectical relationship between SN1 and SN2. Reflecting on the Asian philosophy of Yin and Yang, SN1 can be understood as belonging to Yin and SN2 to Yang, because Yin characterizes the passiveness such as the scientific observation and theorizing, while Yang the activeness such as the political conduct and praxis-orientatedness. Taken the activeness and the passiveness of action as distinguishing criteria of Yang and Yin, 'thinking', 'coming' or 'giving' could be regarded as belonging to Yang and 'feeling', 'waiting' or 'taking' to Yin respectively.

The need to know the reality(SN1) has led to the institutionalization of science, and the need to change or transform the reality(SN2) let emerge the institutionalization of politics in a wide sense.

Living a life as a process comprises two interactive processes corresponding to the 'stategic needs', i.e. the learning process relating to the cognitive need and the negotiation process concerning the normative need. And the content of 'self-identity' of a certain living being is the outcome of his/her learning and negotiation processes around both strategic needs at every moment in living his/her life.

Human needs are diverse and unlimited. In contrast to these characteristics of needs the resources or means for need-satisfaction are scarce and limited. For living a life the being should have resources for satisfying his/her needs; striving for acquisition of resources results in the formation of power relations among the members of society. Therefore, there emerge conflict and struggle and also cooperation between the living beings in the fields of life. There is a complex network of power relations formed around the acquisition and disposal of resources in any society.

Life-field is the playing ground of living beings. It includes Nature, Society, State, and Globality. Nature is the life-originating place, consists of the organic and inorganic beings, is therefore a complex concept: Nature signifies the Universe including Earth, solar system, milky ways and other stars and groups of stars. Nature comprises all existing worlds including human societies, organic and inorganic existences.

Society is the human field emerged naturally from nature, whereas the state is an organized form of society initiated by the members of a particular society.

State is a super-organization organized by the members of a society; it is a form of self-organization of society. State is therefore an agent of action just like any other organization in a society. An organization is a kind of formalization of a social group.

Globality is a subconcept of Nature, signifying the whole Earth as the living field of all societies and states of human beings, constituting a member of stars of the solar system in the Universe.

These four constituents of life-field are interconnected and interactive.

2

Every object or phenomenon has a structure and its changing process. A society is constructed by a structural principle of social interaction among the social members, that is, the principle of Reciprocity, and also by a processual principle of finding out efficiency and effectivity in the course of need-satisfaction, that is, the principle of Rationality.

The concept of 'social structure' is the other expression of the construct formed by social interaction networks in the way of seeking after need-satisfaction among the members of society. Social structure becomes 'social institution' when the patterns of social interaction have ecome normative. Here come forth the economic, the political and the cultural institutions in the historical transformation process of a society: They are the three main functional systems of any society, which can be further differentiated along the historical development of a social system as analysed in terms of 'AGIL-functional prerequisites' by Talcott Parsons.

The conceptualization of 'duality of social structure'(Giddens 1984), that is, a social structure is the medium and the outcome of any agent's social action, is pertinent to this context, although there is hardly to find any explanation on how a human society is constituted in his mentioned work.

In my view the human society is constituted by 1) interaction networks of social actors(individuals, groups and organizations), which is the structural principle of reciprocity, and 2) pursuit of need-satisfaction of social actors, which is the processual principle of rationality.

Social interaction is a give-and-take relationship bilateral or multilateral of material and immaterial resources of actors, which results a state of peace, if the actors are content with their status of need-satisfaction. In contrast to this reciprocal relationship any unilateral action represents violence which is repressive, generates therefore conflict situation. Besides this unilaterality of action, other four elements of violence are to be indicated: the exemption of lingual communication, the coerciveness of demand, the verticality of social relationship, and the destructiveness of action. Social life represents a dynamic system of 'trial and error', 'critical discussion' and 'self-criticism'(Popper 2002).

The 'love' in Russell's definition of the 'good life' is related to the normative-political rationality and the 'knowledge' related to the cognitive-scientific rationality. It become also clear that 'love' belongs to the sphere of politics and 'knowledge' to the sphere of science, and that science and politics are the main spheres to solve the problems of satisfaction of two strategic needs, which leads to emancipation of a living subject. In the similar sense, the two axioms of 'clear thinking' and 'kindly feeling' often emphasized by Russell belong to the dimension of 'science' and 'politics', i.e. the sphere of cognitive-scientific rationality and that of normative-political rationality respectively.

In summary, Russell's definition of the 'good life' comprises the two main dimensions of living a life, i.e. the scientific dimension of 'knowledge' and the political one of 'love'.

In the following, the related themes of rationality, religion, emancipation and the main global problems of capitalism and industrialism are to be explained.

3

Now, the concept of Rationality should be understood in a systematic way.

In this section might be reintroduced the table of a system of Rationality described in my article on a critical review of the rationality concept of Max Weber(Bae 1995: 54).

Rationality of action has two aspects: the rationality of ends and that of means.

The rationality of any belief or action consists in meeting the following requirements: 1) an actor's ends-orientation of action, 2) efficiency of means chosen for goal-attainment, 3) consciousness and planning of an actor on the ends and means of an action, 4) logical consistency of a belief, 5) veracity of a belief, 6) general social acceptance of a belief(Bae 1997: 67, in review of Lukes 1970: 207-8).

There are two sets of rationality, i.e. 'cognitive-scientific rationality' and 'normative-political rationality' corresponding to the two 'strategic needs' of 'need to know the reality'(SN1) and 'need to change the reality'(SN2).

The first type of rationality coincides with the Kantian concept of 'pure reason' and the second one with his concept of 'practical reason'.

The cognitive-scientific rationality is subdivided into 'the pure-cognitive rationality' and 'the means rationality', and the normative-political rationality is also subdivided into 'the organizational-political rationality', 'the ethical rationality' and 'the aesthetic rationality'.

The functional sphere of the pure-cognitive rationality is the pure, basic science, and literature, whereas that of the means rationality is the applied sciences, policy science, economic system, and technology. The functional sphere of organizational-political rationality is the political system, especially its ideological system, while that of the ethical rationality is moral system, and religion, and that of the aesthetic rationality is arts and literature.

The common value to be sought in all kind of rationality is freedom. The value of freedom has at least two aspects: 1) as a prerequisite condition for realization of all kind of rationality, 2) as an emancipated state of life which is, for example, described in the essay 'A Free Man's Worship' by Bertrand Russell and to be imagined as depicted in the third movement(Adagio molto e cantabile) of Beethoven's Symphony No. 9, wandering freely on a sea of clouds and stars high in the sky, having become one with the Universe.

The particular value to be sought in the sphere of pure-cognitive rationality is only truth, while that in the sphere of means rationality is effectivity and efficiency. The particular value to be sought in the sphere of organizational-political rationality is peace, justice, and equality, while that in the sphere of ethical rationality is goodness, and that in the sphere of aesthetic rationality is beauty.

The nature of interest in the sphere of cognitive-scientific rationality is neutrality, while that in the sphere of normative-political rationality is partiality.

The action-related variables in the sphere of cognitive-scientific rationality are 'to be' ('Sein'), factum, and cognitive theory, while that in the sphere of normative-political rationality are 'ought to be' ('Sollen'), normative theory, decision-making, and practice.

The type of power in the sphere of cognitive-scientific rationality is the power derived from the provision of means such as knowledge, technology, etc., while that in the sphere of normative-political rationality is the power based on the goal-determination.

There is a categorical problem in the understanding of Rationality Concept, especially in the Western world.

Rationality is usually understood as the intellectual ability to discover knowledge, grounded on reason, the human faculty of thinking, while passion and emotion determine the value system, the goal, or the moral standard of action, based on feeling. Therefore, the dualism of reason and passion has been taken for granted, even in the writings of Russell as it is shown in emphasizing 'clear thinking' and 'kindly feeling' as most important features of a desirable personality.

However, when it is cold, which expression is correct?: 1) "I feel it is cold", or 2) "I think it is cold". Where is the subject or location of the judgment of coldness? Is it in the brain or in the skin? Another example: Where do tears come from?–From feeling, or from thinking, or from both? The center of the nerve-system in our body is located in the brain. Then, the faculty of thinking and feeling is concentrated in our brain. Therefore, our traditional understanding that our 'head' has the faculty of thinking and 'reason', while our 'heart' has the faculty of feeling and 'passion' is incorrect. Although 'head' and 'heart' are only symbolic expression!, they are still separated from each other.

As a corollary, therefore, monistic outlook of human being would be more acceptable than the dualistic one. Our mind has its residence in our body, and the body is the house of the mind. Our mind, our consciousness cannot be separated from our body, a matter; both can only be distinguished from each other by means of linguistic analysis. In this sense, Russell seems to have inclined to take a viewpoint of 'Neutral Monism' in his writings, e.g. 'The Analysis of Matter' (Russell 1954: 382-93). In his essay 'What is the soul?' he writes: "The world consists of events, not of things that endure for a long time and have changing properties. Events can be collected into groups by their causal relations. If the causal relations are of one sort, the resulting group of events may be called a physical object, and if the causal relations are of another sort, the resulting group may be called a mind. Any event that occurs inside a man's head will belong to groups of both kinds; considered as belonging to a group of one kind, it is a constituent of his brain, and considered as belonging to a group of the other kind, it is a constituent of his mind. Thus both mind and matter are merely convenient ways of organizing events." (Russell 1973[1935]: 142-3).

Bertrand Russell's Neutral Monism can be a good starting point towards reconceptualization of Rationality. The concept of rationality is based on Reason. However, in the Western way of thinking Dualism of Reason and Emotion/Passion has been dominated until now; therefore, Reason has been understood as competent for only Means Rationality/Instrumental Rationality, while Passion as dominating in the determination of Ends in the context of human action. So, Reason has been given an indulgence from undertaking responsibility for choosing Ends.

But Reason should be also responsible for Ends as well as for Means: as a corollary Ends Rationality is to be recognized together with Means Rationality. The concept of Rationality should be now UNIFIED under the sovereignty of Reason. Passion/Emotion is not an independent agent; it is to be understood as a subunit of Reason. The last resort responsible for Action in its totality, namely in the choice of Ends and Means, is Reason which is located in the brain, human nerve system, as expressed in an article of mine(Bae 1995) as a contribution to the book "Disputes on Max Weber's Sociology" by several Korean sociologists.

Rationality based on reason should be now understood as responsible not only for thinking, but also for feeling. Rationality is therefore to be recognized as a unified concept for both faculties of thinking and feeling.

In this way, the concept of rationality implicates a complex content including two qualitatively different categories of science and politics, both of which can be only distinguished, however not separated from each other, because they constitute the functional whole of living a life.

I would interpret Kant's 'pure reason' as relating to science(truth, knowledge) and his 'practical reason' to politics(morality, justice, love).

4

As mentioned above, the crucial characteristic of living a life consists in the pursuit of need-satisfaction, which leads to its orientation toward the acquisition of power and the achievement of emancipation. Living a life means thus striving toward Power and Emancipation.

The concept of power is here to be understood as the ability to produce, attain, distribute, and/or dispose the resources necessary for need-satisfaction. Therefore, 'power' comprises the political, the economic and the cultural power.

The concept of emancipation has three aspects: 1) the realization of any need-satisfaction, 2) becoming oneness with other beings, ultimately with the Nature, and 3) "widening of horizon" of "impersonal interest"(Bertrand Russell) of a living being. The second aspect of emancipation afiliates with the concept of the common species of human being('Mensch als Gattungswesen') of Karl Marx(Bae 1997: 31ff.). However, the Marxian thinking has a fatal error of inconsistency and ignorance of the principle of Reciprocity in the formation of a society: He maintained in 'German Ideology'(Deutsche Ideologie) that the life, i.e. the material condition of human being determines his/her consciousness and not vice versa(Marx 1971: 349). This idea as the foundation of his materialist outlook of history represents the unilateral determination of economic base in the societal formation, which could be also understood as a position of materialist monism. Russell criticized Marx mainly in the respect of his 'muddle-headedness' and his thinking "almost entirely inspired by hatred" in the essay 'Why I Am Not a Communist'(Russell 1956: 211).

Living a life comprises therefore double orientations to power and emancipation.

We may now look at Russell's understanding of Emancipation.

In his essay 'A Free Man's Worship' Russell writes: "To abandon the struggle for private happiness, to expel all eagerness of temporary desire, to burn with passion for eternal things–this is emancipation, and this is the free man's worship. And this liberation is effected by a contemplation of Fate; for Fate itself is subdued by the mind which leaves nothing to be purged by the purifying fire of Time." (Russell 1917: 46). In this concept of emancipation is already embedded his concept of 'impersonal interest' which appears very often in his writings afterwards. In his essay 'How Grow to Old' he emphasizes "impersonal interests" for "a successful old age" (Russell 1956: 51, 52).

His concept of emancipation seems to consist in the 'impersonal' orientation of thinking and feeling, viewing in such expressions as "impersonal outlook" (166), "impersonal thinking" (167), "impersonal kind of feeling" (170) in his essay 'A Philosophy for Our Time' (Russell 1956: 165-70). In the same essay his idea of emancipation seems to be summarized in the following 'maxim': "Ethics, like science, should be general and should be emancipated, as far as this is humanly possible, from tyranny of the here and now." (Russell 1956: 168).

In his essay 'Knowledge and Wisdom', after explaining the comprehensiveness of intellect and feeling and the "emancipation from personal prejudice" in choosing ends as constituents of wisdom, he emphasizes: "I think the essence of wisdom is emancipation, as far as possible, from the tyranny of the here and the now. We cannot help the egoism of our senses. Sight and sound and touch are bound up with our bodies and cannot be made impersonal. ⋯ It is this approach towards impartiality that constitutes growth in wisdom." (Russell 1956: 162).

Russell's idea of emancipation as examplified above is interpreted by Kenneth Blackwell as "impersonal self-enlargement" (Blackwell 1985). However, in order to avoid any possible misunderstanding, it should be made clear that the impersonalness of interests is meant not dimensional increase of self-interests, but their transcendental overcome toward in personal universalization, what I understand Blackwell's interpretation also coincides with.

5

Religion is a crucial aspect of living a life, especially in the scheme of the two strategic needs, and there would be no society without religion. Any religion pretends to satisfy the two kinds of 'stategic needs': It gives a certain kind of answer for the questions of cosmology, that is, for 'knowing the reality' and also some guidance as to the moral, normative questions of 'how to live', that is, for 'changing the reality'.

Every religion can be regarded as a belief system of answers to the questions pertaining to the two strategic needs, pretends therefore to have solutions for the problems of living a life. As for the cognitive need it presents a world-outlook, a Weltanschauung, in which a narrative system on the genesis and the destiny of the Universe and humankind is shown in form of a scripture or a legend. As for the normative need it provides an ethical canon, a life-outlook, a Lebensanschauung, in which a narrative system on the moral standards of conduct and attitude of a living subject as a member of society is prescribed also in form of written document or in transmission of oral teaching. Both systems of narration are based on tradition, traditional tribal experiences and customs, which have no rational foundation. However, the answers to cognitive questions given by religions have no scientific evidence; they are only a unilateral belief based on imagination, a system of wishful thinking. And those relating to normative questions are not always satisfactory and mostly irrational.

Most world-religions are organized in their historical course of development. Therefore, religion as organization has double effects on social life: on the one hand, it leads to social integration owing to the common values and norms it internalize among the groups and nations which have the same religion and on the other hand, it generates many problems which affect the social life of individuals and groups mostly resulting in negative consequences such as inability to think critically one's own way of thinking, dogmatic closeness toward dissident opinions and narrow-mindedness, intolerance and cruelty.

Russell maintains that "[r]eligion is based ⋯ primarily and mainly upon fear"(Russell 1979: 25). I think, however, that religion is also originated, together with 'fear', from human curiosity about the genesis and destiny of the Universe including human life: as explained above, religion attempted to find answers to the curious questions not in a scientific way, but in a wishful-thinking way, a way of illusory speculation. There are in this regard two kinds of intellectual curiosity: one is satisfied by pure fantasy without confirming its truthfulness on the basis of evidence, and the other is resolved by the scientific research processes to arrive at the real truth sustained on rational evidence. Religious curiosity belongs to the former one. Therefore, it is an inevitable corollary that religion comes into conflict with science. Historically, religion has surrendered to science as to cognitive questions what came to light in the case of Galileo Galilei who doubted the unilaterally enforced belief of the geocentric world-view of the Catholic church in the Medieval Age.

Moreover in the capitalist societies, the organized religion become commercialized mainly in the two directions, 1) the immanent forfeiture and oppression of human soul, and 2) the casual engendering of financial disputes and power struggles around seizure of organizational hegemony, as it is often revealed in the Christian Protestant churches in Korea.

Religion is founded on the fallacy of lingual expression, hence of thinking which is shown in the usage of the term 'God' or 'gods' whose existence is utmostly doubtful. In this way, religion is a fundamentally unreasonable product of human fantasy and vanity, a false belief-system, which has become a self-made prison of some credulous, 'muddle-headed' human beings.

Any religious belief system based on a supra-natural existence such as the Christian God as Creator of the Universe is self-contradictory, because the believers advocate God without having any clear evidence of His existence.

Therefore, "emancipation from religion is the necessary condition of enlightenment"(Bae 1997: 247), the first step toward enlightenment. The right attitude toward religion is that of an agnostic such as Bertrand Russell.

Religion as an organized social institution should be made obsolete in the public sphere of social life and be regarded as belonging to one of private interests at most, because it is the only one among other social institutions, which is harmful and has no justifiable ground for its further existence. However, freedom to have a personal religion and to practise its belief should be guaranteed.

Religion is unncessary for an autonomously living person with 'independence of mind'.

6

To change any given reality what means 'doing politics' one needs some knowledge on the reality, which would be better if it has scientific foundations. For a meaningful 'love' it needs the guidance of 'knowledge', as Russell emphasizes often in his other essays on education. And 'politics' presupposes any value-system, any goal to reach, e.g. to preserve peace or to let justice prevail etc.

For a desirable politics to be accomplished just like a fruitful practice of love, some coherent system of scientific knowledge is needed as a prerequisite-although any system of scientific knowledge could be falsified when a better theory or paradigm would appear, reminding of Karl Popper's theory of falsification-, because some knowledge about a reality is precondition for its change, but never vice versa, although a wise politics could indirectly promote the growth of knowledge on the institutional level. ''Desirable politics' is meant any politics which tries to realize some 'desirable' aim, i.e. to change the reality to one that is better than the given reality.

However, politics should remain outside the scientific system which ought to preserve its autonomy, however it might be difficult to sustain the integrity of science in the social reality which is easily to be politicized. The previous dictatorships in Germany and Russia, for example, steered their policy of science towards a certain ideologically determined directions. That was the negative side politics influenced, further distorted the development of science, which is the harm politics made in the management of the state.

In the scientific system, other value-systems except the values of freedom and truth are not essentially needed for doing scientific work, for implementation of any scientific work internal in the scientific community. Rather, any intervention of subjective value-preferences in the scientific research is harmful for the discovery of scientific truth. With that I mean the demand of keeping 'neutrality of value judgment' by Max Weber in the famous debate of 'Werturteilsstreit'(strife around value-judgment) among social scientists and economists in his era. The inherent logic of doing science includes exclusion of prejudice, i.e. pre-judgment which is 'Vorurteil' in German.

In summing up, Russell's definition of the 'good life' is an analytical articulation of his emancipatory philosophy of living a life comprising both dimensions of politics and science correspondent with the 'two strategic needs'.

Reference:

Bae, Dong-in. 1983. Arbeitsdesign('Job Design'): Entwicklungskontext, Praxis, Perspektive. Unpublished doctoral dissertation at the University of Cologne, Germany [German]

-----. 1995. A Critical Review and Reconstruction of the Rationality Concept of Max Weber[Korean: 'Weber-eui Habriseong-gaenyeom-eui bipan-jeok Geomto-oa Jaegu-seong']. in: Song-U Chon et al. 1995. Disputes on Max Weber's Sociology[Korean: 'Max Weber Sahoehak-eui Jaeng-jeom-dl']. Seoul: Min-eum-sa(pp. 33-71)

-----. 1997. A Social Theory of Human Emancipation[Korean: 'Ingan-haebang-eui Sahoe-ieron']. Seoul: Jeon-yae-won. 297 pp.

-----. 2000. Die Zukunft des Kapitalismus. [German. Unpublished manuscript of a presentation at the Sociologists Conference on June 19-24, 2000 in Nuernberg und Magdeburg, Germany]

Blackwell, Kenneth. 1985. The Spinozistic Ethics of Bertrand Russell. London: Allen &Unwin

Giddens, Anthony. 1984. The Constitution of Society: Outline of the Theory of Structuration. Cambridge: Polity Press

Lukes, Steven. 1970. Some Problems about Rationality, in: Bryan R. Wilson(ed.), 1970, Rationality, Oxford: Basil Blackwell, pp. 194-213

Malinowski, Bronislav. 1944. A Scientific Theory of Culture and other essays. Chapel Hill: The University of North California Press

Marx, Karl. 1971. Die Fruehschriften. Stuttgart: Kroener

Maslow, Abraham H. 1954. Motivation and Personality. 2nd edition. New York: Harper & Row

Russell, Bertrand. 1917. Mysticism and Logic and other essays. London: Unwin Books

-----. 1954. The Analysis of Matter. London: Allen & Unwin

-----. 1956. Portraits from Memory and other essays. London: Unwin and Allen

-----. 1972. The Philosophy of Logical Atomism(1918), Logical Atomism(1924), in: Davis Pears(ed.), Russell's Logical Atomism. London: Fontana/Collins. pp. 31-142, 143-65 respectively

-----. 1973[1935]. In Praise of Idleness and other essays. London: Unwin Books

-----. 1979[1957]. Why I Am Not a Christian, and other essays on religion and related subjects. London: Routledge

Russell, Bertrand, 1980[1916], Principles of Social Reconstruction, Unwin Paperbacks: London

Popper, Karl. 2002(1994 in German['Alles Leben ist Problemloesen'], 1999, 2001). All Life Is Problem Solving(Translated by Patrick Camiller). London: Routledge

사회학계에서의 두 진영과 그들의 치명적 오류들 (영문)

Two Camps in the World of Sociology and their Fatal Errors

Roughly speaking, there are two camps in the world of sociology: the Weberians and the Marxists. It is however curious that the fact that both of them have crucial misconceptions in their theoretical construction is not well recognized.

1. Max Weber's main contribution to the sociological understanding of the social world consists in his conceptualization of rationality and rationalization of the Western and Asian societies. However, his concept of rationality is very ambiguous. He distinguishes two kinds of rationality: Ends-means rationality(Zweckrationalitaet) and value rationality(Wertrationalitaet).

Ends-means and value belong to the qualitatively similar category, because any determination of ends-means in the social action presupposes certain value-orientation. In other words, a certain value-system functions as basis for a choice of ends and means in the field of social action. Therefore, ends-means and value belongs to the same dimension of social action.

In this respect, the Weberian thinking of the two kinds of rationality is to be interpreted as coming from categorical confusion of concepts.

And his formulation of 'Zweckrationalitaet' refers in its contents to the rationality in the choice of appropriate means for certain ends which is to be seen as given.

In this regard, Weber does not seem to understand the meaning of the concepts of 'ends' and 'value' clearly. In my understanding, 'ends' is a derivative sub-category of 'value' category, as mentioned above.

This discussion has to do with the dualist understanding of Western traditional view of human being as consisted of mind and body, ie, thinking and feeling; thinking as the field of reason and feeling as the field of emotion, separated from each other. But everything in the world is interconnected and interactive. Not dualism, but monism is to be true understanding of human faculty.

2. Marx founded his system of social theory on the unilateral determination of material existence of social life in its relation to human consciousness as clearly expressed in his work of 'German Ideology'. But everything in this world is co-determined in the process of interaction, namely in the reciprocal process of mutual giving and taking of influences. Therefore, his forcasting of the collapse of capitalist system of itself has been falsified in the historical event of the self-destruction of really existing socialist state-systems in the Soviet-union during the late 1980s. His way of thinking was a kind of wishful thinking, not corresponding to the reality, therefore unscientific. In a word, he ignored the fundamental aspect of reciprocity in the social interaction process.

Notwithstanding this fact, Marxists do not abandon his theoretical error and remain dogmatists very regrettably.

3. Two pillars of human society: Reciprocity and Rationality

For construction of human society there function two main factors: one is reciprocity which is the structural factor, and the other one is rationality which is the processual factor.

In this regard, the conceptualization of rationality is very important. The concept of rationality refers to both of choice of ends and means of human action respectively

References:

Dongin Bae. 1995. A Critical Review and Reconstruction of the Rationality Concept of Max Weber[Korean: 'Weber-eui Habriseong-gaenyeom-eui bipan-jeok Geomto-oa Jaegu-seong']. in: Song-U Chon et al. 1995. Disputes on Max Weber's Sociology[Korean: 'Max Weber Sahoehak-eui Jaeng-jeom-dl']. Seoul: Min-eum-sa(pp. 33-71)

Dongin Bae. 1997. A Social Theory of Human Emancipation[Korean: 'Ingan-haebang-eui Sahoe-ieron']. Seoul: Jeon-yae-won. 297 pp.

(2014.07.02; 2016.01.24. Dongin Bae, Dr. rer. pol. Retired professor of sociology)

저자 소개

새벽 **배동인**(裵東寅)

전 강원대 사회학과 교수(1984-2003). 독일 쾰른대 사회학박사(Dr. rer. pol.)(1983), 사회과학방향의 경제학도 디플롬(Diplom-Volkswirt soz.w. R.)(1975). 서독 내 한국반독재민주화운동 참여(1973-1983). 서독정부로부터 정치망명권자로 인정받음(1975-1983). 한국은행, 한국외환은행 근무(1963-1970). 서울대 법대 행정학과 졸업(15회, 1963). 광주 서중, 일고 졸업. 전남 신안군 임자도 출생(1938). 저서: '인간해방의 사회이론'(1997), '그리움의 횃불'(2003, 2012), 주요논문: '베버의 합리성 개념의 비판적 검토와 재구성'(1995)

판권

저자와 협의에 의해 인지는 생략합니다.

무종교와 좋은 삶

초판 01쇄 인쇄 2018년 07월 15일 초판 01쇄 발행 2018년 07월 20일 **지은이** 배동인
펴낸이 양계봉 **만든이** 김진홍 **펴낸곳** 도서출판 전예원 **주소** 경기도 용인시 처인구 초부로 54번길 75
전화번호 031) 333-3471 **전송번호** 031) 333-5471 **전자우편** jeonyaewon2@nate.com
출판등록일 1977년 5월 7일 **출판등록번호** 16-37호 **ISBN** 978-89-7924-124-2 03800
값 12,000원 ※ 잘못된 책은 바꿔드립니다.